Während eines Tennis-Urlaubs auf Mallorca, den Johannes wegen einer Verletzung weitgehend passiv auf dem Hotelbalkon verbringt, schreibt er nicht wie vorgesehen an der Mannschaftschronik. Seine Gedanken führen ihn an einen ganz anderen Ort – zur Begegnung mit Julie Laforêt ein halbes Jahr zuvor in Bern. Die Französischlehrerin erscheint ihm wie eine doppelte Inkarnation und die mit ihr erlebte Geschichte ist so viel wesentlicher als Spiel, Satz und Sieg oder Niederlage auf dem Tennisplatz.

Im zweiten Roman von Jörg Potthaus verschwimmen Realität und Fiktion, Orte und Zeiten. Mallorca, Bern, Mülheim a.d. Ruhr – der Leser findet sich bei umtriebigen Hotelkellnern und Barkeepern, einem seltsamen Mann, der die Zeit anhalten will, nimmt an legendären Fußballspielen teil, taucht zwischendurch ein in die Welt der Rockmusik. Und lernt einen Schweizer Schriftsteller kennen, der mit einem vor 15 Jahren geschriebenen Roman im Grunde alles auslöst.

Im Mittelpunkt aber steht die Liebesgeschichte zwischen Johannes, dem desillusionierten Ex-Lehrer, und der 25 Jahre jüngeren Julie, die zeigt, was geschehen kann, wenn durch die Kraft der literarischen Einbildung ein lange gehegter Liebes-Traum für einen kurzen Moment Wahrheit werden soll.

© 2020 Hummelshain Verlag, Essen

ISBN: 978-3-943322-20-0

Umschlaggestaltung Juliane Richter, Foto: shutterstock.de

www.hummelshain.eu

JÖRG POTTHAUS

WARTEN AUF JULIE

ROMAN

Für Bodo und Ulrike

und

die Eine, die schon alles weiß

Hummelshain Verlag

„Weißt Du:

Was das Leben wirklich ist, misst nicht nach Jahren.

Du kannst es erfahren in *einer* Nacht.

Gib Acht: Du kannst es erwerben

Zwischen zwei Sonnen mit allen Wonnen –

Und hernach in deinem Gemach jahrelang sterben.

Was tut's?"

(Rainer Maria Rilke)

„Nicht der schmerzlich einleuchtenden Gewissheit ergibt sich das Leben, sondern einem zum Gewohnheitsrecht gewordenen Wahrheitsdienst nach Vorschrift, der mit dem Altern des Menschen Schritt hält und seine Ansichten des Schönen nur noch aus dem Arsenal der Erinnerung und abgetaner Hoffnung bezieht."

(Otto A. Böhmer)

„A lovestruck Romeo sings the streets a serenade....."

(Mark Knopfler)

PROLOG

Sa Coma / Mallorca, April 2019

Das Meer tut das, was es immer tut an leicht bewölkten Frühlingstagen wie diesem. Nicht weit von meinem Balkon entfernt, glitzert es in der frühen Morgensonne und wechselt je nach Lichteinfall die Farbe zwischen Blau und Türkis. Auf den unaufhörlich an den Strand rollenden Wellen tanzen Unmengen von Tang. Der Traktor mit der riesigen Ladeschaufel, der entlang der Wasserkante die aufgehäuften braunen Hügel regelmäßig entsorgt, kommt im Moment nur alle zwei Tage, das weiß ich vom Vorjahr. Zum Baden ist es noch zu kühl, das Wasser wird nicht mehr als 17, 18 Grad haben. Ab und zu laufen Jogger, verkrampfte Lebensverlängerungs-Spezialisten, über den Sand, ansonsten bleibt es ruhig.

Gestern sind wir nach Palma geflogen. Die Wirkung des Beruhigungsmittels, das ich am Morgen genommen hatte, setzte pünktlich bei der Ankunft am Düsseldorfer Flughafen ein. In den Tagen zuvor das übliche Szenario wie vor allen Reisen: eine diffuse Unruhe, ein leichtes nervöses Zittern, keine klassische Flugangst, eher eine tief wurzelnde Besorgnis angesichts von Ortswechseln und kleinen Veränderungen innerhalb meiner ansonsten ziemlich gleichförmigen Tage, unbegründet wie immer, nichts anderes stand ja an als ein Fünf-Tage-Trip mit der Tennismannschaft nach Mallorca, zudem an einen Ort, den wir seit Jahren schon kennen. Meine Begleiter sind verlässliche Gefährten, fünf Männer um die 60. Das Programm: Vorbereitung auf die in Kürze beginnende Meden-Saison mit Profi-Trainern, schönen Plätzen direkt gegenüber dem Hotel, Genießen des Frühlingswetters, während es in Deutschland noch kalt und regnerisch ist, kleinen

5

Ausflügen ins Umland, Abenden an der Hotelbar, Flirts mit Spielerinnen aus anderen Teams (das Hotel ist im Frühjahr eine erste Adresse für Tennisurlaube).

Was allerdings das Sportliche betrifft, konnte es für mich schlechter nicht laufen. Waren die ersten Monate nach meiner Verabschiedung in den Ruhestand noch erfüllt von jenem prickelnden, wenngleich völlig ungerichteten Gefühl neugewonnener Freiheit, kamen sehr bald genau die physischen Einschränkungen, die ich zwar bei vielen Pensionären vorher schon erstaunt beobachtet, für mich aber komplett ausgeschlossen hatte. Aber statt längst fälliger Fahrten zu weit verstreut lebenden Freunden, vieler Stunden im Tennisclub, dem Nachgehen lange verschütteter Neigungen und Talente (z.b. wollte ich endlich neue Saiten auf die in der Ecke verstaubende Gitarre aufziehen...): plötzlich Arzt- und Apothekenbesuche, Absage von sorgfältig Geplantem, Verzagtheit, Anflüge von Alters-Depression. McCartney hatte wohl doch Recht mit seinem nur nach außen hin fröhlich klingenden, in Wirklichkeit aber ziemlich pessimistischen Song „When I´m sixty-four." So alt bin ich nämlich gerade, jedenfalls noch, der 65. steht kurz bevor.

Zum Glück war es nichts Spektakuläres, gar Bedrohliches (kein Krebs, kein Schlaganfall, kein Infarkt), das mich überlegen ließ, ganz zu Hause zu bleiben, aber immerhin das Gefühl, zunehmend körperlich abzubauen. Ein Bandscheibenvorfall, L 4/5, der Klassiker, wie immer aus heiterem Himmel, er war plötzlich da, Schmerzen im Oberschenkel, als seien dort ein Dutzend scharfer Messer im Akkord tätig, das nächtliche Liegen fast unmöglich, immer häufiger Schlaftabletten, von Woche zu Woche zermürbter und schwächer. Die üblichen Behandlungsmethoden – Injektionen, Mengen an Schmerzmitteln, Physio-Therapie, sogar einen

Abstecher ins esoterische Milieu scheute ich nicht – liefen ins Leere. Ich stand tatsächlich kurz davor, die Reise abzusagen.

Die Mannschafskameraden, allen voran unser Kapitän Jens (ein „Kümmerer" vor dem Herrn), sahen das ganz anders. Schließlich hätte ich, so hieß es, auch als notgedrungen Passiver zwei wichtige Aufgaben zu erfüllen. In der Tat hatte man mich schon vor längerem sowohl zum Mannschafts-Chronisten, als auch zum Niveau-Wart gewählt, letzterer eine Art Jux-Posten, der besagte, dass jederzeit das intellektuelle, insbesondere aber sexuelle Niveau innerhalb der mannschaftlichen Aktivitäten zu wahren sei. Und man wisse ja, so Jens, nie, was einem während eines solchen Ausflugs alles an Anfechtungen, vor allem im Bereich der Kontaktaufnahme zu den Damenteams, begegnen würde, da wäre meine Anwesenheit von unschätzbarem Wert.

Am Ende willigte ich ein. Was eigentlich sprach, bis auf die Rückenschmerzen, gegen ein paar Tage Mallorca? Das Hotel, Vier Sterne, ein sogenanntes Adult-Resort (Kindergeschrei war also nicht zu erwarten, davon hatte ich in 40 Berufsjahren genug gehabt) verfügt über einen Wellness-Bereich, da würde ich meinen Knochen Gutes tun, während die anderen die gelben Filzbälle übers Netz schlügen. Nebenbei könnte ich ungestört meinen Chronisten-Pflichten nachkommen und all die lapidaren sportlichen Ereignisse und die kleinen Zweideutigkeiten an der abendlichen Bar für die Jahresbilanz festhalten.

Und auch diesmal half die kleine Pille. Schon auf dem Weg zum Flughafen am gestrigen Nachmittag scherzte ich mit den Kameraden und war vollends beruhigt, als das Einchecken reibungslos verlaufen und auch offenbar keine Flugverspätung zu erwarten war. Die Rotwein-Runde, die Markus in einem der teuren

Restaurants im Abflugbereich spendierte, verstärkte die Wirkung des Tranquilizers auf angenehme Weise.

Wenig später waren wir in der Luft, pünktlich auf die Minute hob der Flieger ab, es geschahen noch Zeichen und Wunder. Über die beiden neben mir sitzenden Freunde schaute ich durch das kleine Bullauge in die zunehmende Dämmerung. Jens, der Capitano, bemerkte meinen Blick auf die Bergkette, die wir gerade überquerten, die Pyrenäen vielleicht. Über den Wolken muss die Freiheit wohl grenzenlos sein, zitierte er den dauerromantischen Liedermacher, während er mir zuprostete, aber aus Jens´ Mund klang die Refrainzeile nur zynisch, seine Frau trennt sich gerade von ihm, tatsächlich ist er jetzt so etwas wie frei, aber letztlich doch nur frei, eine eigene Wohnung zu suchen, doppelte Zahlungen zu leisten, Termine für ein Treffen mit den Kindern auszumachen und sich schließlich in letzter Verzweiflung bei Parship einzuloggen.

Und meine eigene Freiheit? Abgesehen davon, dass ich keine Klassenzimmer mehr betreten oder Stapel in der neuen Sprache „Halb-Deutsch" verfasster Aufsätze korrigieren muss, relativiert sich diese neue Freiheit mit jedem Tag, der vergeht, so unspektakulär vergeht, wie ich das eigentlich mag und gleichzeitig hasse. Und die verbleibende Zeit? Ein Zug, der ungebremst dahinschießt, ohne Zwischenhalt, scheinbar ziellos, und dem dann doch die Kraft und der Wille zur Weiterfahrt erst unmerklich, dann spürbar ausgehen, bis er immer langsamer wird und mit knirschenden Bremsen einfährt in einen Bahnhof, den noch kein Lebender sah.

In der nächsten Woche also 65, das ist jetzt schon richtig alt, ich lebe seit Jahren wieder allein, habe eine Reihe gutaussehender, intelligenter Freundinnen (aber mit allen ist es nur platonisch) und kaum noch Sex, nachdem Mona seit fast genau fünf Jahren fort ist. Meist sind es Zufallsbekanntschaften, die in One-night-stands münden, an die sich beide Beteiligten schon bald nicht mehr erinnern mögen.

Keine Familie, keine Kinder, der letzte Namensträger, erst jetzt, zum Ende hin, wird mir bewusst, was das heißt, auf diese Weise aus der Welt zu gehen, spurlos zu verschwinden. Ein Urnenplatz nicht weit vom Grab meiner Eltern ist bereits reserviert, dass Bach und Theodorakis während der Totenfeier gespielt werden, testamentarisch festgelegt, ebenso, dass die Anfangsverse des 129. Psalms über der Traueranzeige stehen sollen, falls es überhaupt eine gibt: „Sie haben mich oft bedrängt von früher Jugend an, aber sie haben mich nicht überwunden" (das mir eigene lebenslange Pathos, immer eine Schüppe zu viel). Auch die Kneipe, in der die Überlebenden die Reste meiner Barschaft versaufen sollen, ist bestimmt – wenn schon mit einem Leben nicht sonderlich zu prunken war, sollte wenigstens sein Ende gelingen.

Vor Kurzem habe ich dann doch ein Buch geschrieben, einen Roman, in dem es um Erinnerungen an die Liebe geht, ein verdammt spätes Debüt, aber das musste noch sein. Vielleicht wird es dieser Text sein, der von mir bleibt, dazu einige schnell verblassende Erinnerungen, bis niemand mehr da ist, sich zu erinnern. Und, falls ich dem Drängen von Sonja, einer jener platonischen Freundinnen, schön, klug und sehr warmherzig, nachgeben sollte, auch noch einige tausend Tagebuchseiten, die ich in meinem letzten Willen bisher zur Vernichtung angewiesen habe und von denen sie meint, sie sollten besser erhalten bleiben und in ihren Besitz übergehen. Du würdest erschrecken, wenn du sie tatsächlich zu lesen bekämst, habe ich zu ihr gesagt, du wirst dort einen ganz anderen finden als den, den du kennst, den du zu kennen glaubst, einen Mann voller Widersprüche, verborgenen sexuellen Wünschen, einen von Ängsten Getriebenen, manchmal Lebensuntüchtigen, der sich zwar am Ende doch ganz anständig durchgekämpft hat, aber das fiel ihm von Jahr zu Jahr schwerer, und auch der oft übertriebene Alkoholkonsum konnte ihm dabei wenig helfen, im Gegenteil, das Trinken hat ihn letztlich nur blockiert, im Leben und Lieben behindert und früh schon umfassend müde werden lassen, auch davon würdest du lesen, und ich glaube nicht, dass es dir sonderlich gefiele. Das weiß ich, hat Sonja ein bisschen zu forsch geantwortet (das alles kann sie nun wirklich nicht *wissen*, bestenfalls ahnen oder leise vermuten, da überschätzt sie sich) trotzdem möchte ich, dass du sie mir hinterlässt. Wir sprechen darüber, wenn ich von Mallorca zurück bin, sagte ich ausweichend und noch unentschlossen, für einen Moment geschmeichelt von der Vorstellung, dass all diese ungeordneten, mir abgerungenen Notizen, die doch alles preisgeben, was in mir lebenslang loderte und brannte und von denen ich doch immer wusste, dass niemand anderes sie je zu Gesicht bekäme, plötzlich eine Perspektive hätten, ans Licht der Welt zu kommen und sei es nur das der Welt von Sonja. Aber dieses „nur", diese unbedachte Einschränkung, verwarf ich sofort: Sonjas Welt wäre doch gerade *die* Welt der Frauen, die ich so wenig verstanden habe und in die auch meine Notate auf vielleicht sieben-, achttausend oder noch mehr Seiten nie haben eindringen können. Und ausgerechnet nach meinem Tod, wenn es erst recht nichts mehr zu verstehen, zu lernen, gar zu heilen gäbe, sollte Sonja sie lesen? Ich wiederholte, dass ich darüber nachdenken müsse, meine durch die Rückenschmerzen erzwungene Passivität während der kommenden Mallorca-Tage würde dabei helfen. Ich goss uns Wein nach, wir stießen an. Dann küssten wir uns auf den Mund, ihre Lippen schienen sich erst öffnen zu wollen, blieben dann aber nur keusch gespitzt, mehr durfte nicht sein.

Dass etwas „bleibt", was heißt das überhaupt, dachte ich, während die Flugbegleiterin uns gestern, kurz nach dem Start Richtung Palma, ein halbes Dutzend kleiner Weinfläschchen reichte, mit denen wir noch einmal auf Markus und die nächsten fünf Tage anstießen. In zweieinhalb Stunden sind wir im Hotel, rief Tom aus der Reihe hinter uns, da wollen wir die Bar erstmal ordentlich einnorden. Gelächter, Zustimmung. Männer um die 60, so freudig erregt wie in der Zeit, als sie kleine Kinder waren und auf die weihnachtliche Bescherung warteten und weit davon entfernt, darüber zu grübeln, was einmal von ihnen bleibt. Aber vielleicht ist eine gewisse Re-Infantilisierung ja das einzig Tröstliche am Altwerden.

Gleich nach dem Frühstück bin ich wieder hoch auf mein Zimmer gegangen, habe die Balkontür aufgeschoben und mir draußen eine Fortuna angesteckt. Im Zimmer herrscht Rauchverbot, bald wird man selbst im Freien nirgendwo mehr qualmen dürfen. Die Herrschaft der Asketen rückt näher.

Aus einem albernen Trotz heraus, wohlwissend, dass sie nicht zum Einsatz kommen, habe ich zwei Tennisschläger, ein Paar Sportschuhe und einige weiße Polos in den Koffer gestopft, da war kein Platz mehr für das Notebook. Aber zwei College-Blocks und ein paar Stifte passten noch in eine Außentasche. Die werden für die paar der diesjährigen Mannschaftschronik hinzuzufügenden Sätze reichen.

Ich drücke die Zigarette im Aschenbecher aus und gehe hinein, um mir einen Pullover überzuziehen, jetzt kommt doch ein recht kalter Frühlingswind auf und setzt das Meer noch mehr in Bewegung. Schon verschwimmen die blauen und türkisen Farben des Wassers zu einer ganz neuen, schwer zu beschreibenden Mischung. Auf dem Weg zurück auf den Balkon erwäge ich einen raschen Griff in die Mini-Bar. Ein Blick auf die Uhr hält mich zurück. Die Schamgrenze ist noch nicht erreicht.

Ich polstere den unbequemen Balkonstuhl, ein billiges Baumarktteil aus Plastik mit starrer Lehne, mit den beiden Kissen vom Bett. Doppelzimmer zur Einzelnutzung, ich bin froh, dass das bei der Buchung möglich war. Die Vorstellung der unmittelbaren Nähe eines neben mir liegenden Mannes, der atmet und schnarcht und sich hin und her wälzt, ist mir nur schwer erträglich. Aber ich muss zugeben, das erginge mir auch nur bedingt anders, wenn es eine Frau wäre. Auch in meinen guten Jahren (was sind „gute" Jahre – solche voller Liebe und Sex und dem Glauben, alles würde sich schon wie von selbst richtig und passend entwickeln?) war ich immer froh, wenn die Frauen, mit denen ich geschlafen hatte, mich danach möglichst schnell wieder verließen. Ich machte, noch während sie im Bad waren, sofort das zerwühlte Bett, lüftete, ließ den Geruch nach Sex und den schweren und süßlichen Parfüms, vermischt mit dem kalten Rauch der unvermeidlichen Zigaretten „danach", aus meinem Schlafzimmerfenster heraus und atmete durch, sobald die Abschiedsküsse gegeben waren und die Wohnungstür zufiel. Dieser Zwang zur schnellen Auslöschung des doch noch ganz nahen, kaum abgekühlten Begehrens ist mir bis heute rätselhaft.

Hinterher schämte ich mich immer für dieses Verhalten, das ja offenbar nichts anderes signalisierte als die Ab-, mehr noch Verstoßung der eben noch mit aller Leidenschaft Geliebten und die ihm zugrundeliegende Unfähigkeit, Nähe zu ertragen - während gleichzeitig die grenzenlose Sehnsucht nach der einen, der großen, nicht mehr revidierbaren Liebe ungestillt blieb. Und als dann doch, sehr spät in meinem Leben, endlich Mona kam und ein - mir völlig unverdient erscheinendes - Glück möglich werden ließ, kämpfte ich vom Morgen bis zum Abend eines jeden Tages gegen die alten Dämonen, den Alkohol, die Lethargie und meine Ich-Bezogenheit, besiegte, überwand sie schließlich mit einem ungeheuren Gefühl des Triumphes – und konnte diesen Sieg doch nur für eine begrenzte Zeit genießen. Zwar waren am Ende eine Reihe von Jahren zusammengekommen, Jahre eines zaghaften Glücks, das wachsen wollte und in eine Zeit des In-Eins-Seins überzugehen schien, Jahre der Unbeschwertheit, des Nicht-Achtens auf all das, was vielleicht doch gegen uns sprach, bis wir es ganz vergaßen. Während unseres letzten gemeinsamen Augenblicks, an einem Apriltag, der schon den Frühsommer ahnen ließ, küsste mich Mona noch einmal, bevor sie in ihr Auto stieg, den Motor anließ und ganz langsam anfuhr. Sie musste, um andere parkende Autos nicht zu beschädigen, eine leichte Volte drehen. Dabei passierte sie mich ein zweites Mal, ließ das Seitenfenster herunter und winkte. Sie hob ihre Hand nur ganz leicht, wischte mit ihr kurz hin und her, ein Winken, das so aussah, als wollte sie sagen, Bis nachher oder Bis Morgen, aber es war das letzte, das ich von ihr sah.

Ich habe mir, zusätzlich zu der Polsterung durch die Kissen, aus dem Bad einen Hocker geholt, um die Beine hochzulegen, die Schmerzen im Rücken sind erträglich. Da es Mittag geworden ist, die selbst aufgestellte Grenze der Abstinenz, kann ich nun hochoffiziell die Mini-Bar öffnen. Rituelles, einem festen Prinzip folgendes Trinken zeigt angeblich die Überlegenheit gegenüber der Sucht. Schönreden nennt man das wohl.

Der Wind hat nachgelassen, die Sonne sich endgültig durch die Wolken geschoben, ich ziehe den Pulli wieder aus. Im Hotel, obwohl es ausgebucht ist, ist es gespenstisch still. Von den nahegelegenen Trainingsplätzen kommt das Plop-Plop der auf den Ascheböden aufkommenden gelben Bälle, die scharfen Kommandos der Trainer (meist ehemaligen Ranglistenspielern aus

Osteuropa, Mareks und Ivans und Wladis, aber auch einen österreichischen Rudi inclusive einer speziellen Mischung aus Charme und Schmäh gibt es) und gelegentliche laute, langgezogene „Jaaas" meiner Freunde, wenn dem einen oder anderen ein besonders guter Schlag gelungen ist.

Während ich hier also mehr liege als sitze, haben diese fünf Männer, wenig jünger als ich, allerdings spielerisch um Klassen besser, offenbar großen Spaß, verausgaben sich, sind hinterher wunderbar erschöpft und verkünden beim anschließenden San-Miguel-Bier in der Strandkneipe ihre Heldentaten der letzten Stunden und die Trainingsmethoden der alternden Cracks aus Bratislava, Craiova oder Graz. Neid kommt in mir auf.

Verdammt, ich hätte doch nicht mitkommen sollen. Der erste Morgen auf dem Balkon weist die Richtung für den Rest der Tage: Langeweile, Frust, düstere Gedanken. Ich leere das Glas in einem Zug, spüre zwar, wie die innere und äußere Verkrampfung nachlässt, überlege aber trotzdem, meinen Koffer wieder zu packen, ein Taxi nach Palma zu nehmen, abzureisen. Ich würde eine Nachricht hinterlassen, sorry, Jungs, war ein Versuch, leider ein untauglicher, habe nicht die geringste Lust, in meinem zusammengeschusterten Balkonbett zu liegen, während ihr eine scharfe Kugel spielt! Punkt.

Mein Blick fällt auf einen der College-Blöcke, den ich, zusammen mit einem Kuli, vorsorglich auf den Balkontisch gelegt habe. Vielleicht ein paar Sätze für die Chronik, Hinflug, erster, harmloser Barbesuch gestern Abend nach der Ankunft, erstes Training, das ich im Moment nur mithören und dessen Einzelheiten ich später nachtragen kann, wenn die Helden zurück sind und die sportlichen Großtaten nur so aus ihnen heraussprudeln.

Den Teufel tu ich! Ich habe nicht die geringste Lust zum Schreiben für diese alberne Chronik, gieße mir noch einen Wein ein, rauche. Aber dann, während das Aufploppen der Bälle und die Rufe der Spieler irgendwie immer leiser und von den Geräuschen der Wellen und dem sanft über die erblühenden Bäume und Sträucher an der Strandpromenade streichenden Wind abgelöst werden, greife ich doch zum Stift, schlage die erste Seite des Blocks auf.

Aber nicht an der Tennis-Chronik werde ich schreiben. Etwas ganz anderes ist plötzlich wieder da, eigentlich ist es seit dem letzten Herbst *immer* da, nur manchmal überlagert von den Ablenkungen und Zumutungen der Tage, etwas, das seitdem in mir wühlt, mich oft schlaflos macht und traurig und glücklich zugleich (sofern das Glück es vermag, in der Erinnerung noch einmal aufzuscheinen). Und was da jetzt mit Macht an die Oberfläche drängt, sich erst im rechten Arm einnistet und dann zur Hand hinunterschleicht, über die Finger in den billigen Kugelschreiber hinein und schließlich das Papier mit einer hastigen, verkrampften und kaum leserlichen Schrift füllt, ist die Geschichte, die sich vor einem halben Jahr in einem anderen Land, der Schweiz, und einer anderen Stadt, in Bern, zugetragen hat, nein, „zugetragen" klingt viel zu märchenhaft, diese Geschichte hat sich, obwohl sie märchenhafte Züge trägt, vielmehr *ereignet*, ist selbst zu einem *Ereignis* geworden, einem von der Art, das du niemals vergisst und auch noch tief in deinem Innern sein wird, wenn alles andere um dich herum erlischt, die oberflächliche Erinnerung sich vollständig auflöst und in das Dunkel der Vergangenheit zurückfällt.

Es ist dieses Ereignis, das zugleich ein unglaubliches *Liebes*ereignis war, von dem ich jetzt beginne zu erzählen, von dem ich erzählen *muss*, weil ich nämlich in diesem Moment hier oben auf dem mittäglichen Balkon in der mallorquinischen Frühlingssonne gar nicht anders kann, und ich erzähle sie den Palmen und dem Meer und dem Strand mit seinen Tanghaufen, und vielleicht auch noch den Tennisplätzen drüben mit ihrem ewigen Plop-Plop und dem Schiff, das gerade vor der kleinen Bar am Ende des Promenadenwegs anlegt und von dem aus man durch einen Glasboden unter die Wasseroberfläche schauen kann ins Dunkel-Blaue und Dunkel-Türkise und vielleicht im leergefischten Meer die letzten überlebenden Exemplare sieht, und ich weiß, ich kann sie nur hier und jetzt und in den nächsten vier Tagen erzählen, danach nicht mehr.

1

Bern, Oktober 2018

Aber vielleicht war ja auch alles ganz anders.

Es war ein Sonntagmorgen, Anfang Oktober. Der Sommer, den Rilke als „sehr groß" beschrieben hätte, wollte einfach nicht enden, was die Beschwörer der angeblich nahenden Klima-Apokalypse zu fast hysterischen Prognosen veranlasste. Die Hitze, die Mitteleuropa seit Monaten fest im Griff hatte und für miserable Ernten und ausgetrocknete Flüsse sorgte, wich auch jetzt, zum Herbstbeginn, nur widerwillig, die Temperaturen fielen in unmerklich kleinen Schritten. „Die Zeichen an der Wand, die die Katastrophe ankündigen", sagten Forscher, ökologisch in der Wolle gefärbte Politiker und sogenannte TV-Experten in jedes hingehaltene Mikrofon, ich aber genoss die ersten tiefen Atemzüge, während ich, noch unschlüssig, wohin ich mich wenden sollte, vor dem Hotel auf der zu dieser Stunde noch fast menschenleeren Rathausgasse in Bern stand. Die hohen alten Häuser zu beiden Seiten mit zum Teil grauen, abbröckelnden Fassaden, die man eher zu DDR-Zeiten in Leipzig oder Ost-Berlin, nicht aber in der Hauptstadt der Schweiz vermutet hätte, verhinderten, dass das Licht der schon wieder prächtig scheinenden Sonne in die Gasse dringen konnte. Zusätzlich erzeugten eine Reihe kleinerer, an diesem Sonntag ruhender Baustellen, dazu die aufgerissenen Stellen im Pflaster, oberflächlich mit aufgetragenen Teerplacken bedeckt und mit rot-weißen Metall-Baken abgegrenzt, alles andere als den Eindruck spätmittelalterlicher Romantik. Das also war die stets blitzsaubere Vorzeige-Schweiz, aber vielleicht plante man ja demnächst eine großzügige Sanierung. An einer einzigen Hausfassade immerhin wurde, offenbar zur

Ehrenrettung der ansonsten eher leicht heruntergekommen wirkenden Gasse, kräftig renoviert. Eigentlich konnte mir das auch gleichgültig sein, wahrscheinlich würde ich nie mehr wiederkommen.

Nach dem Frühstück, das in einem großen Saal mit einer alten Holzgewölbedecke angeboten wurde und von dem mich ein junger, äußerst redseliger Ober, dessen Bern-Deutsch ich kaum verstand, ständig abgelenkt hatte, verließ ich den Goldenen Schlüssel, der mitten in der Altstadt lag. Das Hotel war mir von der hiesigen Tourismuszentrale angeboten worden, eine schnell sprechende Mitarbeiterin pries es als ältestes Gasthaus der Stadt, über 500 Jahre auf dem Buckel, und außerdem sei alles andere ausgebucht, das schöne Wetter habe noch einmal einen Gästeansturm ausgelöst. Ich hatte, lustlos zur weiteren Internet-Recherche, akzeptiert und nur kurz bei der Nennung des Übernachtungspreises gezuckt. Nach der ersten Nacht überlegte ich, was erst ein richtig gutes Hotel kosten würde.

Ich versagte mir den obligaten Griff in die Jackentasche zur Zigarettenschachtel, Rauchen wäre jetzt, da ich die weiche Morgenluft inhalierte, Frevel gewesen.

Vom kalendarischen Herbst kündeten, das hatte ich vorhin aus meinem Zimmerfenster beim Blick über die Häuserdächer Richtung Aare gesehen, allenfalls die vom satten Grün in ein leuchtendes Rot-Gelb übergehenden Blätter an den Bäumen, die wenig Mühe hatten, ihre bunte Fracht gegen den ohnehin kaum wahrnehmbaren Wind zu behaupten. Der Straßenfeger vor mir in seiner orangefarbenen Kluft, auch am Sonntag aktiv, hatte es nur mit ein paar, wohl in der Nacht von herumstreunenden Jugendlichen achtlos fortgeworfenen Bierdosen und Kippen zu tun, von heruntergefallenem Laub so gut wie keine Spur.

Nachdem ich ein paar Meter Richtung Zibelegasse geschlendert war und meinte, fürs erste genug von dieser Oktoberluft, die eigentlich eine Mailuft war, in mich aufgenommen zu haben, fingerte ich doch eine Zigarette aus der Packung, der Sieg des Rituals über diese letzten, fast unwirklichen Momente. Ich blieb stehen und steckte mir eine Parisienne Jaune an, eine alte Marotte von mir, egal, in welchem Land ich war, eine der einheimischen Marken zu rauchen, ebenso verfuhr ich mit den Biersorten.

Ich ging weiter. Kurz vor mir versammelten sich Touristen in einer von Flatterband abgetrennten Zone, vielleicht zwei Dutzend, leicht zu erkennen an den unvermeidlichen Rucksäcken, den bei diesem Wetter überflüssigen, um die Hüfte geschlungenen Regenjacken, den Basecaps mit den Logos der bekannten Modelabels. Die Stille, die eben noch in der Rathausgasse herrschte, wurde abgelöst durch ein babylonisches Sprachengewirr, vielfach asiatische Idiome, so schien es mir, bestätigt durch die Physiognomien der in kleinen Gruppen zusammenstehenden und laut durcheinander redenden Menschen. Als das Krähen eines Hahnes ertönte (mit viel Fantasie konnte man das so deuten), reckten sie ihre Köpfe ruckartig nach oben, die Smartphones gezückt. Eine jede dieser Klein-Gruppen besaß offenbar eine Art Führer, im Gegensatz zu den anderen Teilnehmern trugen diese aber Badehütchen auf dem Kopf, was sie wohl optisch unterscheiden und ihre Bedeutung unterstreichen sollte. Aufgeregt gestikulierend sorgten sie dafür, dass die Hühnerhaufen zusammenblieben und während sie in der einen Hand einen Reiseführer mit japanischen oder chinesischen Schriftzeichen hielten, wies der andere Arm energisch nach oben, von dort war der Hahnenschrei gekommen.

Wir standen an einem der Wahrzeichen Berns, dem berühmten Zeitglockenturm, dem Zytglogge. Ich postierte mich, während

Dutzende von Handy-Kameras gezückt wurden, etwas abseits. Es war kurz vor zehn, vom Kellner im Hotel und aus dem offenbar von meinem Vorgänger im Zimmer liegengelassenen Merian-Reiseführer wusste ich, dass es gleich zu dem Spektakel kommen würde, auf das die Touristen warteten.

Wenige Meter von mir entfernt war ein älterer Mann auf einen offenbar mitgebrachten Klapphocker gestiegen, um über die Köpfe der aufgeregten Zuschauer hinweg besser fotografieren zu können. Seine Kamera schien altmodisch, er holte sie aus einer abgewetzten Umhängetasche mit Aussparung für das respektable Objektiv heraus. Mein Vater besaß eine ähnliche, eine Voigtländer, die er auf unseren sonntäglichen Spaziergängen in den frühen 60ern an der Ruhr und dann durch die anliegenden Felder und Wälder immer dabei und in einer ganz ähnlichen Ledertasche verstaut hatte. In den ersten Jahren war ich noch an seiner Hand gegangen, die Bilder zeigen mich in einer kurzen Lederhose, ein Tiroler Hütchen auf dem Kopf und stets mit einem Spazierstock jonglierend, einem Geschenk Vaters, wohl die Handarbeit eines Kriegskumpels aus den Voralpen, von oben bis unten mit Silbernägeln verziert, die mir mein Vater in jedem von uns besuchten Urlaubsort in den bayerischen oder österreichischen Bergen gekauft und, selbst handwerklich eher unbegabt, doch halbwegs gerade untereinander ins Holz eingeschlagen hatte. Einmal, da war ich schon älter, die Lederhose war der ersten Jeans gewichen und die Kinderfrisur, auf den frühen Fotos, den nazihaften Undercut-Frisuren heutiger Fußballer ähnlich, ersetzt durch halblange Haare, die ein bisschen über die Ohren und auch ein wenig in den Nacken fallen durften – einmal auf einem dieser Gänge, die ich auch später als Student und junger Erwachsener noch mit ihm machte, hatte ich den Spazierstock, der immer dabei sein musste, während einer Pause in einem Garten-Restaurant in den noch feuchten Grasboden gesteckt und dort stehengelassen. Als ich den Verlust bemerkte, waren wir schon fast einen Kilometer von dem Lokal entfernt. Ich lief trotzdem sofort zurück, fand aber nur achselzuckendes Personal vor. Da hatte also jemand sehr schnell Gefallen an den Motiven auf den Nägeln gefunden, vom Tegern – und Chiemsee, vom Kaiserstuhl, aus Going und Ellmau, gekrönt von einem silbernen Hirschkopf mit mächtigem Geweih. Und obwohl sicher schon 13 oder 14 Jahre alt und mit der Maxime aufgewachsen, dass es weder für Indianer, noch kleine Jungs irgendeinen Anlass zu weinen gäbe, kamen mir die Tränen. Der Stock blieb verschollen, auch das Fundbüro konnte nicht helfen, und als sei dieses kleine, beschlagene Stückchen Holz mit dem krummen Griff so etwas wie das Symbol für eine behütete Kindheit an der Hand des Vaters gewesen, festgehalten auf zahlreichen, während der folgenden Jahrzehnte vergilbter Schwarz-Weiß-Fotos, änderte sich mit meiner beginnenden Pubertät auch der Charakter der Sonntags-Wanderungen.

Vater ließ die Voigtländer zuhause, unsere Gespräche wurden ernster, manchmal auch konfliktgeladen (ausgelöst durch die plakativen und überzogenen Provokationen des Heranwachsenden), oft gingen wir dann eine Stunde schweigend nebeneinander her, bis einer von uns etwas sagte, meist er, eine Banalität, ein Hinweis auf irgendeine Pflanze, einen Wasservogel im Uferschilf, und sofort waren wir wieder beieinander, beide glücklich, dass die kurze Phase des Getrenntseins vorüber war. Dann kehrten wir in eine unserer Lieblingskneipen ein, da durfte ich schon Bier trinken, und wir lachten und prosteten uns zu, diskutierten und analysierten, was das Zeug hielt, z.B. ob die Ostpolitik von Willy Brandt nicht doch zu nachgiebig gegenüber Russland sei, die Chancen des FC Schalke in der nächsten Saison, Vaters überraschendes Interesse für die neue Szene der Liedermacher, das politische Engagement von Grass, Frisch und Lenz für die SPD, eine Tour d´horizon durch die Themen der Zeit, aber die väterlichen

Ratschläge angesichts meines ersten großen Liebeskummers fehlten in diesen Gesprächen ebenso wenig. Doch meist dominierten Musik und Literatur. Ganz früh schon hatte er, selber in der unbarmherzigen Ellenbogen-Welt der Industrie führend tätig und doch ein ganz weicher, sensibler, Bücher und Musik liebender Mann, mich an die Künste herangeführt. Mit wöchentlichen Besuchen in der Stadtbibliothek, meist, wenn die schon geschlossen war und er einem Freund bei der Organisation half, während ich nach Herzenslust in den Regalen stöbern durfte und jedes Mal vom Bibliothekar mit einem Arm voll ausrangierter Bücher verabschiedet wurde (so kam ich u.a. an alle 70 Bände der Karl-May-Ausgabe), machte mich mein Vater zur ausgeprägten Leseratte, die sich noch nicht einmal mit der Taschenlampe unter der nächtlichen Bettdecke verkriechen musste: während meine Mutter auf regelmäßigen Schlaf pochte, drückte er zuverlässig immer ein Auge zu, wenn ich mich auch weit nach Mitternacht nicht von meinen Helden trennen konnte. Und Sonntagmorgens nach dem Frühstück lud er mich ins Wohnzimmer ein, ließ mich in einem der wuchtigen Sessel sitzen und präsentierte mir jedes Mal aufs Neue stolz Teile seiner Plattensammlung. Musikalischer Autodidakt, der er als Arbeiterkind war, legte er wenig Wert auf Systematik, Historie oder gar Theorie, kaum etwas vom festgelegten Kanon des Nachkriegs-Bildungsbürgers gab es da zu hören, im Gegenteil, es war manches darunter, über das dieser den Kopf geschüttelt hätte. Ich als Kind aber genoss das morgendliche bunte Wechselbad aus leichten Melodien, gesungen allerdings von den größten Tenören (unter Mario Lanza, Peter Anders und Fritz Wunderlich tat es mein Vater nicht), schwermütigen Opernarien („Da ich nun verlassen muss mein geliebtes Heimatland"), flotter Marschmusik (ohne jegliche militärische Nostalgie – spätestens nach seinem Russlandeinsatz hatte mein Vater vom „GröFaZ" und der ihm sklavisch ergebenen Verbrecherbande die

Schnauze gestrichen voll, erfreute sich aber trotzdem an „Preußens Gloria" mit den Bückeburger Jägern), und auch den anrüchigen Chansons der Hanne Wieder und den Seemannsliedern von Freddy Quinn oder Richard Germer konnte er einiges abgewinnen. Das Sonntagskonzert endete, je nach Stimmung, mit Josef Schmidts „Heut ist der schönste Tag in meinem Leben" (wenn es draußen Frühling war und der Rotdorn vor unserem Haus blühte), oder, wenn ihn schlimme Erinnerungen plagten, die Nacht voller Albträume gewesen war, mit dem „Soldat am Wolgastrand" und dabei konnte ich sehen, wie sich ein Schleier über seine Augen legte.

Die Höhepunkte des sonntäglichen Wunschkonzerts kamen aber immer dann, wenn mein Vater zu der Abteilung im Plattenregal ging, wo die Sprechaufnahmen standen. Meist handelte es sich um alte Schellackplatten oder die allerersten Vinyls, die noch mit 78er-Geschwindigkeit abgespielt werden mussten. Vaters Plattenspieler, eingebaut in eine jener Kompakttruhen, deren Radioteil noch das berühmte magische grüne Auge aufwiesen, besaß diese Einstellmöglichkeit noch. Gebannt lauschte ich, noch ohne allzu viel von Inhalt und Tiefe dieser Sprechstücke zu verstehen, Mathias Wiemann, wenn er, wie für mich verfasst, Claudius´ „Brief an meinen Sohn Johannes" vortrug oder Will Quadflieg aus Rilkes „Cornett" las: „Reiten, reiten, reiten, durch den Tag, durch die Nacht, durch den Tag…Und der Mut ist so müde geworden…". Unübertroffen aber war – mein Vater hob diese Platte mit seinem Gespür für eine angemessene Dramaturgie immer bis zum Schluss auf – wenn Heinrich George Kleists „Anekdote aus dem letzten preußischen Kriege" mit einer Urgewalt rezitierte, erst leise, verschmitzt, dann, mit dem Herannahen der Franzosen, plötzlich explosiv, brüllend, triumphierend in eine nicht enden wollende Lachkaskade ausbrechend…und ganz am Ende, nachdem alle Feinde aus dem Sattel gehauen oder auf der Flucht sind, lakonisch resümiert: „Na, so ein Kerl, sprach der Wirt, ist mir mein Lebtag nicht vorgekommen ...“. Und während ich diesem letzten Satz, der durch eine Art „Fade-out“ in der Ferne verhallte, noch nachsann, tief in den viel zu großen Sessel gerutscht, lehnte sich mein Vater zufrieden zurück, sog an seiner Pfeife und nahm einen kleinen Schluck von seinem etwas zu frühen Rotwein. Anschließend brachen wir zum Spaziergang auf, der gehörte selbstverständlich zum Sonntag dazu, wie die Musik und das gesprochene Wort, das damals noch von klassisch geschulten Stimmen kam, die pathetisch sein durften, voller Gefühle, jede Nuance unnachahmlich und von großer Kunst geformt – heute käme man wohl eher mit Nuscheln, unverständlich tierischem Geheul oder pathologisch-hysterischem Gewimmer zu Schauspieler-Ehren.

Wenn also später der pubertierende Rebell und der nach ihren Wortgefechten stille, ein wenig traurige Vater nach bleiernem Schweigen wieder zueinanderfanden, und das taten sie zum Glück jedes Mal, sich dann in der Endstation ihrer Wanderung, einer Bauernkneipe, wieder die Köpfe über alle Themen dieser Welt heißgeredet hatten, wurde es meist Zeit zum Mittagessen. Einer von uns rief dann vom Münztelefon aus, das neben der Theke hing, die Mutter an, fragten, ob es ihr lieber sei, dass wir pünktlich zum Sonntagsbraten nach Hause kämen, oder ob sie Lust habe, zu uns zu stoßen. Manchmal stellte sie tatsächlich den Herd ab, kam nach, heitere, ein wenig alkoholisierte Nachmittage zu dritt oder mit weiteren Freunden folgten, und der Braten schmeckte auch am Abend noch.

Vaters Voigtländer und die Dias habe ich, nachdem Mutter sie nach seinem Tod noch wie einen Schatz gehütet hatte, weggegeben, als auch sie starb. Ich wollte mir kein Museum einrichten, trotzdem tat es sehr weh, als die Sachen einfach so entsorgt wurden. Die Fotoalben hingegen habe ich behalten, und ab und zu nehme ich sie aus dem Regal und dann denke ich an diesen zarten Mann und an die deutlich vitalere Mutter, die stärker schien, als sie es am Ende tatsächlich war und die es dann auch noch mit einem, dem Vater darin sehr ähnlich, sensiblen, oft ängstlichen Sohn zu tun bekam und doch beiden ein Übermaß an Liebe entgegenbrachte. Wenn ich dann das Album zugeschlagen und zur Seite gelegt habe, nicht ohne zuvor mit einer Hand ganz leicht über den Einband zu streichen, gehe ich vom Berg, auf dem meine Wohnung liegt, eine halbe Stunde hinunter in die kleine Stadt, ganz zu Anfang liegt einer ihrer Friedhöfe. Am Grab meiner Eltern überprüfe ich, ob alles am richtigen Platz ist, dann richte ich eine umgewehte Vase auf oder entferne das Unkraut, das der Gärtner übersehen hat, und an ihren Todes- und Geburtstagen stelle ich Blumen und ein Licht vor den grobbehauenen Findling, auf dem nur unser Familienname steht und denke: Bald auch ich.

Das, was sowohl der Kellner (ich glaube, an der weißen Jacke trug er ein Namensschild, aber ich hatte schon wieder vergessen, was darauf stand), als auch der Reiseführer so angepriesen hatten, entpuppte sich letztlich als Mogelpackung. Im Grunde passierte so gut wie nichts, die Figuren der Spieluhr neben dem großen, allerdings beeindruckenden Zifferblatt waren so klein, dass man sie allenfalls im Objektiv heranzoomen konnte, und ihre so spektakulär angekündigten Aktivitäten marginal und kaum auszumachen. Der sogenannte Bärenzug, sinnbildlich für die Berner Stadtwache, nichts als eine winzige Playmobilparade, der goldene Hahn mit seinem blechernen Gekreische nur bedingt an ein fröhliches Krähen erinnernd, der über der Uhr thronende Narr nicht mehr als der Schüttler einer Art hellen Weihnachtsglöckchens, zum Schluss noch Gott Chronos, der angeblich so imposante Herr der Zeit, der einmal kurz sein Sandührchen umdreht und mit einem dünnen Zepter winkt. Was daran attraktiv sein sollte und warum die Base-Cap-Träger hinter dem Flatterband den Auslöser ihrer Handys im Stakkato bedienten, blieb mir fremd. Ich ging die paar Schritte zu dem Kiosk, der sich unter dem Turm einquartiert hatte und „Heissi Maronni", bzw. für die ausländischen Gäste „Roasted Chestnuts" anbot, 200 Gramm für 7 Franken, ein Kampfpreis gegenüber einer Flasche Bier, die mit 6,50 zu Buche schlug. Ich fragte den Verkäufer, nachdem ich meinen Vorrat an Parisiennes aufgestockt hatte, ob das wirklich alles gewesen sei. Ja, das sei wirklich „alles", er lachte, aber zu seinem Glück, er wies auf die sich zerstreuende Ansammlung auf der anderen Seite der Gasse, kämen zu jeder vollen Stunde die fotografierwütigen Horden zurück und würden diese Vorführung, die, außer ihrem Alter, doch so wenig Aufregendes zu bieten hatte, ausgiebig festhalten, er profitiere jedenfalls nicht schlecht davon. Zum Schluss ließ er mich ein paar seiner heißen Kastanien kosten, gratis und mit einem jovialen Tippen an das weiße Schiffchen, das er schräg über den Kopf trug.

Als ich mich umwandte, klappte der Mann, der die ganze Zeit, abseits auf seinem Hocker stehend, das Objektiv der alten Kamera auf die Szenerie des Stundenwechsels gehalten hatte, gerade sein kleines Podest zusammen und verstaute die Kamera nebst Aufsatz im Futteral. Ich bemühte mich, im Näherkommen den Schriftzug auf der Ledertasche zu erkennen. Der Mann sah meinen Blick.

„Gefällt Sie Ihnen?" Und ohne eine Antwort abzuwarten, zählte er die Vorzüge der Kamera und des Objektivs auf. Eine Zeiss-Ikon sei das, Contaflex 126 und Baujahr 1968, eine waschechte 68erin also (er vermutete zurecht, dass ich diese Assoziation verstehen würde), Tessar-Objektiv, die erste Spiegelreflex-Kamera mit einer 126er- Kassette, die Filme seien praktisch nicht mehr zu bekommen, zum Glück für ihn und traurig für den Besitzer musste letztens in seiner Nähe ein alteingesessenes Fotogeschäft schließen, da habe er sich noch einmal reichlich bedient. Für ein Jahr etwa sei er noch versorgt, aber dann sei es auch egal.

Die technischen Details rauschten an mir vorbei, ich konnte mit ihnen nichts anfangen, alles böhmische Dörfer. Im Nachlass meines Vaters hatte ich ein Gutachten des Arbeitsamts Wuppertal aus dem Jahre 1971 gefunden, kaum noch lesbare Sätze auf gelblich gewordenem Maschinenpapier, knappe anderthalb Seiten. Zu dem Zeitpunkt war ich noch Schüler, Unterprima nannte man das damals, ich hatte das Ganze über die Jahrzehnte hinweg völlig vergessen, erst, als ich das Schreiben in einem von Vaters akribisch geführten Ordnern fand, stiegen bruchstückhaft Bilder auf. Er hatte mich wohl zu einer Art Eignungstest geschickt, Wuppertal war, bevor unsere kleine selbstständige Stadt gegen den Willen ihrer Einwohner vom Moloch Essen geschluckt wurde, für unsere Region zuständig. Plötzlich sah ich den Cheffahrer der Firma, eines jahrhundertealten Traditionsunternehmens der Textilbranche, das zu seinen besten Zeiten den halben Ort in Lohn und Brot hielt und in der mein Vater Leiter des Einkaufs war, wieder ganz deutlich vor mir, in grauem Anzug und gleichfarbiger Schirmmütze, selbst sein Name fiel mir ein, Herr Eckelschott, und dass er mich in einem Vorstands-Opel, einem mächtigen Diplomat, zum Arbeitsamt kutschierte. Als damals „linker" Oberschüler prinzipiell gegen alles, was nur ansatzweise das Etikett „etabliert" verdiente, langhaarig und in den ältesten Jeans (das gehörte sich damals so) rutschte ich erst ziemlich widerwillig auf die Rückbank dieses chromblitzenden Straßen-Schiffs, konnte aber eine gewisse Genugtuung nicht verhehlen, als Herr Eckelschott genau vor dem Eingang des Arbeitsamtes mit einer eleganten Bremsung hielt, ausstieg, mir eine der hinteren Wagentüren aufhielt und, während ich mich aus den tiefen Polstersitzen herausfläzte, auch noch seine Mütze vor mir zog. Dass er dabei sogar gelächelt habe, erzählte mir wenig später einer der Mit-Probanden, die in einer Gruppe vor dem Eingang des Amts gestanden, geraucht und dabei staunend meine Ausstiegs-Zeremonie verfolgt hatten. Einer soll dabei sogar etwas von „Scheiß-Bourgeoisie" gemurmelt haben. Ob ich dieses Wort damals überhaupt schon kannte, weiß ich nicht mehr. Marx und Engels kamen im Unterricht erst vor, als die alten Lehrer, die noch die NS-Zeit mit sich herum trugen (und manche von ihnen nicht ungern), zunehmend durch eine neue Generation von Referendaren ersetzt wurden und uns Bürgersöhnchen mit etwas ideologischem Vokabular versorgten. Das diente uns allerdings in erster Linie dazu, in langen Party- und Kneipennächten ein wenig vor den anwesenden Mädchen zu glänzen. Wir merkten aber sehr bald, dass denen einige andere Dinge als unser aufgeschnapptes Histo- und Diamat-Kauderwelsch viel wichtiger waren. So ließen wir die Revolution gerne da, wo sie kein Unheil anrichten konnte, auf Plattenhüllen, zwischen Buchrücken, auf Plakaten mit dem jesusähnlichen Konterfei des Kubaners, in Applausstürmen während der Konzerte von Stars der internationalen Linken, im Mitgrölen der von Hannes Wader vorgetragenen alten Arbeiterlieder – alles aufwändig zelebriert von der völlig unbedeutenden westdeutschen Kommunistischen Partei. Sehr viel später, nach der sogenannten Wende von 1989, erfuhren wir dann, dass die für diese Events nötigen Millionen verlässlich aus dem Osten Deutschlands geflossen waren. Da aber erinnerten wir uns kaum noch an unsere einstige Weltverbesserungsattitüde und waren längst als Anwälte, Lehrer und Ärzte tätig. An manchen Abenden erzählten wir, nach üppigen Abendessen und je nach Alkoholpegel, begeistert von unseren „glorreichen" Zeiten. Die Söhne und Töchter wollten das da schon lange nicht mehr hören und verzogen sich in die Clubs, um sich auf ihre Weise zuzudröhnen.

Als Herr Eckelschott mich aus dem mächtigen Firmen-Diplomat entlassen und mir bedeutet hatte, dass er den Wagen parken, einen Kaffee trinken und im Übrigen auf mich warten würde, gesellte ich mich zu dem Pulk der ebenfalls auf den Test wartenden jungen Männer, alle, was Haarlänge und Kleidung betraf, in etwa dem gleichen Habitus wie ich, Mädchen waren nicht darunter, die waren schon damals schulisch wesentlich besser und wussten in der Regel, wohin die Reise nach dem Abi ging.

Während ich das vergilbte Testat aus Vaters Ordner las, erinnerte ich mich auch daran, dass ich an dem bewussten Tag in einem heruntergekommen Raum, einer Art 20er-Jahre-Klassenzimmer, an einem arg ramponierten Schulpult gesessen hatte und dass ein älterer Herr ein Gebäude aus Metallteilen vor mir aufbaute. Das ließ er mich ein paar Sekunden betrachten, um es dann mit einer abrupten Handbewegung in seine Einzelteile zerfallen zu lassen. Mir gelang es anschließend noch nicht einmal, irgendwelche Verstrebungen wieder in die ursprüngliche Lage zu versetzen. Technisch absolut unbegabt, hieß es in dem Gutachten, mathematisch-physikalische Kenntnisse gleich Null, vernichtend. Nach einem Übungsaufsatz über irgendein damals aktuelles Thema bescheinigte mir der Testleiter immerhin ein durchaus vorhandenes sprachliches und schriftliches Darstellungsvermögen, das aber für eine akademische Laufbahn eigentlich nicht ausreiche. Eine Lehre als Verlagskaufmann wäre hingegen empfehlenswert und, bei vielleicht dann zunehmender „Reife", später doch ein begleitendes Studium. Als ich das nach dem Tod meines Vaters las, war ich erst ein wenig wütend über diesen Schrieb und auch auf seinen Auftraggeber, dann aber wurde mir schnell wieder bewusst, mit welcher Entschiedenheit und Liebe er nur ein Jahr später mein Germanistik – und Geschichtsstudium unterstützt, sogar befeuert hatte, aber auch, dass er auf diese Weise seine vom

Leben und der Politik zerstörten eigenen Träume möglicherweise in mir wiederauferstehen lassen wollte.

Technisch also, höchstgutachterlich attestiert, völlig unbegabt, waren die Erläuterungen am Zytglogge im Grunde sinnlos für mich, aber ich hörte trotzdem geduldig zu, der Mann hatte eine angenehme Stimme, Norddeutscher vielleicht, und dass er tatsächlich noch mit altem Celluloid-Material arbeitete, ließ ihn in einer Zeit, in der alles lang Vertraute zerstört, unkenntlich gemacht und in einem unablässigen Strom totaler Digitalisierung fortgerissen wird, als einen der letzten analogen Widerständler erscheinen.

Der Fotograf deutete meinen Gesichtsausdruck richtig. „Keine Ahnung, was?" – „Nicht die geringste. Aber ich frage mich, was Sie hier bei dieser aufgebauschten, völlig uninteressanten Attraktion ", ich sagte das übertrieben ironisch, „eigentlich suchen".

Er wollte antworten, zögerte, versuchte den Fremden, den er selber ja angesprochen hatte, genauer einzuschätzen, wog ab, ob er es bei einer Floskel belassen sollte. Dann sah er die aus meiner Brusttasche herausragende Zigarettenpackung. „Hätten Sie eine für mich?" Ich schüttelte eine Parisienne heraus, gab ihm Feuer und nahm mir auch eine. Wir lehnten uns gegen die Absperrung, die vor der alten Apotheke Scheidegger links des Turms eine dieser maulwurfshügelartigen Kleinbaustellen umschloss.

Der Mann inhalierte tief. „Das tut gut, ich habe eigentlich vor zwei Jahren damit aufgehört, als meine Frau krank wurde, sehr krank". Er stockte, beugte den Kopf nach vorne, schloss kurz die Augen. Wir rauchten schweigend.

„Entschuldigen Sie, es klingt schrecklich banal: Ich will… die Zeit aufhalten", sagte er plötzlich, richtete sich an der rot-weißen Bake auf, sah mich an aus einem Gesicht, das mir plötzlich nicht mehr so alt erschien. Seine Augen, nicht wie bei mir von einer Brille verdeckt, glänzten leicht, so, als habe er weinen wollen.

„Lachen Sie nicht! Ich weiß, eigentlich kann man der Zeit nicht widerstehen, das ist aus vielerlei Gründen absolut unmöglich, so dumm bin ich auch nicht. Ich kann sie aber vielleicht mit Hilfe dieses wunderschönen altmodischen Dings", er zeigte auf die Tasche mit der Zeiss-Ikon, „ein bisschen anhalten, den Augenblick auf ein Stück Papier bannen. Ein kleiner Widerstand nur, und ein vergeblicher dazu. Und doch muss ich es tun, Tag für Tag und bis diese elenden 126er-Filme, die kein Internet-Anbieter der Welt mehr wird beschaffen können, aufgebraucht sind, mehr bleibt mir nicht. "

Er stellte sich nach dieser mich wenig überzeugenden Erklärung etwas breitbeiniger hin, die Position mit dem Rücken gegen den instabilen Bauzaun gelehnt schien ihm unbequem, vielleicht schmerzte ihn die Verrenkung auch.

„Amtlich wird das ganze Zeitvergehen ohnehin erst", dabei wies er auf die Spieluhr und ihre für die nächste Stunde bewegungslosen Figuren, „wenn der alte Chronos die Sanduhr gedreht und mit dem Zepter den Takt für die Schläge der Turmglocke vorgegeben hat. Das haben Sie doch sicher eben mitbekommen, oder?"

Ich reckte noch einmal den Nacken und sah zum Gott der Zeit hinauf, der da seit 500 Jahren saß, unbeteiligt, uninteressiert, gleichmütig, so schien es mir, aber was hatte er auch zu verlieren? In seiner Tätigkeit war er *in* der Zeit, in seiner Funktion als taktgebender Chef *außerhalb*, eine komfortable Position, während all die kleinen Chinesen und Japaner, die Deutschen und Amerikaner, die sich eben mit dem letzten Schlag, es war genau 10 Uhr, abgewendet hatten und dem nächsten „Highlight" (was sollte das

sein in dieser behäbigen, merkwürdig stillstehenden Stadt?) ent-
gegenhetzten, dabei ihrerseits der Zeit gnadenlos ausgesetzt waren und ihre flüchtigen, ständig wieder gelöschten Handy-Fotos
nur eine ungleich schwächere Waffe gegen deren Vergehen als
die Celluloid-Bilder des alten Mannes.

„Machen Sie das, neben Ihren, verzeihen Sie, etwas…kuriosen
Motiven, auch professionell?" fragte ich. „Produziert Ihr altes
Schätzchen besonders gute Bilder, für einen Reiseführer viel-
leicht?"

Er schüttelte den Kopf, überlegte anscheinend, ob er mir den
Grund seines Hierseins näher erläutern sollte und drückte dabei
den Rest der Zigarette mit seinem Absatz so lange aus, bis der
Stummel sich pulverisiert hatte.

„Seit meine Frau vor zwei Jahren gestorben ist, komme ich jeden
Morgen um zehn hierher. Ich bilde mir mit Hilfe der im Foto
festgehaltenen immer gleichen Szenen ein, es gäbe tatsächlich
kein Zeitvergehen und ich könnte etwas gegen diese unerbittliche
Vergänglichkeit tun. Gar nicht so sehr, was mich betrifft, aber
manchmal denke ich, wenn man die Zeit schon anhalten kann,
kann man sie vielleicht auch zurückdrehen, sie nach hinten zu-
rückbefördern oder wenigstens verschleppen, wie Gregor von
Rezzori, den kennen Sie sicher nicht mehr, das ausgedrückt hat.
Dann fotografiere ich auch manchmal zu anderen Zeiten und
stelle mir vor, meine Frau stünde plötzlich wieder neben mir. Wir
sind oft an diesem Ort gewesen, hinterher eingekehrt, hier in der
Altstadt, auf ein Bier oder einen Wein. Ich weiß schon, dass das,
was ich da mache, völlig sinnlos ist, Sisyphos ist nichts gegen
mich, aber wenn ich abends in meiner Wohnung sitze, die frisch
entwickelten Bilder auf dem Fußboden aneinanderreihe, gibt es

Momente, in denen ich glaube, ich könnte es wirklich schaffen….Aber Entschuldigung, ich langweile Sie."

Bevor ich etwas erwidern konnte, stieß er sich abrupt von dem Bauzaun vor der alten Apotheke ab, führte den Trageriemen der Kameratasche über die Schulter, griff sich mit der linken Hand den zusammengeklappten Hocker und hielt mir die Rechte hin. „Hartmann, Albert, Thunstraße 40, nicht weit von der Kunsthalle, auf der anderen Aare-Seite, drüben im Kirchenfeld. Wenn Sie mal wieder hier sind…".

Sein Händedruck war kräftiger, als ich gedacht hatte, vielleicht ein Zeichen für seine Entschlossenheit, den Kampf mit der Zeit aufzunehmen. Ich war froh, nicht in einen philosophischen Diskurs verwickelt worden zu sein. Was hätte ich auch sagen sollen? Ich fühlte mich, seit ich den Beruf beendet und Mona mich nicht lange zuvor zusammen mit ihrer Tochter ein für alle Mal verlassen hatte, ohnehin einem für mich nicht mehr fassbaren Rasen und Reißen der Zeit ausgeliefert und hatte längst davor kapituliert.

Der Fotograf hatte sich mit überraschend schnellen Schritten entfernt, sich auch nicht mehr umgedreht. Fast war ich erleichtert. Nein, ich würde ihn nicht besuchen, irgendwie machten mir solche Leute Angst. Eigentlich wollte ich ihm noch sagen, dass ich sehr wohl Rezzori kennen würde, ein Ex-Kollege hatte in Zusammenarbeit mit zwei bekannten Autoren dessen Gesamtwerk beim Berliner Taschenbuch Verlag herausgebracht, um es vor dem Vergessen zu bewahren, aber da war Hartmann schon aus meinem Blickfeld entschwunden.

Er hatte gesagt: „Kirchenfeld", was war das, ein Viertel, ein Bezirk, ein Stadtteil in der Nähe? Irgendetwas rührte der Name in mir an, aber ich wusste nicht, was.

2

Zürich, Oktober 2018

Ich kam aus Zürich. Mein Freund Werner war nach seiner Pensionierung dorthin gezogen, der Liebe wegen, wie man so sagt. Seit Längerem hatte er auf einen Besuch von mir gedrängt, wurde zum Schluss sogar, als dieser ausblieb, ziemlich unwillig, zu Recht, aber es war sehr schwer ihm zu vermitteln, dass ich die Lust am Reisen, am Allein-Reisen verloren hatte, seit Mona fort war.

„Ende September läuft dein Ultimatum ab", hatte Werner am Telefon gedroht. Ich wusste nicht, wie ernst er das meinte, und um nun wieder alles im Ungefähren zu lassen, war mir unsere Freundschaft zu wichtig. Anfang der vorigen Woche war ich in dem kleinen Dorf, wenig entfernt von der Großstadt, in dem er mit seiner Frau und deren Tochter wohnte, eingetroffen. Gut, dass du da bist, hatte Werner gesagt, mich in den Arm genommen und den Bierkrug gegen meinen gestoßen.

Ein bisschen Zürich-Sightseeing musste sein. Wir besuchten die Spiegelgasse mit dem Wohnhaus Lenins und der Krupskaja, im Nachbarhaus war Büchner gestorben, und weiter unten, gleich am Anfang der Gasse, die Geburtsstätte des Cabaréts Voltaire, Hugo Ball fiel mir ein und die Bewegung, die ihren Namen der Legende nach dem Zürcher Waschmittel „Dada" verdankte. Als wir noch das Café Odéon passierten, zeigte Werner mir den Tisch, an dem Frisch und Dürrenmatt bis zum abrupten Ende ihrer Freundschaft getrunken und gestritten hatten, dann lag der Zürich-See vor uns, glänzend, glitzernd, die Bergspitzen in leichten Dunst gehüllt, der warme Oktobernachmittag hatte die

Menschen ans Ufer gelockt, eine bunte Truppe, die da flanierte und den einen oder anderen neidischen Blick auf die Segelboote und Motorjachten warf, die stolz und mit einem gewissen Hochmut vor sich hindümpelten.

Wir setzten uns auf eine Bank und rauchten. Werner holte zwei Fläschchen Bier aus seinem Rucksack. „Morgen schauen wir uns was ´Richtiges` an", sagte er und kniff mir ein Auge zu. Was er damit meinte, war mir schon klar.

Am nächsten Tag besuchten wir das Zürcher Stadion. Der Letzigrund, wenn auch heute eine ähnlich gesichtslose Multifunktions-Arena wie so viele andere ehemalige Traditionsstadien, war immerhin noch Heimat der großen lokalen Clubs FC und Grashoppers.

„Weisse noch", Werner fiel, wenn Besuch aus der alten Heimat da war, immer noch gerne ins Ruhrpott-Idiom, „wer hier in den 70ern seine Karriere ausklingen ließ?" Eine rhetorische Frage, im Expertentum standen wir uns beide nichts nach.

„Klar weiß ich", gab ich, gespielt beleidigt ob der viel zu einfachen Aufgabe, zurück, „der große Netzer, der Lange mit den wehenden Haaren…..."

„…den ich übrigens vor ein paar Monaten auf dem Zürichberg getroffen habe…". Damit war Werner wieder eindeutig im Vorteil. Wir saßen auf der Tribüne des leeren Stadions, rauchten und tranken Kaffee, den wir vom einzigen geöffneten Kiosk am Haupttor hatten.

„Er stieg auf dem Parkplatz, den Carola und ich gerade verlassen wollten, um ein bisschen Höhenluft zu schnappen, aus seinem Ferrari, natürlich war es ein Ferrari, die Haare ein bisschen kürzer als früher, und Elvira, seine Frau, kam von der Beifahrerseite, elegant, mit wehendem Haar und in dickem Pelzmantel, politisch völlig unkorrekt, Leopard oder sowas, Jo, es war ziemlich kalt da oben, und ich sagte zu Carola, da muss ich jetzt rüber, und sie fasste mich am Arm und wollte mich festhalten, so'n Quatsch, wie alt bist du eigentlich, aber da war ich ihr schon entwischt. Netzer sah mich und blieb vor der knallroten Rakete stehen, während Elvira schon vorging Richtung Restaurant, und ich gab ihm die Hand und sagte ein wenig anbiedernd, dass ich stolz sei, einen der besten Fußballer aller Zeiten zu treffen. Das schien ihn, nachdem er mich erst prüfend angesehen hatte, was für eine Sorte Fan ihn da aufhielt, doch ziemlich zu freuen."

Ich unterbrach ihn. „Und, hast du ihm erzählt, dass wir beide, noch ohne uns zu kennen, `73 im alten Düsseldorfer Rheinstadion beim Pokalendspiel waren, als er sich in der Verlängerung selbst eingewechselt hat und dann sofort diese unglaubliche Bude gegen Köln reingehauen hat?"

Werner trank einen Schluck Kaffee und grinste. „Wat denks´du denn, und Netzer hatte richtig Späßken. Aber gerade, als er mir die Reaktion von Weisweiler auf seine damalige Eigenmächtigkeit schildern wollte, winkte Elvira energisch von der Restaurant-Terrasse und auch Carola wurde ungeduldig."

Wir schauten auf den Rasen des Letzigrunds, wo ein Greenkeeper auf einem kleinen Traktor seine einsamen Runden zog und nippten an unserem Kaffee.

Werner nickte. „Tja, wie gesagt, leider wurde Netzer bei unserer Begegnung auf dem Zürichberg gerade da von Elvira, die immer noch unwillig im Restaurant-Eingang auf ihn wartete, abgezogen, als er mir die Geschichte nochmal ganz genau erzählen wollte. Stattdessen gab er mir die Hand, wir sehen uns, sagte er. Ach

Gott, auch so´n blöder Spruch, wann und wo sollten wir uns denn wohl wiedersehen? Und wech war er, richtich schade."

„Und wo ist mein Autogramm?"

Werner winkte ab. „Vergessen in der Eile. Sammelst du etwa immer noch? Und hängt das ganze Zeug weiterhin bei dir im Flur? Du wirss´ auch nie erwachsen, oder?"

Das stimmte wohl. Die meisten Wände in meiner Wohnung waren, anstatt mit Reproduktionen irgendwelcher Meisterwerke oder gar Originale junger Künstler verziert, immer noch zugepflastert mit einem Sammelsurium gerahmter Autogramme von überwiegend Fußballern, aber auch Schriftstellern, Rockstars und ein paar Politikern, z.B. Willy Brandts persönlichem Dank für meine Wünsche zu seinem 70., darauf war ich besonders stolz. Daneben hingen mehrere Vitrinen mit Miniaturlastwagen, die vor 20, 25 Jahren jedem Kasten Bier als Werbegeschenk beigefügt waren. Nicht nur Werner war der Meinung, dass ich nie richtig erwachsen geworden sei, „der große kleine Junge", so hatte mich auch Mona, die in mir lieber einen Vater-Ersatz gesehen hätte, immer genannt, und eine Psychologin, die ich Jahre später kennenlernte, benutzte den etwas gestelzten Fachbegriff „puer aeternus", was letztlich auf das Gleiche hinauslief. Jetzt wollte ich es aber auch nicht mehr, „groß werden". Das Erwachsensein hatte ich schlicht und einfach übersprungen, jetzt blieben nur noch der Rest, die Schlussrunde.

„Übrigens", ich wollte mit meinem Fachwissen wieder die Nase vorn haben, „wurden die Grashoppers Anfang der 80er auch mal von Weisweiler trainiert, da hatte Netzer, der nach seinem Madrid-Intermezzo auch dort gelandet war, aber schon wieder aufgehört, wäre wohl nicht gutgegangen zwischen den beiden, `Don

Hennes´ und dem `langen Arsch´, wie er Netzer zu Gladbacher Zeiten, wenn auch bewundernd, genannt hatte."

Werner zündete sich eine neue Zigarette an, inhalierte, dachte einen Moment nach.

„Stimmt", sagte er. „Er ist hier sogar noch Schweizer Meister geworden, im Juni 1983. Drei Wochen später war er tot."

„Prima Abgang", murmelte ich, gab es aber auf, noch einen draufzusetzen. Mein Freund war heute eindeutig besser.

Wir verließen das Gelände. Am Tor schauten wir noch einmal auf das Stadion zurück. Werner breitete die Arme aus. „Voilá, der berühmte Letzigrund, fast so berühmt wie das Wankdorf-Stadion."

Wankdorf! Kann sein, dass ich nur, weil er diesen Namen erwähnt hatte, am nächsten Tag, nachdem mir Werner, etwas unwillig über meinen viel zu kurzen Besuch, das Versprechen abgenommen hatte, sehr bald wiederzukommen, die 120 Kilometer Autobahn über Solothurn nach Bern gefahren war. Manchmal gibt es das wohl, ein Name fällt, ein Begriff, verrückte Assoziationen folgen, lange verdrängte Wünsche scheinen auf und plötzlich macht man etwas Unerwartetes, vorher nicht für möglich Gehaltenes.

1954, das „Wunder von Bern", der „Gründungsmythos der Bundesrepublik", wie Soziologen und Historiker in ihrem neurotischen Drang, solch scheinbar unerklärliche Phänomene in ein Korsett aus blutleeren Worten zu zwängen, den 3:2-Endspielsieg über die Ungarn mittlerweile bezeichnen.

Meinetwegen eben ein „Gründungsmythos", dann galt das, im übertragenen Sinne, aber auch für mich selbst, denn am 4. Juli 1954 war ich keine drei Monate alt und lag – mein Vater hat diese Geschichte über die Jahrzehnte immer wieder genüsslich erzählt – im Kinderwagen in der Scheune des Bauern Brandenberg, der extra einen der ersten Fernseher gekauft, sämtliche Heuhaufen aus dem windschiefen Gebäude herausgeschafft und sich an ihrer Stelle irgendwo einfache Klappbänke besorgt hatte. Dann lud er die Bevölkerung meines Heimatstädtchens per Zeitungsinserat zum gemeinsamen Schauen des Endspiels auf einem „1a Fernseher, absolute technische Neuheit" und bei Bier und Bockwurst in das baufällige Gemäuer ein. Niemand nahm Anstoß daran, im Gegenteil, der erste wieder demokratisch gewählte Nachkriegsbürgermeister kam mit seinen sämtlichen Ratskollegen, und die heutige krakenhafte Genehmigungsbürokratie war damals allenfalls in den Kinderschuhen. Wäre tatsächlich einer der fragilen hölzernen Deckenbalken heruntergekommen (bei den deutschen Toren sollen sie wirklich bedenklich gezittert haben), hätte man das wahrscheinlich als eine weitere Bestrafung für die Sünden der Jahre nach 1933 hingenommen. Aber alles hielt den Erschütterungen jener kaum glaublichen 90 Minuten, mehr noch denen der anschließenden Siegesfeier, stand.

Bauer Brandenberg hat an diesem Tag wahrscheinlich das Geschäft seines Lebens gemacht und ich, der Säugling, lag in einem weißlackierten, ungefederten Kinderwagen aus Korb, angeblich in strategisch günstiger Position, weit vorne, noch vor dem Bürgermeister, knapp unterhalb des für die vielen Besucher viel zu kleinen Geräts (die hinteren Reihen wurden zusätzlich mit zwei Radios beschallt) und es geht die Legende, dass ich in dem Augenblick, als Herbert Zimmermann mit bebender und sich überschlagender Stimme Helmut Rahn aufforderte, aus dem Hintergrund zu schießen und dieser dem Reporter auch umgehend

Folge leistete und den ungarischen Torhüter Groscics überwand, begleitet von dem legendären frenetischen, mehrfachen Torschrei, einem Schrei, der die längste Aneinanderreihung des Vokals „O" aller Zeiten beinhaltete, meinem Schließmuskel, gleichsam als persönlichen Beitrag zur allgemeinen Euphorie, freien Lauf ließ und auf diese Weise mit vollen Windeln, die damals noch aus einem komplizierten Ensemble weißer Tücher bestanden, am 4. Juli 1954 neben Rahn und Turek und Fritz Walter und 80 Millionen Landsleuten (auch die in der DDR saßen, verbotenerweise, vor den Geräten und zitterten gesamtdeutsch mit) höchstpersönlich selber Weltmeister wurde, und dabei, kaum auf der Welt, viel jünger war als der Ich-Erzähler in Delius' bekanntem Roman. Aber dass ich hinterher in der bedrohlich schwankenden Scheune, als während der Siegerehrung in Bern von den Rängen des Wankdorf und den Bierbänken um mich herum die erste Strophe des Deutschlandliedes angestimmt wurde, diese auch noch fröhlich mitgekräht hätte, halte ich nun wirklich für ein wundersames Gerücht.

50 Jahre nach diesem „Wunder von Bern" kam der gleichnamige Film heraus, mit Peter Lohmeyer und seinem Sohn Louis Klamroth in den Hauptrollen. Ich saß mit einem Dutzend meiner Freunde im größten und schönsten Kino Deutschlands, der Essener „Lichtburg", auf roten Plüschsesseln, die Flasche Stauder-Pils in der Hand , und als der Spätheimkehrer Richard Lubanski sich endlich einen Ruck gibt und seinem Sohn Mattes dessen Herzenswunsch, im Wankdorf-Stadion dabei zu sein, erfüllt, fingen wir alle unisono an zu heulen und mit uns das halbe Kino, und als Sascha Göpel, der Helmut Rahn spielte, aus dem Hintergrund kam und schießen musste und es dann tatsächlich tat und der Zimmermann-Darsteller sein langgezogenes „Tor!" mit den unzähligen „O´s" herausschrie und etwas später mit letzter Kraft nachlegte, „Aus! Aus! Das Spiel ist aus!", da holten wir die

Tempotücher erneut hervor und beim Nachspann, der an den kurz zuvor gestorbenen wirklichen „Boss" Rahn erinnerte, noch einmal.

Wollte ich also deshalb nach Bern, meinem eigenen „Gründungsmythos" nachspüren, der Erinnerung an eine geborgene, beschützte Kindheit und an einen Vater, der sich in späteren Jahren als gar nicht so sehr fußballbegeistert herausstellte, aber mir schon ganz früh Stollenschuhe, Stutzen, Hose und Leibchen kaufte und jedes im Fernsehen übertragene Spiel treu und brav mit mir anschaute, nur ganz selten erregt von den Spielszenen, aber immer wieder liebevoll zu dem neben ihm mitfiebernden Sohn herüberblickte? Oder an meine Mutter, die sich meist ebenfalls dazusetzte und nur den Raum verließ, wenn es galt, für Schnittchen-, Getränke- und Salzstangennachschub zu sorgen und die noch viele Jahre später, da war Vater schon tot, für meine Freunde und mich große Töpfe Erbsen – und Linsensuppe kochte oder einen Berg Frikadellen briet, wenn es hieß: „Wo gucken wir heute Abend? Natürlich bei der Mutter von Jo!"?

Musste es deswegen Bern sein? Aber auch dort erwartete mich doch ebenfalls nur solch eine hypermoderne, gesichtslose Stadion-Anlage, die zwar auf dem alten Areal in Wankdorf stand, jetzt aber Stade de Suisse hieß und viel weniger Zuschauer fasste als damals. Auch mit viel Fantasie würde es schwerfallen, die alten, fast 65 Jahre zurückliegenden Bilder wiederzubeleben. Eine Fußballübertragung von dort vor ein paar Wochen – überraschenderweise hatten es die örtlichen Young Boys in dieser Saison geschafft, in die Champions-League zu gelangen – hatte das bestätigt.

Oder war es der Film, angesehen nachts in Werners Gästezimmer? Ich war aufgewacht, wieder und immer zu viel Alkohol und

Nikotin, die ein Durchschlafen verhinderten, hatte mich eine Zeitlang im Bett umhergewälzt und dann doch den Fernseher eingeschaltet. Es lief, Zufall hin oder her, die Verfilmung von „Der Richter und sein Henker" aus dem Jahre 1975. Wie oft hatte ich Dürrenmatts Roman im Deutschunterricht von Mittelstufenklassen lesen lassen (ein „literarischer" Krimi bereits, als dieses Genre noch in den Kinderschuhen steckte), sie dazu angeleitet, Charakteristiken der Hauptpersonen anzufertigen oder Skizzen über Handlungsverlauf und Spannungskurve, bestimmt ein Dutzend Mal über die Jahre, wahrscheinlich nicht nur deswegen, weil der Text unverwüstlich schien (ich selbst hatte ihn als Schüler schon interpretieren müssen), sondern auch, weil alle Kollegen das Gleiche taten und es bequem war, Jahr für Jahr die alten Aufzeichnungen hervorzuholen. Und, unschlagbares Argument, es gab eben jene Verfilmung, mit der man die letzten beiden Stunden der Unterrichtsreihe ausfüllen konnte. Dazu kam, dass – neben einer Reihe hochkarätiger Schauspieler wie Jon Voight, Donald Sutherland, Qualtinger, selbst Dürrenmatt spielte mit, wenn auch nur sich selbst – meine absolute Leinwandgöttin zu sehen war: Jacqueline Bisset. Im Gegensatz zu Dürrenmatts Text, in dem sie als Freundin Anna des ermordeten Polizisten Schmied nur marginal vorkommt, räumt ihr die Verfilmung wesentlich mehr Auftrittsmöglichkeiten ein, und einmal ist sie zu meiner großen Freude auch kurz nackt zu sehen. Noch mehr als damals habe ich sie nur noch geliebt, als sie die Yvonne in „Unter dem Vulkan" spielte.

Also ging es doch eher nach Bern, weil ich die Stadt des Kommissärs Bärlach und der schönen Anna sehen und innerlich dazu die Musik von Morricone hören wollte?

Ich weiß es, vor allem angesichts dessen, was mir dann in dieser Stadt passierte, nicht mehr, will es eigentlich auch gar nicht mehr wissen. Es war einfach nur gut, dagewesen zu sein.

Außerdem kann alles immer auch ganz anders gewesen sein.

3

Autobahn Zürich-Bern, Oktober 2018

Alle die Erinnerungen.

Auf der Fahrt über die Autobahn musste ich noch einmal an den großen Auftritt Netzers in jenem Pokalendspiel vor 45 Jahren denken. Ich hatte, zusammen mit den Freunden aus unserer Stammkneipe „King", unter der Anzeigentafel gestanden, mit damals noch langen, dunkelbraunen Haaren, die auf den hohen, nach vorn spitz zulaufenden Hemdkragen fielen und sich dort nach oben drehten („Regenrinne" nannte mein Vater das), die Koteletten heruntergezogen bis fast zum Mundwinkel („Kaiser-Franz-Josef-Stil") und ein dichter Schnauzbart musste es natürlich zu diesen Zeiten auch sein. Ich stand da wegen der Hitze mit nacktem Oberkörper, das Hemd über die Schulter gelegt, trotz des damals schon nicht unerheblichen Bierkonsums war der Bauch noch straff, kein Zentimeter Fett hing über dem überbreiten Jeans-Gürtel mit mächtiger Silberschnalle, selbst die Rippen standen ein wenig heraus.

1973 – ich studierte Germanistik und Geschichte an der vom Stadion nur ein paar Kilometer entfernten Uni, hörte aber in zusätzlich und frei gewählten Vorlesungen – damals gab es diese elenden Bachelor- und Master-Studiengänge noch nicht – querbeet alles, was mich interessierte: einen Tag bei den Romanisten über die „Fleurs du mal", am nächsten bei den Philosophen über Henri Bergson, dann litt ich bei den Theologen mit dem armen Hiob, und einmal habe ich sogar im Medizinischen Institut vorbeigeschaut und die ersten Minuten einer Leichenöffnung (wohl eines verstorbenen Häftlings) mit Mühe und Not durchgestanden, bis ich dann doch umkippte.

Alles, buchstäblich alles lag vor mir, war möglich, galt es zu erobern, und selbst das Wort „Schule" (obwohl die Professoren wussten, dass 90 Prozent ihrer Studierenden Gymnasiallehrer werden würden) fiel während der ganzen Zeit keine zehnmal! Gottseidank gehörte ich der letzten Generation an, der ein solch freies Studium noch möglich war, ein buntes Herum-Philologisieren wie noch in der Goethe-Zeit, wenngleich gebrochen und in der Neu-Erfindung begriffen durch die Eruptionen, die 1968 ausgelöst hatte. Alles musste plötzlich gesellschaftlich „relevant" sein, noch das letzte Liebesgedicht aus der Romantik wurde in diesem Sinne uminterpretiert, die Widerspiegelungstheorie von Lukács war schwer angesagt, und neben den einschlägigen Faschismus-Erklärungen stand die Geschichte der Revolutionen, zumal der deutschen, die in der Regel schiefgingen, im Mittelpunkt: Frankenhausen 1525, Rastatt 1849, Berlin 1919, „geschlagen ziehen wir nach Haus, die Enkel fechten's besser aus", und für einen winzigen geschichtlichen Moment fühlten wir uns als die Nachfahren dieser Gescheiterten, wollten 's wirklich besser machen, als Lehrer, Anwälte, Sozialarbeiter, Politiker – bis uns die Realität ganz schnell eines Anderen belehrte.

Immer aber gab es auch Professoren, die sich dem alles auf links bügelnden akademischen Mainstream verweigerten, dort erlebte ich die wahrhaft großen Augenblicke meines Studiums. Einer von ihnen, ein Germanist, Schüler Gadamers in Heidelberg, damals schon mit legendärem Ruf in der gesamten Studentenschaft, selbst ihrem ideologisch verhärteten Teil, hielt seine Vorlesungen bewusst und provokativ am Freitagnachmittag, da, wo eigentlich alle schon im Wochenende waren. Aber ausgerechnet zu diesem, genau genommen völlig unsinnigen Zeitpunkt brach der

Audimax regelmäßig aus allen Nähten. Und hier, und nirgends anders, erfuhr ich, wenn man so will am eigenen Leib, wie tief und existenziell Literatur und Philosophie alle die betreffen, die mit feinen Sinnen und von früh auf mit einem Grundgefühl von Melancholie (Melancholie, so sagte er, sei ein Bürgerrecht) durch ihre von der Zeit begrenzten Leben gehen, und hier lernte ich auch, dass es letztlich nur die Bücher sein können, die uns den Widerstand gegen das Vergehen und die Vergeblichkeit allen Tuns ermöglichen. Heilung, so hatte Herbert Anton, die Freitagnachmittags-Legende, gesagt, könne nur durch Geschichten erfolgen und die einzige Kategorie von Erlösung sei Sprache.

1973, mit nacktem Oberkörper, die Haare im leichten Sommerwind flatternd, einen Pappbecher Frankenheim-Alt in der Hand, eine Zigarette im Mund, und in wenigen Minuten würde der große Netzer ein Tor für die Ewigkeit schießen, verliebt in ein Mädchen, das den komischen Spitznamen „Ufo" trug (es hieß, dass sie wie ein solch unbekanntes Flugobjekt mit Lichtgeschwindigkeit von einem zum anderen flog, in Wirklichkeit drehte es sich nur um eine Zusammenziehung von Silben aus ihrem Vor- und Nachnamen) – stand ich unter der Anzeigentafel des Düsseldorfer Rheinstadions und alles war offen, die Welt breitete einladend ihre Arme aus, nur eines Schrittes nach vorne hätte es bedurft, und sie hätte mich umarmt und nie mehr losgelassen.

Vier Jahre später schloss ich das Studium mit dem ersten Staatsexamen ab und wurde für die nächsten Jahrzehnte Gymnasiallehrer. Die Welt hatte sich da längst abgewandt und mich einem selbst gewählten Schicksal überlassen, das überwiegend aus Gewohnheit und Routine bestand, nur manchmal unterbrochen durch einen begrenzten Kleinstadt-Hedonismus, wechselnde Beziehungen und immer zu viel Alkohol und Tabak, aber immer auch begleitet vom Traum eines ganz anderen, bunteren, erfüllenderen Lebens. Unmerklich erst, dann mit zunehmender, zum Schluss alle Beschränkungen ignorierenden Geschwindigkeit gingen die Jahre über eine überwiegend eindimensionale, durchritualisierte Existenz hinweg und spät, sehr spät, endlich schreibend und nicht nur in die Verborgenheit des Tagebuchs hinein, bekam ich einen Eindruck davon, was während dieser Zeit möglich gewesen wäre, wenn nicht sogar notwendig.

Ich passierte Solothurn, überlegte, ob ich einen Rastplatz anfahren sollte, griff dann aber zur bereitliegenden Wasserflasche und fuhr weiter.

Das Leben hatte mich schlicht und einfach überrollt. Die Vorstellung, in wenigen Monaten 65 zu werden, war schwer erträglich. Aus dem jungen, wohl auch nicht ganz unattraktiven Mann, der damals nach dem Schlusspfiff des Pokalendspiels mit seiner Clique die Düsseldorfer Altstadt unsicher machte (vielleicht stand Werner ja da schon in seiner Nähe) und nicht wissen konnte oder wollte, wie fahrlässig er mit den nächsten Jahrzehnten umgehen würde, war jetzt einer geworden, der im Grunde verstummt war und nicht mehr viel erwartete. Einzig die immer noch zu langen Haare, jetzt ganz weiß und zunehmend dünner werdend, und die große Sehnsucht, die trotz allem ungestillt in ihm brannte, sowie ein nicht nachlassendes Begehren nach dem einen Moment, der es doch noch wert wäre, gelebt und geliebt zu werden und aus dem man Kraft schöpfen könnte, der sich entziehenden Welt ein letztes Mal hinterherzulaufen, waren von dem Jungen, der meinte, noch so viel Zeit vor sich zu haben, geblieben.

Mit Werner hatte ich beim Frühstück noch lange über unser Altwerden gesprochen. Eigentlich war das das Thema bei allen Gesprächen, die ich in letzter Zeit mit den anderen gleichaltrigen Freunden führte. Das ganze, von der Werbeindustrie erfundene

und der Statistik über die gestiegene Lebenserwartung des mittel-
europäischen Mannes künstlich gestützte Gequatsche von den
„Best-Agern", die noch mit 80 den Himalaya besteigen oder sich
einen Sportwagen kaufen würden, ging uns, mit Verlaub, am
Arsch vorbei. Wir wussten es besser. Wir merkten es z.b. jeden
Morgen, wenn wir versuchten, aus dem Bett zu steigen, und denen, die eine Partnerin oder zumindest eine gelegentliche auf der
anderen Seite des Bettes hatten, war klar, dass gleich deren Ge-
meckere über das Ächzen und Stöhnen beim Heraushieven aus
den Federn einsetzen würde. Geschweige denn, es kam einmal zu
dem, was zwischen den Geschlechtern auch in fortgeschrittenem
Alter scheinbar noch üblich schien. Die Männer verschwanden
dann eine halbe Stunde vorher im Bad, vorgeblich, um sich noch
einmal die Zähne zu putzen und die Blase zu leeren, in Wahrheit
aber, um sich chemischer Hilfe zu bedienen, eine halbe blaue Pille
musste reichen, sonst drohten Herzbeschwerden. Die Frauen, die
eine oder andere gezeichnet von zahlreichen Besuchen beim
Schönheitschirurgen, nahmen es hin und taten, als wüssten sie
nichts von der teuren Unterstützung aus dem Hause Pfizer. Immerhin gab es inzwischen auch preiswerte Generika. Der Rest
war ein oft krampfhaftes Bemühen, das Ganze halbwegs anständig zu Ende zu bringen. „Best-Ager", dass wir nicht lachten!

Werner war sehr ernst gewesen, erzählte mir von seinem täglichen Kampf um ein bisschen Glück in einem klassischen „Patch-
work" – Dilemma. Aber *dass* er diesen Kampf und *wie* er ihn
führte – immer wieder in der Niederlage, und immer wieder auf-
stehend - das imponierte mir. Ich selbst hatte schon längst alle
Segel gestrichen und versuchte mit der Kraft eines Hilfsmotors
in irgendeinem Hafen anzulanden, mein Schiff zu vertäuen und
dann die Mole nicht mehr zu verlassen.

„Nächste Ausfahrt Bern" stand auf dem großen Hinweisschild, und ich wusste immer noch nicht recht, was ich eigentlich hier wollte.

Aber an der bezeichneten Ausfahrt verließ ich die Autobahn.

4

Bern, Oktober 2018

Nachdem sich alle kleinen Figuren wieder ins Innere des Zytglogge zurückgezogen hatten und es eine knappe Stunde dauern würde, bis sich die nächsten Gruppen zur Betrachtung dieser aufgebauschten Touristen-Attraktion dort sammelten, ging ich, ohne ein festes Ziel zu haben, langsam in Richtung Casinoplatz.

Albert Hartmann, der Zeitanhalter, war längst in den Gassen der sich nun rasch mit Menschen füllenden Altstadt verschwunden.

„Kirchenfeld", hatte er gesagt und einen Moment versuchte ich darüber nachzudenken, wo mir diese Ortsbezeichnung schon einmal begegnet war und was sie mit dieser mir fremden Stadt zu tun haben könnte. Es hatte aber keinen Zweck, ich kam irgendwie nicht weiter, mehr, als dass die erste Wohnung, die ich als junger Student in meinem Heimatort bezog, in einer „Kirchfeldstraße" gelegen hatte, fiel mir dazu nicht ein, schien aber zu erklären, warum ich über diesen Begriff gestolpert war.

Ich ließ mich quer über den Casinoplatz treiben und überlegte, den handlichen Reiseführer aus der Jackentasche zu holen oder lieber den weiteren Empfehlungen des Obers aus dem Goldenen Schlüssel zu folgen: er hatte vom Einstein-Haus gesprochen und vom Münster, und natürlich müsse ich auch die seit etwa zehn Jahren neugeschaffene Anlage des Bärenparks besichtigen, im Moment werde sie bewohnt von zwei Tieren namens „Björk" und „Finn" und ihrer Tochter „Ursina", deren Schwester „Berna" lebe hingegen wegen ständiger Auseinandersetzung mit der Mutter – „wie im richtigen Leben", hatte der Kellner lachend im besten Berner Dialekt hinzugefügt – inzwischen in einem Tierpark in Bulgarien, Dobritsch oder so. Damit wäre mein Tagespensum gut gefüllt, fügte er, nachdem er sein stattliches Trinkgeld eingestrichen hatte, noch hinzu.

Eigentlich aber wollte ich kein Tagespensum erfüllen, das hatte ich während zweier Drittel meines Lebens hinlänglich getan. Während ich weiterging, verspürte ich Lust, mich einfach in eines der vielen Cafés oder Bistros zu setzen. Die Sonne entwickelte, nachdem ich die Dunkelheit der Rathausgasse hinter mir gelassen hatte, inzwischen wieder eine erstaunliche Strahlkraft, durchbrach den leichten Dunst des frühen Morgens und hielt weiterhin die Illusion aufrecht, es sei immer noch Sommer. Überall waren Stühle und Tische vor den Lokalen aufgestellt, erste schon erschöpfte Touristen, aber auch elegant gekleidete Paare, sicher Einheimische, hatten sich hier niedergelassen. Warum nicht einfach eine Zeitung kaufen, sich dazusetzen, ein wenig lesen oder in die Sonne blinzeln, eine Zigarette rauchen – auch eine Möglichkeit, für eine Stunde, vielleicht zwei, die Zeit anzuhalten, zudem eine angenehmere, als die, die Albert Hartmann für sich ausgewählt hatte, im Kampf gegen die Trauer und das Vergessen.

Ich ging trotzdem weiter, wusste ich doch, dass ich nach dem Cappuccino, den ich zunächst bestellen würde, zum Wein überginge, viel zu früh und wieder viel zu undiszipliniert, weil es nun wirklich keinen mehr gab, der mich zur Ordnung hätte rufen können, außer mir selbst, und das hatte noch nie funktioniert.

Der Platz lag jetzt hinter mir, ich passierte das eigentliche Casino-Gebäude, das wegen einer Komplettsanierung seit bereits einem Jahr geschlossen war, rechts lagen Bundeshaus und Parlament, dann erreichte ich das Ufer der Aare. Die Straße führte direkt auf eine imposante Brücke zu. Noch bevor man einen der links und rechts angelegten Bürgersteige betreten konnte, fiel eine große Informationstafel des Berner Tourismusverbandes ins Auge. Über einem schräg vom anderen Ufer aufgenommenen Foto des Bauwerks stand die Überschrift: „Kirchenfeldbrücke."

Und auf einmal wusste ich es wieder.

Kirchenfeldbrücke! Hier war es gewesen, dass der Altphilologe Raimund Gregorius, von seinen Schülern Mundus genannt, an einem regnerischen Wintermorgen auf seinem Weg zum Unterricht jene fremde Frau am Brückengeländer gesehen hatte, die seines Erachtens kurz davor war, in die Aare zu springen, was ihn dazu brachte, sie von diesem vermeintlichen Sprung abzuhalten und die, auch, wenn sie kurz darauf verschwunden war und nie wiederkommen würde, oder vielleicht gerade deswegen, seinem Leben eine Wendung gab, die er noch wenige Minuten zuvor für absolut unmöglich gehalten hätte.

Kirchenfeldbrücke – die ersten Seiten des Romans „Nachtzug nach Lissabon", geschrieben vor 15 Jahren von Pascal Mercier, der eigentlich Peter Bieri heißt und auch aus Bern stammt, hätten das Zeug dazu gehabt, auch mein eigenes Leben schlagartig zu verändern. Der Zeitpunkt, ich war gerade 50 geworden, konnte passender nicht sein. Meine damalige Lebenskrise, die viel mehr war als das, was man so oberflächlich wie ungenau als „midlifecrisis" bezeichnet, trieb derart seltsame Blüten, dass ich z.B. in einer Spontan-Aktion meine gesamte Sammlung an Vinyl-Platten, knapp 1700 Stück, an einen windigen Second-Hand-Laden verhökerte, dessen Besitzer, ein leutseliger Alt-Rocker, mir sogar das Gefühl gab, nicht allzu offensichtlich beschissen zu werden. Im Handumdrehen stand er mit einem klapprigen Pick-Up und einer furchteinflößenden Riesendogge, die durch ihre schiere Präsenz jeden Gedanken, vielleicht noch vom Verkauf zurückzutreten, im Keim erstickte, vor meiner Haustür und ich half ihm sogar dabei, möglichst schnell alle Platten auf die Ladefläche zu wuchten, argwöhnisch beäugt von diesem ununterbrochen seibernden Zerberus. Als die beiden weg waren, stand ich vor meinen leeren Regalen, eine ansehnliche Geldsumme in den Händen, die Augen voller Tränen, beschloss dann aber doch, dass mein Leben als jetzt 50jähriger ohnehin in Kürze irgendwie vorbei und es richtig sei, sich vom Ballast meiner Jugendjahre zu trennen. Möglichst früh mit dem Altwerden beginnen, das war meine damalige Devise, so jedenfalls verkaufte ich diese ziemlich hohle Attitüde meinen Freunden, die für eine gewisse Zeit ihre Aufmerksamkeit, aber auch ihr Kopfschütteln erregte. Wochen nach meinem Geburtstag, erstaunlicherweise lebte ich einfach so weiter wie bisher, fand ich im Internet eine Reihe meiner „Goldstücke" wieder – zu astronomischen Preisen!

Und etwa um diese Zeit herum hatte ich, ein Geschenk einer Freundin zu meinem Fünfzigsten, das Buch in der Hand, das von dem unerhörten Bruch im bisher ziemlich pedantischen und jederzeit vorhersehbaren Leben jenes Berner Lehrers, genaugenommen ja eines fiktiven Kollegen von mir, erzählte, ausgelöst durch die Begegnung mit der geheimnisvollen Unbekannten. Mercier ließ ihn etwa in meinem Alter sein, einer, der wusste, was ihn an jedem neuen Tag in der Schule erwartete und anschließend in seiner Wohnung, allein, längst von seiner Frau verlassen, einer Ex-Schülerin, die ihn, bei all seiner Belesenheit und Intelligenz, letztlich schlicht und einfach als zu „langweilig" empfand, um noch länger bei ihm zu bleiben. Das weitere Leben des Raimund Gregorius schien also genauso vorgeprägt, wie ich es von meinem eigenen ahnte, wenn nicht schon genau wusste, der Frühling würde kommen, der Sommer, und alles bliebe beim Alten, der Schulweg, die Vorträge im Klassenzimmer, die Heftstapel, die der Korrektur harrten und sich auf wundersame Weise immer wieder erneuerten, die Urlaube an den stets gleichen Orten, die Einsamkeit inmitten der vielen Freunde - nur, dass man mit jedem Tag näher am Ende seiner Zeit sein würde.

Und nun geht der vom Autor erfundene Berner Kollege (oder war er gar das Abbild einer realen Person?), der langweilige, verlassene, sich in den Büchern Vergrabende und dort Schutz suchende Gregorius an diesem Morgen also wieder über die Brücke zur Schule (die Anfangsszene der ansonsten, trotz großer Schauspieler, eher mäßigen Verfilmung des „Nachtzugs" zeigt das recht gut, gedreht am Originalschauplatz, da, wo ich jetzt stand), damals allerdings im strömenden Regen, den Schirm aufgespannt, die korrigierten Schulhefte in der Tasche – und dann sieht er diese Frau im durchnässten roten Ledermantel, die langen schwarzen Haare vom Regen wirr und in einzelnen Strähnen herunterhängend, und er glaubt, nachdem sie, offenbar unter Tränen, einen Brief, wahrscheinlich einen Abschiedsbrief, gelesen, dann zerknüllt und in die Aare geworfen hat, sie würde diesem Papierknäuel hinterherspringen. Und buchstäblich lässt er alles stehen und liegen, die Hefte, mit deren Korrektur er sich die gewohnte Mühe gegeben hat, fallen aus der Tasche und werden nass, fast unbrauchbar, aber er muss diese Frau davon abhalten, sich ebenfalls fallen zu lassen und von diesem Moment an ist nichts mehr in seinem Leben, wie es war.

Und trotz der ohne Not hergegebenen Plattensammlung und meiner damaligen düsteren Gedanken und depressiven Stimmungsschwankungen: nach diesen ersten Seiten des Buches war ich mir sehr sicher, dass das, was der papierne Gelehrte (hinter seinem Rücken nannte man ihn nicht umsonst auch „Papyrus") hinbekommen hatte – wenig später, als die Frau aus dem Klassenraum, in der er sie mitgenommen hat, für immer verschwindet, verlässt er, mitten in der Schulstunde, selbst abrupt den

Unterricht - auch mir gelingen würde. Noch während ich weiterlas von seiner Reise nach Lissabon und der obsessiven Recherche des Lebens von Amadeu du Prado wusste ich, dass auch ich bald meinen eigenen „Nachtzug" nehmen würde, wohin auch immer.

Ich war langsam einige Meter auf dem Gehweg vorangekommen, in Richtung der anderen Aareseite, auf der das Kirchenfeld des Albert Hartmann, aber auch das Gymnasium des Raimund Gregorius (und des jungen Peter Bieri) sein mussten. In der Straße lagen Gleise und kündeten mit einem metallischen Vibrieren von der gerade herannahenden Tram. Auf der Mitte der Brücke blieb ich stehen und lehnte mich an das Geländer, unter mir die Aare mit ihrem grün-türkisen Wasser (ähnlich dem, das ich gerade von meinem mallorquinischen Ausguck aus vor mir sehe). Wie ich dem Info-Schild entnommen hatte, waren gerade umfangreiche Sanierungsmaßnahmen durchgeführt worden, unter anderem hatte man unterhalb des Geländers Fangnetze angebracht. In diesem Zusammenhang wurde auf der Tafel am Brückenkopf auf eine wachsende Anzahl von Suiziden verwiesen – eine ironische Pointe zum Anfangskapitel des „Nachtzugs" – und für diese wenig ästhetische Schutzmaßnahme um Verständnis geworben.

Ich versuchte mir die Netze einfach wegzudenken. Hier musste sie gestanden haben, die Frau im roten Mantel, und von dahinten Gregorius gekommen sein, im unaufhörlichen Regen, und, weil er dachte, sie würde dem Brief, den sie in den Fluss geworfen hatte, hinterherspringen, seinen Regenschirm fortsegeln und die Tasche fallen lassen. Aber statt zu springen drehte sie sich zu ihm um, womöglich war seine Panik unbegründet gewesen. Sie schrieb ihm, dem Unberührbaren, mit Filzstift eine Telefonnummer auf die Stirn und er ließ es zu. Von hier aus nahm er sie mit in die Schule, in den Klassenraum.

Dann war sie plötzlich gegangen, mitten im Unterricht. Gregorius hatte sie nie wiedergesehen und auch die Nummer, die sie nur unzulänglich mit ihrem Taschentuch wieder abgewischt hatte, so dass er sie noch notieren konnte, niemals angerufen. „Português", das war ihre Muttersprache, mehr hatte er nicht erfahren. Aber das reichte aus.

Wie beneidete ich ihn, als er wirklich alles, was ihm noch vor einer einzigen Stunde so wichtig gewesen war – Bücher, Hefte, Stifte, Kreide, Aktentasche – einfach zurück ließ und nur diese ganz wenigen Augenblicke benötigte, um zu wissen, dass alles, was sein bisheriges Leben ausgemacht hatte, nicht stimmte und auf radikale Veränderung wartete.

So entdeckte er Lissabon, den von der Welt vergessenen und schon lange toten Schriftsteller Amadeu do Prado und die Menschen, die diesen Dichter geliebt und gehasst hatten, und auf diese Weise lernte er auch sich selbst kennen und die Versäumnisse und Auslassungen des eigenen Lebens verstehen.

Aber die Frau, die während seiner vorletzten Stunde, die er als Lehrer unterrichtete, leise aufgestanden, zur Klassentür gegangen war und im Hinausgehen einen Finger an ihre Lippen gelegt hatte, blieb verschwunden. Nicht für mich. Ein Jahr, nachdem sie mit nassem, wirrem Haar und mit regendurchtränktem Mantel an der Kirchenfeldbrücke gestanden hatte, habe ich sie, die doch nur Literatur war, ganz woanders wiedergesehen.

5

Mülheim a. d. Ruhr, März 2005

Ja, ich habe sie wiedergesehen.

Der „Nachtzug nach Lissabon" erwies sich nach seinem Erscheinen im Jahre 2004 als Überraschungserfolg und entwickelte sich zu einem internationalen Bestseller. Der Autor des Buches unternahm im Jahr darauf eine umfangreiche Lesereise, die ihn auch in meine Nähe führte.

Eigentlich heißt er, wie gesagt, Peter Bieri, hatte sich aber, das deutete er einmal in einem Interview an, einen Künstlernamen zugelegt, weil er sich als Professor der Philosophie nach der Abfassung seines Erstlings vor seinem akademischen Umfeld schützen wollte. Er hatte offenbar Angst, in der Welt der Wissenschaft verspottet zu werden, sollte sein Ausflug in die Literatur erfolglos bleiben.

Obwohl seine Bedenken sich als unberechtigt erwiesen, blieb er auch bei den nachfolgenden Büchern bei seinem Pseudonym. Er nannte sich Pascal Mercier. Der Vorname sollte wohl als Reminiszenz an jenen großen Philosophen der Rationalität gesehen werden, beim Nachnamen schieden sich die Geister. Manche Kritiker behaupteten, dass es sich um eine Verbeugung vor dem französischen Aufklärer und Schriftsteller Jean-Sebastien Mercier handeln könnte. Dieser hatte noch vor der Französischen Revolution den Roman „Das Jahr 2440 – Traum aller Träume" veröffentlicht, eine Sozial-Utopie, deren Vorstellungen sich bereits heute in verblüffend vielen Bereichen verwirklicht hatten. Weitere Interpretationsversuche zur Erklärung des gewählten

Nachnamens – es gab Hinweise, die auf einen Genfer Luxusuhren-Hersteller (als metaphorisches Pendant zur Ordnung des Pascal'schen Denkens) deuteten oder gar auf den bekannten Champagner-Produzenten aus Épenay (im Sinne einer perlenden und erfrischenden Begleitung des vernunftgeleiteten Schreibens) – hatte der Autor kommentarlos zur Kenntnis genommen.

An einem, wenn ich recht erinnere, Märzabend des Jahres 2005, gerade erst hatte nach einem langen Winter Tauwetter eingesetzt und vom Frühling war noch keine Spur zu sehen, las Peter Bieri im Ruhrgebiet, in der Stadtbibliothek von Mülheim.

Ich war von meinem Heimatort aus die paar Kilometer an der Ruhr entlanggefahren. Es herrschte bereits tiefe Dunkelheit, der Regen hatte zugenommen, die Lichter der entgegenkommenden Autos blendeten mich. Damals machte mir das noch nichts aus. Heute, 15 Jahre später, hat mir der Augenarzt Nachtfahrverbot erteilt.

Ich parkte in der um diese Stunde schon menschenleeren und ausgestorben scheinenden Mülheimer Innenstadt. Nachdem die klassische Kohle-, Eisen- und Stahlindustrie im gesamten Ruhrgebiet in den letzten Jahren zunehmend durch sogenannte „White-Collar-Betriebe" abgelöst worden war (die Politik nannte das bedeutungsschwer „Strukturwandel"), waren auch die jeweiligen Oberbürgermeister bemüht, der Verödung der Innenstädte etwas entgegenzusetzen. „Belebungsprogramme", in der Findung irgendwelcher schwammigen Begriffe übertrafen sie sich jedenfalls. Diese Konzepte beließen es dann aber meistens dabei, dass auf den von der Schwerindustrie hinterlassenen, meist aber an den Stadtgrenzen gelegenen Brachen riesige Einkaufszentren, sogenannte „Malls" amerikanischen Zuschnitts, alles unter einem Dach und mit einer disneylandartigen Atmosphäre, angesiedelt wurden. Das kam zwar zunächst gut an, aber gleichzeitig geschah genau das, was man eigentlich verhindern wollte: die Innenstädte verwaisten, an die Stelle alteingesessener Geschäfte traten Ein-Euro-Läden, bürgerliche Kneipen und Restaurants schlossen, um noch irgendwo ein gepflegtes Bier zu bekommen, musste man sich gut auskennen. Der Stadt Mülheim war es dabei nicht anders ergangen.

Der Regen nahm zu und ich beschleunigte meine Schritte, um nicht ganz durchnässt anzukommen. Die Bibliothek war Teil des Rathauses, eines umfangreichen Gebäudekomplexes, der zu Beginn des Ersten Weltkriegs bezogen und nach Ende des Zweiten und seiner Zerstörung durch britische Bomben ziemlich lieblos wiederaufgebaut wurde. Eine Lesung aus dem Buch, das mich derart umtrieb, hätte ich mir woanders gewünscht als an diesem nüchternen, gesichtslosen Ort.

Im Foyer der Bibliothek, am Fuße einer Treppe, die in die eigentlichen Räumlichkeiten hinaufführte, warteten meine Freunde auf mich, zwei Paare, Kollegen aus der frühen Lehrerzeit, die dann zu Freunden wurden, mit ihren Frauen. Ich war allein gekommen, Mona gab es zu dieser Zeit noch nicht, von Brigitte hatte ich mich gerade mal wieder getrennt.

Wir fanden Platz in der zweiten Reihe. Die Stühle waren im Halbkreis um einen Tisch herum aufgestellt, auf dem die übliche Leselampe, eine Karaffe mit Wasser und ein Glas standen. Ein Mikrofon schien nicht nötig, offenbar verfügte der Autor über ausreichend stimmliche Kraft. Im Hintergrund reihten sich die Regale mit den auszuleihenden Büchern, das Ganze sah aus wie die Bücherei in meiner Kindheit, in die mich mein Vater samstags mitnahm, um dem Bibliothekar (jenem Freund, der Vaters Eltern und Schwestern während seiner langen, durch Krieg und

Gefangenschaft bedingten Abwesenheit und nach deren Aus-
bombung versorgt und im eigenen Haus aufgenommen hatte)
seine Dankbarkeit zu zeigen und ihm beim Sortieren und Regist-
rieren der Neuzugänge und bei der Buchführung behilflich zu
sein. Der Charme der frühen 60er Jahre, einer Mischung aus
kleinbürgerlichem Festhalten am angeblich Bewährten und der
Bereitschaft, sich besonders in der Literatur vorsichtig und in
kleinen Schritten Neuem, bisher nicht Gekanntem zuzuwenden,
hatte sich auch hier erhalten, nur war alles größer, es gab offenbar
noch reichlich Nebenräume. Ein paar Meter rechts von unseren
Plätzen befand sich die lange Theke, an der die Kunden ihre Bücher zurückgeben und neue mitnehmen konnten. Auf der überdimensionierten Holzfläche stand ein Computer, der Monitor
hatte noch eine große Auswölbung an der Rückseite, Flachbild-
schirme waren erst im Anmarsch. Ich vermisste die Holzkästen
mit den braunen Karteikarten. In der Bücherei meiner Kindheit
wurden sie noch sorgfältig beschriftet, die Angestellten mussten
über eine saubere und lesbare Handschrift verfügen, nur für die
Daten der Ausleihfrist gab es Stempel. Manchmal, während mein
Vater dem Büchereileiter in dessen Büro, wo sich die beiden zwischendurch auch den einen oder anderen Weinbrand gönnten,
zur Hand ging, wurde mir die Aufgabe des Stempelns der Karteikarten und deren anschließende Rücksortierung in den Holzkas-
ten übertragen. Obwohl ich auf diese Weise meine „Schmöker-
Ecke", einen Platz im entlegensten Raum der Bibliothek, wo ich,
bewaffnet mit einer Flasche Sinalco und einer Prinzenrolle von
de Beukelaer, meine Schätze hortete (natürlich die Karl-May-
Sammlung, aber auch alles von Robert Louis Stephenson, Fried-
rich Gerstäcker, Walter Scott und Enyd Blyton) verlassen musste,
fühlte ich mich bei dieser Tätigkeit ungeheuer wichtig. Zwar kamen an den Samstagnachmittagen nur noch wenige Kunden,
doch deutete ich das Tätscheln meines Kopfes, das mir von den

meist alten Frauen, die sich mit Herz-Schmerz-Romanen einge-
deckt hatten, zu Teil wurde, als Bestätigung und Lob: der kleine
Johannes verwaltete die große Welt der Bücher!

Jetzt stellte sich eine Frau ungewissen Alters vor den Lesetisch,
das graue Kostüm passend zu den Haaren, die am Hinterkopf zu
einem Knoten zusammengebunden waren.

„Meine Damen und Herren, als Leiterin der Stadtbibliothek Mülheim freue ich mich…"

Meine Freunde und ich schauten uns an. Die immer gleichen Le-
sungsankündigungen von den immer gleichen Frauentypen, be-
flissenen Bibliothekarinnen, Volkshochschulkurs-Leiterinnen,
Altstadt-Buchhändlerinnen, auf ihre Weise vielleicht genauso enttäuscht wie wir, die Lesungsbesucher, von einem Leben, das so
ganz anders war, als es in den Büchern stand, vergeblich Schutz
suchend zwischen den langen Regalen, die die eigenen Defizite
nur unvollkommen verdeckten. Aber an einem Abend wie diesem liefen sie zu Hochform auf.

„Und nun viel Vergnügen mit unserem heutigen Gast aus der
Schweiz!"

Während verhaltener Applaus aufkam, betrat Bieri von der Seite
den Raum, das Buch, mit vielen Merkzetteln versehen, unter dem
Arm, deutete eine Verbeugung an und setzte sich an den Tisch.
Nicht sonderlich großgewachsen, das graue Haar ein wenig un-
gekämmt, blaues Sakko, weißes Hemd, dazu eine eng geschnit-
tene Jeans, die ganze Erscheinung leger. Intellektueller, Wissen-
schaftler, Schriftsteller. Er richtete den Schirm der Lampe auf den
nun aufgeschlagenen Text, räusperte sich kurz, trank einen
Schluck Wasser und schaute uns an. Ob er eine Brille aufhatte,
weiß ich nicht mehr.

Nach einer kurzen, formelhaften Begrüßung, er freue sich, nun auch einmal das Ruhrgebiet kennenzulernen und es sei ja viel grüner als befürchtet, begann er mit dem ersten Satz des Buches.

„Der Tag, nach dem im Leben von Raimund Gregorius nichts mehr sein sollte wie zuvor, begann wie zahllose andere Tage."

Seine Stimme war sonor, ruhig, der Schweizer Akzent nur dezent. Bevor ich die Augen schloss, um mich noch einmal ganz hineinzubegeben in diesen entscheidenden Tag des Lehrers Gregorius, von dem ich erhoffte, dass auch für mich solch ein Tag möglichst bald bevorstünde, ein radikaler Moment der Änderung, sah ich noch einmal kurz in die Runde. Der Raum war inzwischen bis auf den letzten Platz gefüllt, die Bibliothekarin nahm das mit einem zufriedenen Lächeln zur Kenntnis, sehen Sie, das würde sie jetzt gerne sagen, ich habe den momentan am meisten angesagten Schriftsteller verpflichten können, hierhin nach Mülheim, in meine – meine!, das würde sie betonen - Bibliothek, und in der vordersten Reihe begrüße ich *die* führende Journalistin der hicsigen Kulturredaktion, und dabei würde sie zur Kenntnis nehmen, dass sich der von der Redakteurin mitgebrachte Fotograf schon vor Bieris Tisch niederkniete und hektisch ein paar Bilder machte, anschließend auch von ihr (sie strich sich noch schnell eine graue Strähne aus dem Gesicht), morgen würde in der Zeitung lobend und staunend zugleich erwähnt werden, wie sie das nur wieder geschafft habe, einen solchen Hochkaräter in die Provinz zu holen, ohne sie und, das müsste sie wohl einräumen, ohne Roberto Ciullis Inszenierungen würde das Mülheimer Kulturleben wirklich arm dran sein – und dann setzte sie sich, ihr Stuhl stand ganz nah am Lesetisch, noch einmal in Positur, straffte den Rücken und mit leicht quergelegtem Kopf sah sie mit Genugtuung auf den Autor, *ihren* Autor.

Meine Augen blieben noch kurz an einem weiteren Tisch im Hintergrund hängen, auf dem gerade eine junge Frau, vielleicht eine Mitarbeiterin, ein paar bereits entkorkte Weinflaschen platzierte und die passenden Gläser gegen das gedämpfte Saallicht hielt – alles betont leise und vorsichtig, um den Schriftsteller nicht zu irritieren, denn der beendete gerade die erste Textpassage:

„Als die Brücke in Sicht kam, hatte er das sonderbare, ebenso beunruhigende wie befreiende Gefühl, dass er im Begriff stand, im Alter von siebenundfünfzig Jahren sein Leben zum ersten Mal ganz in die eigenen Hände zu nehmen."

Das war es! Ein Leben, das über Jahrzehnte bestimmt war durch die immer gleichen Abläufe, durchritualisiert aus Angst vor jeglicher Veränderung, mögliche Alternativen bestenfalls rhetorisch behauptet und kleinlaut wieder fallen gelassen, ein Leben, das unter den Fingern zerrann und auf Jahre hinaus vorherbestimmbar schien – solch ein Leben endlich in die eigenen Hände zu nehmen, Beunruhigung und Befreiung zugleich, ja, das war es, darum ging es, auch wenn der Versuch schon mehrmals gescheitert war, auf ein Neues, am besten sofort, gleich hier, oder zumindest ab morgen, wenn es statt der mächtigen Buchregale, die hier noch unerschütterlich und trotzig den Raum füllten, galt, die Realität anzugehen, sie umzustoßen, in Stücke zerfallen zu lassen und sie dann wieder zusammensetzen – ganz anders und auf eine noch nie dagewesene Weise!

Hätte ich nur noch einmal meine Augen weit geöffnet und etwas genauer auf die Menschen geschaut, die außer meinen Freunden um mich herumsaßen, gekommen aus den unterschiedlichsten Gründen, aber Gründe hatten sie alle, ohne Grund hier zu sein, erschien unmöglich, hätte ich also noch einmal einen Blick riskiert, bevor mich der lebensentscheidende Moment des Raimund

Gregorius wieder in seinen Bann zurückziehen würde - dann hätte ich *sie* gesehen!

Sie war nämlich da. Die Frau von der Berner Kirchenfeldbrücke, mit langem schwarzen Haar, den roten Mantel auf den übergeschlagenen Knien, sie war da und saß nur wenige Meter von mir entfernt.

Und sie schaute mich an, die ganze Zeit.

Aber das bemerkte ich nicht.

6

Lang anhaltender Applaus. Der Autor hatte sich erhoben und lächelte, während er einige kurze Verbeugungen andeutete. Dann setzte er sich wieder, schenkte sich Wasser ein und nahm einen großen Schluck. Ich sah, dass sich unter dem Stoff der Brusttasche seines Sakkos eine Packung Zigaretten abzeichnete. Es war die Zeit kurz vor Beginn der großen Anti-Raucher-Hysterie, ausgelöst durch die strengen, die Gesellschaft zunehmend dominierenden Beglückungspolitiker, die vorgeben zu wissen, was für das Heil ihrer Mitmenschen unabdingbar ist. Aber damals schien es immerhin noch möglich, gleich mit dem Schriftsteller am Tisch mit dem Wein und den Kanapees eine zu qualmen und ein paar Worte zu wechseln.

Aber erst einmal stand die Hüterin der Bibliothek auf, schaute zufrieden auf das Publikum, aus ihrer Sicht ja eigentlich *ihr* Publikum, wartete die letzten Klatscher ab und postierte sich dann noch einmal vor dem Lesetisch und dem Autor, der sich zurückgelehnt hatte und wahrscheinlich hoffte, dass es jetzt nicht mehr allzu lange dauern würde.

„Ich bedanke mich ganz herzlich bei….", die übliche Litanei begann, sie wusste dabei nicht wohin mit den Händen, zeigte abwechselnd mit einer großen Geste auf den Schriftsteller, dann knetete sie sie nervös vor der Brust und war ihrerseits auch sichtlich froh, zum Ende zu kommen. Nachher, wenn es wahrscheinlich noch zu einem späten Essen mit ihrem Gast zu dem einzigen Italiener ginge, der noch geöffnet hatte, würde sie lockerer sein, ihn ein wenig, beschwingt von dem einen oder anderen Glas Wein, anflirten, wohl wissend, dass es für ihn anschließend in sein

Hotel und für sie in ihre wahrscheinlich verlassenen vier Wände ginge.

„Selbstverständlich, meine Damen und Herren, steht Herr Mercier noch für Ihre Fragen zur Verfügung, danach wird er gerne sein Buch signieren. Und ganz am Ende würde ich mich freuen, wenn Sie für ein Glas Wein, gerne auch ein Häppchen, noch Gäste der Stadtbibliothek sein würden. Nun aber bitte Ihre Fragen!"

Sie war offenbar etwas sicherer geworden, mit einer einladenden Geste stellte sie sich neben den Lesetisch und wartete darauf, die Meldungen aus dem Publikum wie eine Lehrerin vor der Klasse entgegenzunehmen und an den großen Meister weiterzuleiten.

Der betrachtete inzwischen amüsiert die ersten Finger, die in die Höhe gingen. Ein Blick auf die potenziellen Fragerinnen, es hatten sich tatsächlich nur Frauen gemeldet, genügten ihm, um zu wissen, was nun käme.

„Warum schreiben Sie?", „Wo schreiben Sie am liebsten?", „Haben Sie vor allem in Lissabon alles selbst recherchiert?" Die Klassiker standen sofort am Anfang. Mercier spulte einige einstudierte Sätze zu Schreibmotivation und bevorzugten Schreiborten ab, und natürlich habe er alle Einzelheiten akribisch recherchiert. Die routinierten Auskünfte schienen seinen Leserinnen zu genügen.

Die Bibliothekarin schaute dabei immer wieder nach hinten zum Büfetttisch. Ihre Assistentin hatte bereits erste Gläser gefüllt und die Frischhaltefolie von den Kanapees entfernt. Es wurde Zeit.

„Ja, vielen Dank die Damen, vielen Dank, Herr Mercier, dann können wir ja jetzt mal langsam…".

Das war mir dann doch zu wenig, und *so* einfach sollte er mir, nachdem mich sein Buch seit Wochen in den Grundfesten erschüttert und mir die letzten, sorgsam und über viele Jahre zusammengebastelten Gewissheiten über die vorgebliche Richtigkeit meines Lebens mit einem Schlag genommen hatte, hier nicht wegkommen!

Ich hob meinen Arm. Die Bibliothekarin, schon auf dem Weg zum Büfett, warf mir einen vernichtenden Blick zu.

„Entschuldigung, aber der offizielle Teil ist jetzt beendet, Herr Mercier signiert noch und ich denke, danach hat sich unser Gast wirklich eine kleine Erfrischung verdient. Also, dann…".

Ich hatte eine scharfe Erwiderung auf den Lippen, sah aber, dass der Autor, der mich für einen Sekundenbruchteil ebenfalls unwillig angesehen hatte, eine besänftigende Bewegung in Richtung der Moderatorin machte und sitzen blieb.

„Die etwas fragen, die verdienen Antwort…", begann er, während die Assistentin resigniert die Folie erneut über die Häppchen breitete und achselzuckend ein volles Glas zur Hand nahm, um zu testen, ob der Wein nicht zu warm würde.

„Brecht", fiel ich ihm ins Wort.

Einem kleinen intellektuellen Geplänkel schien er nicht abgeneigt: „Oh, der Herr kennt sich aus", kam es etwas maliziös.

„Nun denn", sein Schweizer Akzent klang jetzt, nachdem er die Lesung in fast lupenreinem Hochdeutsch gehalten hatte, doch etwas stärker durch, „was möchten Sie wissen?"

Ich brachte zunächst, da gingen die Eitelkeit und ein gewisses Imponiergehabe des Geschichtslehrers mit mir durch, ein paar kleinere Korrekturen an meines Erachtens historischen Ungenauigkeiten bezüglich der Vorgeschichte der Nelkenrevolution von 1974 an, eigentlich überflüssige Marginalien. Während ich sprach, begann das Publikum zu raunen und ich ärgerte mich im gleichen Moment über meine oberlehrerhafte Art, Typen wie mich kannte er bestimmt reihenweise aus der Uni und hatte wahrscheinlich nicht zuletzt deswegen mit dem Schreiben begonnen, um sich dieser Form einer L´Art – pour- l´art – Besserwisserei nachhaltig zu entziehen. Die Zuhörer wurden also unruhig, die Bibliothekarin sendete verzweifelte Signale an ihre Assistentin, die gerade das zweite Testglas leerte und einer der neben mir sitzenden Freunde trat mich gegen das Schienbein.

Aber dass mich die Frau von der Kirchenfeldbrücke noch intensiver als zuvor anschaute, merkte ich immer noch nicht, obwohl ein kleiner Blick zu Seite genügt hätte.

Erstaunlicherweise ging der Schriftsteller ganz gelassen und souverän mit meinen Einwänden um, versprach sogar, eine der von mir erwähnten Passagen noch einmal mit seinem Lektor für die nächste Auflage zu überprüfen.

Jetzt hätte es eigentlich zu Ende sein müssen. Scharrende Füße, Räuspern, das Zeichen an die Assistentin, die Folie erneut zu entfernen. Stattdessen ging Mercier in die Offensive.

„Haben Sie denn vielleicht auch eine Anmerkung zu Inhalt, Thema, Sprache, Figuren, junger Mann?"

Mit der Anrede „junger Mann" hatte er, der gerade einmal 10 Jahre älter war, mich wieder in die Position des von Anfang an unterlegenen Lesers gerückt. Meine Freunde, aber auch ein paar Zuschauer lachten, erstmals fiel mir ein sehr helles Lachen auf, aber ich, der ich inzwischen, brav wie in der Schule, aufgestanden war, traute mich nicht zur Seite zu sehen, woher und von wem dieses Lachen (hinterher dachte ich, es war doch auch etwas Raues, Erotisches darin) letztlich kam. Mit meinen damals schon grauen Haaren, die zunehmend in ein reines Weiß übergingen, sah ich in der Tat alles andere als jung aus. Mercier aber hatte mir deutlich gemacht, dass wir nicht auf Augenhöhe sprachen.

Und doch hatte ich eine Anmerkung, jetzt erst recht, aus der zunehmend ein kleiner Vortrag wurde, und plötzlich verstummte die Unruhe auf den Plätzen, meine Freunde schauten zu mir hoch, der Autor beugte seinen Oberkörper vor, um mich besser zu verstehen, und selbst die Bibliothekarin winkte in Richtung der Assistentin, die weiterhin die Weintemperatur überprüfte, hilflos ab.

Ich sprach davon, wie sehr mich die ersten Seiten des „Nachtzugs" euphorisiert hatten und mich danach kein anderer Gedanke mehr beherrschte, als es Gregorius gleichzutun, die Kreide wegzulegen, aus der Schule zu stürmen, die Brücken abzubrechen. Dass ich nicht den Nachtzug nach Lissabon, sondern das Flugzeug nach Heraklion auf Kreta genommen hätte und auch dort nicht auf den Spuren eines vergessenen griechischen Dichters gewandelt wäre: geschenkt. Es wäre einzig und allein um die Tat gegangen.

Mercier sah mich ein wenig spöttisch an, als ich weiter erzählte, dass ich sogar meinem Schulleiter eine Wette über eine erkleckliche Anzahl unverschämt teurer französischer Weine angeboten hatte, darauf, dass ich es in Kürze, ich nannte sogar ein konkretes Datum, wie Gregorius machen würde – einfach so, und ohne dass ich vorher eine scheinbar lebensmüde junge Frau vom Geländer einer Brücke (bei mir wäre es die damals noch Selbstmörder-Brücke genannte über die Ruhr bei Mintard gewesen) wegziehen und in meinen Unterricht mitnehmen müsste. Nein, einfach so, ich würde meinen BMW wie immer auf dem unteren Parkplatz der Schule abstellen, die Aktentasche (einen zweckentfremdeten Diplomatenkoffer) vom Beifahrersitz greifen, aussteigen, beim Betreten des Gebäudes den Hausmeister schwungvoll begrüßen und ihn mit der Niederlage seines Vereins am letzten Bundesligaspieltag ärgern und seine Retourkutsche, ich solle mir bloß mal meine grottenschlechten Schalker ansehen, lachend mit ins Lehrerzimmer, bzw. dessen Filiale, das Raucherzimmer – so etwas gab es damals noch für eine kurze Zeit - nehmen. Mit dem ersten Läuten der Schulglocke würde ich dann den Klassenraum aufsuchen, Geschichte der Weimarer Republik, mein Lieblingskurs kurz vor dem Abitur, ich machte einen aufgeräumten Eindruck, würde die vor mir sitzende Mandy, eine für ihre Jugend bereits üppige Schönheit, mit ihrem Parfüm, das einen etwas billigen Duft verströmte, aufziehen, danach den dicken Mike wegen seines glasigen, vom Wochenende übriggebliebenen Kifferblicks anfrotzeln, ein paar Lacher einkassieren. Danach würde es etwas ernsthafter zugehen, der früh-intellektuelle Paul mit den passend runden Brillengläsern und der etwas geschwollenen Ausdrucksweise hielte ein exzellentes Referat zum Bruch der Großen Koalition unter Herrmann Müller im Jahre 1930 und der damit beginnenden Agonie der Republik, seine Mitschüler würden anschließend respektvoll mit den Händen auf die Tischplatte klopfen und von mir heimste er ein großes Lob ein, das dafür sorgte, dass sein Gesicht für einen Moment rot anliefe. Dann, so hatte ich es mir, von Tag zu Tag konkreter, zurechtgelegt (und längst nicht mehr den nächtlichen Träumen überlassen), würde ich das nächste Thema ankündigen, während einige Schüler beflissen in ihren Unterlagen zu kritzeln begännen, „Die Zeit der Präsidial-Kabinette" würde es heißen, ich schöbe die Namen Brüning, Papen und Schleicher nach. Mandy, da war ich mir sicher, würde fragen, ob ich die

Namen bitte an die Tafel schreiben könne, sie würde mein aufgesetztes Stöhnen („Wenn's denn sein muss") stoisch hinnehmen, während ich zum einzigen vorhandenen Kreidestummel griffe und in meiner kaum noch lesbaren Lehrerklaue mit dem ersten Reichskanzlernamen begänne. Aber dann, mitten im Wort, und vielleicht würde es gerade noch für die Buchstaben „B – R – Ü" von Brüning gereicht haben, legte ich das Kreidestück bedächtig in die dafür vorgesehene, unterhalb der Tafel angebrachte Metallschale zurück, Paul würde sich melden und fragen, ob er am Sekretariat anklopfen und Nachschub besorgen solle, ich darauf leicht den Kopf schütteln, Danke, nein, alles gut, Paul, das Geschichtsbuch vorsichtig schließen, für einen Moment zögern, dann auch den Mont-Blanc-Kuli auf dem Pult liegen lassen, vielleicht eine Entschuldigung murmeln, oder ein „Bin gleich wieder da", vielleicht auch völlig wortlos und unter den erst feixenden, dann zunehmend ungläubigen Blicken der Schüler, meiner Lieblingsschüler, den Raum verlassen, die Klinke von außen nur halbherzig zum Schließen benutzen, so dass die Tür einen Spalt offenbliebe, eine letzte, aber schnell verworfene Möglichkeit zur Rückkehr. Ich ginge am Raucherzimmer vorbei und ließe meine angebrochene Zigarettenschachtel, das recht teure Feuerzeug dort zurück, vorbei auch an der Hausmeisterloge, Manni in seinem blaugrauen Kittel würde kurz von der BILD-Zeitung aufschauen, aber glauben, dass ich wohl etwas im Auto vergessen hätte. Noch einmal die Treppe zum unteren Parkplatz hinunter, vor dem Einsteigen ein Blick auf die in Parterre liegenden Räume der 6. Klassen, vor der einen stünde ein gleichaltriger Kollege, der es wie ich mit dem Frontalunterricht hielte, daneben liefe die Englischstunde einer jungen, attraktiven Referendarin, die die Tische für die von ihren Prüfern geforderte Gruppenarbeit hatte umräumen lassen und verzweifelt von einer lärmenden, ihre Aufgaben vernachlässigenden Schülergruppe zur anderen hetzte, wild gestikulierend und um Arbeitsruhe bittend, all das, dazu die Autos der Kollegen, der kleine Sportplatz mit den Fußballtoren aus Leichtmetall, die Begrenzungsmauer des Schulhofs, auf die der Kunst-Leistungskurs bedeutungsvolle Sätze des Namensgebers der Schule als Graffiti gesprüht hatte, Aufklärung ist der Ausgang des Menschen aus seiner selbst! verschuldeten Unmündigkeit.... ein letzter Blick, dann wäre der Wagen gestartet und würde vom Gelände rollen. Und im besten Fall fiele mir noch der Satz von Eichendorffs „Taugenichts" ein, als der, die Geige unter dem Arm und alles Philisterhafte zurücklassend, hinaus aus seinem Dorf zu wandern beginnt, eine andere Welt vor sich, eine Welt, die viel weiter sein würde als seine bisherige: „Mir war es wie ein ewiger Sonntag im Gemüte."

Abgesehen davon, dass meine, von der mutigen Wette mit dem Chef begleitete Vorstellung eigentlich schon eine unzulässige Veränderung des Romangeschehens war, denn Gregorius hatte es eben ohne jede Ankündigung getan, berauschte mich der Gedanke an eine solche Flucht, ein kompromissloses Abtauchen, die späte, aber vielleicht nicht zu späte Suche nach dem Anderen, Besseren zunehmend und ich wurde mit jedem Satz, den ich über den Berner Lehrer las und wie sicher er mit jeder neuen Begegnung in Lissabon wurde, während er Prados Leben nachforschte, überzeugter, dass sein Schritt der richtige gewesen war.

Mein Chef schlug übrigens mit großer Freude in die Wette ein. Er wusste sehr genau, „einer seiner besten Leute", wie er mich, anerkennend und ironisch zugleich, nannte, würde wiedermal nur ein bisschen rhetorisch aufbegehren, vor geneigtem Publikum im Lehrerzimmer herumschwadronieren, sein Ego ins rechte Licht rücken, andererseits aber schon nach Gründen für das Scheitern seines Aufbruchs suchen, damit das Ganze mehr nach einer Verkettung von Umständen aussähe, für die er nicht verantwortlich war. Und natürlich hatte er Recht. Wenig überraschend, hatte ich dann das gesetzte Datum kleinlaut verstreichen lassen und auf die Nachfragen der hämisch grinsenden Kollegen irgendetwas Kryptisches gemurmelt. Ich verließ weder die Tafel, noch das Klassenzimmer. Der Schulleiter ließ mich großzügig an seinem Wettgewinn partizipieren.

„Wie Sie sehen, Herr Mercier, stehe ich immer noch hier, ich bin geblieben, obwohl mir der Anfang Ihres ´Nachtzugs` so viel Mut, ja fast eine Ahnung von Glück beschert hat…". Ich hatte die Arme sinken lassen.

„Und Ihre Frage?" Der Schriftsteller entließ mich noch nicht, auch wenn sich der Belag der Häppchen auf dem Büfett langsam unappetitlich verfärbte.

„Meine Frage?" Ich wurde plötzlich wütend, im Grunde natürlich auf mich selbst und meinen fehlenden Mut, aber diese Wut musste ich in jenem Augenblick umlenken auf den, der mir diesen Schlamassel scheinbar erst eingebrockt hatte, eine klassische Projektion, und leicht durchschaubar. Es sprudelte aus mir heraus, wie radikal der Anfang der Geschichte mich und meine Vorstellung vom Leben, Weiter-Leben in längst ausgetretenen Pfaden verändert, wieviel Elan sie mir, dem müde gewordenen 50jährigen, mit einem Mal verliehen habe, dass ich wirklich selbst für einen Moment daran geglaubt hätte, dass mir eine ähnliche Flucht wie die von Gregorius gelänge, eine Flucht weg von allen Zwängen und Zumutungen hin zu mir selbst, Literatur, die zu Leben wird, mein Gott, Herr Mercier, Besseres kann es doch wohl nicht geben, oder?

Der Schriftsteller nickte nachdenklich, und wenn ich außer meiner eigenen Erregung, die nichts anderes war als das Verdecken meiner Unzulänglichkeit, noch irgendetwas anderes gespürt hätte, dann wären es die Blicke der Frau von der Brücke gewesen, ganz fest auf mich gerichtet, von der Seite aus, wo sie saß und von wo sie mich seit Beginn der Lesung angesehen hatte.

Aber ich spürte weder ihre Blicke, noch sie selbst.

„Und dann," fuhr ich fort, „ bin ich Gregorius über ein paar hundert Seiten durch Lissabon gefolgt, habe mit ihm zusammen die Augenärztin Mariana besucht, ihren gefolterten Onkel Joao, war mit ihm und dem alten Pater Bartolomeu im verfallenen Lyceum und bei der Schachpartie mit O´Kelly, und immer wieder und wieder auf den Spuren Prados, beim Zusammenfügen der Bruchstücke seines Lebens und Sterbens und zum Schluss in Salamanca bei Estefania. Und mit jedem Satz, den ich las, teilte ich Raimunds ungläubiges Erstaunen über sein neues Leben, aber auch seine tiefen Zweifel darüber, ob dieses Leben Bestand haben könnte. Aber es war ja tatsächlich möglich gewesen, ihm eine solche Wendung zu geben, und wieso, zum Teufel, sollte es so plötzlich wieder aufhören? Immer, in jeder Sekunde war ich bei ihm, Herr Mercier, welchen Leser, sagen Sie selbst, könnten Sie sich mehr wünschen als einen wie mich? Aber dann…".

Ich schwieg erschöpft und war plötzlich nur noch von dem Wunsch erfüllt, die Lesung zu verlassen und irgendwo allein und ohne meine Freunde ein Bier zu trinken.

„Was: dann?" Mercier wurde ungeduldig, sein Wohlwollen schien umzuschlagen in den Wunsch, die Sache nun doch zu Ende zu bringen. Die Bibliothekarin warf ihm einen dankbaren Blick zu. Und auch das Publikum, erneut waren Räuspern und Tuscheln zu vernehmen, schien mir seine kurzfristig gezeigte Sympathie zu entziehen.

Nur die eine, die Frau mit dem roten Mantel über den Knien, wollte mehr hören, wartete gespannt auf meine Antwort – und hätte ich mich wenigstens jetzt einmal zur Seite gedreht, dann hätte ich sie so gesehen, ihr schönes Gesicht, umrahmt von den langen schwarzen Haaren, mir zugewandt, und in ihm hätte ich von einer nie gekannten Verheißung, einem in meinem bisherigen Leben nie eingelösten Versprechen lesen können.

„Dann", sagte ich und wartete, bis Mercier erneut einen Schluck Wasser genommen hatte, „dann beenden Sie die Geschichte – ja, ich weiß, die Schwindelanfälle, die er schon in Lissabon hatte, aber ich hatte gehofft, Mariana Eça hätte ihm nur eine falsche Dioptrin-Zahl verordnet – vor dem Klinik-Eingang in Bern. Hirntumor. Sie lassen das neue Leben des Raimund Gregorius in der Neurologie enden. Verstehen Sie mich nicht falsch, ich will kein billiges Happy-End. Aber dem Leser, dem Sie solch große Hoffnung darauf gemacht haben, dass doch noch etwas geht in seinem Leben, auch wenn er die Wette gegen den Direktor mit Pauken und Trompeten verloren hat, diesem Leser, also mir, ziehen Sie, nur wenige hundert Seiten weiter, diese Hoffnung, mag sie noch so klein gewesen sein, brutal unter den Füßen weg. Hirntumor. Mut wird bestraft, nicht wahr?"

Ich setzte mich. Der Freund, der mir vorhin noch unsanft gegen das Bein getreten hatte, legte kurz seine Hand auf meinen Arm.

Im Saal war es wieder ruhig geworden.

„Ich deute die Möglichkeit einer tödlichen Krankheit an, nicht mehr, nicht weniger ", sagte Mercier ernst. „Wenn ich es eben recht verstanden habe, sind Sie Deutschlehrer. Da müssten Sie etwas von der Funktion offener Schlüsse in der Literatur wissen…Aber wir wollen unsere Gastgeberin nicht über Gebühr strapazieren. Ich signiere jetzt, und, wenn Sie mögen, unterhalten wir uns hinterher noch. Einverstanden?"

Ich nickte. Und ja, was konnte eigentlich dieser Mann, der ein großes Buch geschrieben und sich in den zahlreichen Texten, die er, kursiv gedruckt und äußerst geschickt, Prado „untergejubelt" und sich dabei als präzis-philosophischer Beobachter des Lebens und Liebens und Sterbens erwiesen hatte, dazu, dass ich hier jetzt saß, müde an allem und im Wissen, dass Literatur eben doch nicht gelebt werden kann?

Im gleichen Augenblick erhoben sich alle, einige Zuhörer nickten mir zu, andere schüttelten den Kopf. Die meisten hatten jetzt den „Nachtzug" unter dem Arm und reihten sich in die Schlange vor dem Lesetisch ein. Auch ich nahm mein Exemplar aus der Tasche und ging nach vorne.

Da muss sie schon ganz in meiner Nähe gewesen sein und ich hätte ihr Parfüm riechen können, irgendetwas spüren, das von ihr ausging, Mercier und das Buch und meinen Auftritt eben und die kleine Zurechtweisung durch den Autor vergessen, einfach stehenbleiben, mich zur Seite wenden. Und sie sehen.

7

Ich hatte als einer der Letzten den Tisch erreicht. Mercier gab gerade der Frau, die ihn vorhin nach seinem Lieblings-Schreibort gefragt hatte, das signierte Buch zurück, das sie selig in Empfang nahm. Ich hatte mein eigenes Exemplar schon aufgeschlagen und legte es vor ihn hin.

„Ach, Sie. Da haben Sie mich eben aber ganz schön ins Schwitzen gebracht. Ihre Anmerkungen zu den historischen Details fand ich, nehmen Sie mir's nicht krumm, etwas pingelig, lehrerhaft. Trotzdem, Genauigkeit muss sein. Ich verspreche Ihnen, die paar Stellen werden korrigiert, wenn Sie recht haben."

Er nahm den Kuli, blickte noch einmal auf.

„Allerdings haben Sie mich auch sehr nachdenklich gemacht mit Ihren Worten darüber, was das Buch, im Guten wie im Schlechten, mit Ihnen angestellt hat. Kommen Sie gleich mit nach hinten, ich möchte mit Ihnen darüber sprechen, beim Wein – und vielleicht einer Zigarette", er deutete verschwörerisch auf das Päckchen in seiner Brusttasche, „scheint mir das wesentlich angenehmer zu sein. Ach, Entschuldigung, die Signatur. Wie heißen Sie?"

Ich sah zu, wie er den Stift nahm und ansetzte, um „Für Johannes" zu schreiben.

Im selben Moment legte sich eine Hand auf meinen nackten Unterarm. Ich hatte die Jacke zwischendurch ausgezogen und die Hemdsärmel bis zum Ellenbogen hochgeschoben. Mein Blick blieb auf der Hand liegen, einer feingliedrigen Frauenhand mit schlanken Fingern, deren Nägel rot lackiert waren. Um das

Gelenk ein schweres silbernes Armand. Was wie eine kleine Ewigkeit schien, war in Wirklichkeit nur der Bruchteil einer Sekunde, dann drehte ich meinen Kopf zur Seite.

Da stand sie. Die Frau von der Berner Kirchenfeldbrücke, in einem Raum der Mülheimer Stadtbibliothek, mitten im Ruhrgebiet, an einem Dutzendabend, draußen Regen und eine ausgestorbene Stadt, sie stand hier – und hielt meinen Unterarm und ich fühlte, dass ihr Griff nicht nachließ, im Gegenteil, ich meinte, er sei in den letzten Momenten fester, entschiedener geworden.

Der Begriff der Inkarnation oder meinetwegen Re-Inkarnation (ich war mit beiden Varianten in meinem Unterricht immer äußerst vorsichtig umgegangen) war möglicherweise nichts als ein theologisches Konstrukt: hier aber wurde er wortwörtlich zu Fleisch und Blut, dazu in einer Weise, die den Boden unter meinen Füßen zum Schwanken brachte.

Sie stand da, das lange schwarze Haar ein einziges Wallen, weit über die Schultern, eine raubtierhafte Mähne (eine andere Bezeichnung war nicht möglich), der rote Mantel, den sie wohl inzwischen wieder angezogen hatte, geöffnet und den Blick freigebend auf ein schwarzes, hochgeschlossenes Kleid, das knapp über dem Knie endete, der Saum nahtlos übergehend in durchsichtige schwarze Strümpfe, die Beine, ohnehin ellenlang, endeten in schwarzen High-Heels mit atemberaubenden Stiletto-Absätzen, das alles sah ich mit einem Blick.

Oder halluzinierte ich nur in den kurzen Momenten unserer Begegnung? Hatte Merciers Geschichte so von mir Besitz ergriffen, dass ich mir aus einer einfachen Lesungsbesucherin, die zufällig eine Ähnlichkeit mit einer seiner literarischen Figuren aufwies, gleich ihre real gewordene Wiedergängerin zusammenphantasierte? Und das alles, obwohl ich den ganzen Tag über ohne jeden

Tropfen Alkohol geblieben und genauso stocknüchtern wie der Bibliotheksraum war? Und wieso erinnerte ich mich später nur noch an diese wenigen Äußerlichkeiten? Was war zum Beispiel mit ihrem Gesicht, ihren Brüsten, ihrer Körperhaltung? Und doch gab es damals nicht den geringsten Zweifel, ich war mir absolut sicher, dass die Frau, die meinen Unterarm so besitzergreifend festhielt, niemand anderes sein konnte als die, die am Geländer der Berner Brücke gestanden, hinterher in Gregorius' Klassenraum ganz hinten gesessen hatte und dann plötzlich gegangen und für die weitere Geschichte des Lehrers, den sie Mundus nannten, unnütz geworden war.

Ja, sie war wieder aufgetaucht, ausgerechnet hier und an diesem Abend, das konnte kein Zufall sein (und ich vergaß, dass es sie doch eigentlich gar nicht gab und sie nichts war als die Kopfgeburt eines Autors, der zufällig aus Bern stammt und als Schüler jeden Morgen über die Kirchenfeldbrücke zum Gymnasium gegangen ist) und während Mercier, der mein Buch geschlossen und zu mir herübergeschoben hatte, sie doch eigentlich auch hätte wiedererkennen müssen, jetzt aber von der Bibliothekarin, die ihm irgendetwas ins Ohr raunte, abgelenkt wurde, und im hinteren Teil des Raumes eine Gruppe Besucher, darunter auch meine Freunde, den von der Assistentin ausgiebig auf seine Qualität geprüften Wein tranken und sich die Weißbrot-Häppchen in den Mund schoben, ließ die Brücken-Frau meinen Arm los, legte mir stattdessen die Hand auf die Schulter, zog mich ein bisschen näher zu sich heran, so dass ich ihr Parfüm riechen konnte (irgendein exotischer Duft, wahrscheinlich von Dior, Chanel oder Rabanne, was weiß ich, andere kannte ich nicht) – und sagte, als sei es das Normalste von der Welt, aber gleichzeitig auch so, als würde sie es an diesem Abend zum ersten Mal in ihrem Leben überhaupt sagen: „Mein Gott, Sie sind so ein….", und dann sagte sie noch etwas, aber diejenigen Besucher, die uns am nächsten standen, sprachen miteinander, lachten, stießen mit ihren Gläsern an, so laut, dass ich den Rest ihres Satzes nicht verstehen konnte. Und dieser Satz, von dem ich nur den Anfang verstand, seine erste, vielleicht irgendetwas Bedeutendes ankündigende Hälfte, war der einzige, den sie damals sprach.

Ich hätte nachfragen können, Entschuldigen Sie, ich habe Sie nicht verstanden, aber auf irgendeine Weise war ich wie gelähmt und vielleicht genügte mir ja für den Moment einfach nur der Satzanfang und wie er klang, um eine bisher unvorstellbare, nur im Verborgenen vor sich hin brodelnde Phantasie freizusetzen. „Mein Gott, Sie sind so ein…", das sagte sie aber nicht etwa in „Português", und auch nicht mit dieser südländischen Melodie, wie sie zu Gregorius gesprochen hatte, sondern in einem völlig akzentfreien Deutsch, das ihre genauere Herkunft nicht verriet und weder von einem Dialekt gefärbt, noch einem wie auch immer rhythmisierten Singsang unterworfen war – und doch war es ein Ton, der alles, was es an Trennungsschmerzen, Verletzungen, Missverständnissen, Nichtzueinanderfinden, Dramen und Schmierenkomödien mit anderen Frauen in meinem Leben gegeben hatte, mit einem Mal aufhob, zunichtemachte. Ein Ton, in dem alles lag: Lust, Begehren, Verheißung, ans Ziel gekommen sein und der die zweite Hälfte des Satzes, egal, was sie beinhaltete, überflüssig werden ließ. Irgendwann, vielleicht schon in den nächsten Minuten oder nur wenig später, würde sie ihn wiederholen und selbst, wenn es sich um etwas ganz Banales handeln würde – Mein Gott, Sie sind so ein….aufmerksamer, enthusiastischer Leser oder einer mit Mut zum Widerspruch, einer, der sich was traut: aus ihrem Mund könnte es nichts anderes sein als eine Liebeserklärung!

Ich starrte sie an, sah in dieses Gesicht, das zu beschreiben mir noch heute die Worte fehlen, vielleicht, weil es von so vollkommener Schönheit war und glaubte, sie habe, nachdem sie die Hand ganz langsam von meiner Schulter gleiten ließ, eine knappe Bewegung mit dem Kopf zum Ausgang hin gemacht, die die langen Haare kurz ins Schaukeln gebracht hatte und möglicherweise signalisieren sollte, dass ich nichts tun müsse, als ihr zu folgen, hinaus in die Dunkelheit, auf die menschenleere Straße, dort würde sie vielleicht den Satz wiederholen oder seine fehlende Hälfte ergänzen, wenn nicht, hätte es auch noch Zeit, und von der Straße dann ganz weit weg von diesem Ort hier, dem bürgerlichen Lesetempel, in den ein Blitz einschlug, als plötzlich eine Frau dem gerade vorgetragenen ersten Kapitel entsprang und ganz lebendig wurde, immer kurz hinter ihr gehend, oder dann auch an ihrer Seite, später vielleicht Hand in Hand und Arm in Arm und sie würde den Weg wissen, die Frau von der Berner Brücke, die in Mülheim aufgetaucht war und kein Portugiesisch sprach, nur sie würde den Weg wissen und er konnte nirgendwo anders hinführen als in das, was das Paradies hieß und so lange verloren war und jetzt wiedergefunden wurde.

Und als alles in mir bereit war, dieser Frau, sei sie nun irgendeine Inkarnation oder *die* Inkarnation aus Merciers Buch oder eine ganz andere oder völlig gewandelte, Göttin oder Hexe, Zauberin oder Hochstaplerin, überall hin zu folgen, auch wenn es doch nicht ins verheißene Paradies gehen sollte, sondern in eine vor Lust und Ekstase brodelnde Hölle, aus der es kein Entkommen gäbe und auch nicht gewollt wäre, und uns die Flammen dort so lange verzehren würden, bis wir nur noch Asche wären, als ich also bedingungslos und auf Gedeih und Verderb ihrer Kopfbewegung zum Ausgang hin Folge leisten wollte – rief Herrmann irgendetwas Unverständliches vom Büfett herüber.

Es war keine halbe Sekunde – ich hatte nur eine schnelle, abwehrende Geste in Richtung meines Freundes gemacht – aber sie hatte genügt, dass die Frau verschwunden war.

Noch hing ihr Parfüm in der Luft, Dior, Chanel oder Rabanne, noch spürte ich ihren Griff um meinen Arm, ihre Hand auf der Schulter, hörte diesen einen halben Satz in einem gegen jede färbende Nuance immunen Deutsch, „Gott…..", sah den roten Mantel, das schwarze Kleid, die Strümpfe, die Schuhe, noch war sie eigentlich anwesend und der Wunsch, sie nie mehr aus den Augen zu lassen, wie Feuer in allen meinen Fasern. Aber sie war verschwunden.

Ich sprintete los, achtete nicht auf die Rufe meiner Freunde. Die breite Steintreppe nahm ich in vier, fünf, waghalsigen Sprüngen. Der Hausmeister, der sehnlichst auf das Ende der Veranstaltung wartete, stand vor dem Ausgang, rauchte und schaute auf die Uhr. Ich hielt keuchend vor ihm an, haben Sie eine Frau im roten Mantel mit schwarzen Haaren gesehen? Der Mann zog erstmal an seiner Zigarette, bis er Ja, klar, sagte, die ist eben hier im Eiltempo raus, und ich schüttelte ihn, welche Richtung, Mann?, aber der Typ zuckte nur abwehrend die Achseln, weiß ich doch nicht, mir die Richtung zu merken, in welcher die Leute das Haus verlassen, das gehört hier nicht zu meinen Aufgaben.

Aber da war ich schon an ihm vorbei, hatte mich instinktiv für die linke Seite entschieden. Lief im strömenden Regen die Straße hinunter (mir fiel der Schirm ein, der bei Gregorius´ Versuch, die Portugiesin vom Springen abzuhalten, in die Aare gesegelt war), entlang der Geschäfte mit ihren heruntergelassenen Sperrgittern, den geschlossenen Kneipen, bist fast zum Ufer der Ruhr, aber nichts, nichts, nichts. Es konnte doch nicht sein, dass nur dieser einzige Moment bleiben würde, in dem sie meinen Arm ergriffen und einen Satz gesagt hatte, von dem ich nur sechs Worte verstand! Ich musste sie doch wenigstens fragen können, wie dieser Satz weitergegangen war (ein Missverständnis, eine Verwechslung, ein Kompliment für mein kleines Duell mit Mercier – oder doch eine Liebeserklärung, ein Angebot, eine Aufforderung, im gleichen Augenblick mein Leben zu ändern, mit ihr?) und warum sie mich zuvor während der ganzen Lesung angesehen hatte.

Zurück zur Bibliothek, wertvolle Minuten schon verloren. Ich führte die gleiche Aktion mit der rechten Seite durch, nahm Hinterhöfe, Sackgassen hinzu, aber wieder nichts, nichts, nichts.

Sie war verschwunden, einfach so, und blieb es auch und vielleicht nur deshalb, weil ich für diese unselige halbe Sekunde abgelenkt war.

Ich erreichte völlig durchnässt den Eingang. Der Hausmeister winkte bereits mit dem Schlüsselbund. Meine Freunde warteten vor dem Gebäude mit meiner zurückgelassenen Jacke. Auf ihre Fragen gab ich kryptische Antworten. Sie nahmen es hin, erzählten, dass Mercier nach mir gefragt habe, erstaunt über mein hastiges Verschwinden. Schade, soll er zu Herrmann noch gesagt haben, grüßen Sie ihn, vielleicht läuft man sich ja noch mal über den Weg.

Als wir in einer doch noch geöffneten Kneipe in der Nähe ein Bier bekommen hatten und meine Begleiter, alle Germanisten wie ich, über die Lesung und den „Nachtzug" diskutierten, hörte ich ihnen schweigend zu. Die Maßstäbe, die sie an den Roman anlegten, interessierten mich nicht, stießen mich sogar ab. Was sollte ich mit poetologischen Kriterien und der Frage, ob es legitim sei, dass Mercier die ellenlang kursiv gedruckten Passagen do Prado sozusagen in den Mund legt? Ich konnte nur noch an die denken, nach der ich eben die halbe Stadt abgesucht und die sich anscheinend genauso in Luft aufgelöst hatte wie nach ihrer Flucht aus Gregorius´ Unterrichtsstunde.

Wohin mochte sie gegangen sein, vielleicht zurück ins Buch? Aus einer plötzlichen Eingebung heraus, vielleicht auch, weil aus der Musikanlage ein trauriges Akkordeon zu hören war, nannte ich sie für mich ab jetzt „Mariza", obwohl sie offensichtlich nichts mit einem südlichen Land zu tun hatte, „Mariza", nach der großen Sängerin des Fado, dem Blues der Portugiesen, und vielleicht würde ja dieser, im Grunde völlig unpassende Vorname dabei helfen, die Illusion aufrechtzuerhalten, dass sie die wahre, dem Buch mitten in die Wirklichkeit entsprungene Brückenfrau sein müsse.

Die Kollegen wechselten das Thema, hatten bemerkt, wie teilnahmslos mich ihre trockene Kritik an Buch und Autor ließ. Ich fragte sie nach „Mariza". Sie hat wirklich von der ersten Minute der Lesung an nur dich angesehen, nachgerade angestarrt, meinte Herrmann und dann noch viel intensiver, als du deinen Dialog mit Mercier hattest.

„Warum habt ihr mir nichts gesagt, mich angestoßen, auf sie aufmerksam gemacht?" Ich war wütend – andererseits fragte ich mich immer noch, ob ich das wirklich eben erlebt hatte, das mit „Mariza". Erneut nichts als eine klassische Projektion, würde mein Psychiater-Freund sagen, blühende Phantasie täte es wahrscheinlich auch. Und doch hatte sie diese ersten sechs Worte gesagt.

„Ach, Jo", sagte Herrmann, „solche Bagger-Nummern kennen wir doch schon lange von dir, heute war´s irgendwie mal umgekehrt und wir waren gespannt und wollten abwarten, was passiert. Wir konnten ja nicht wissen, dass die direkt die Biege macht." Seine Oberflächlichkeit erschütterte mich, wozu die Lektüre vieler tausend Bücher (da war er mir um viele Längen voraus), wenn er nicht begreifen konnte, dass es hier um etwas ganz anderes gegangen war als eine dämliche „Bagger-Nummer"? Aber wahrscheinlich war ich da zu hart mit ihm. Er konnte, das wusste ich seit Langem, Literatur und Leben wunderbar trennen, darum beneidete ich ihn, und aus dem gleichen Grunde tat er mir leid.

Ich beließ es bei einem müden Scherz: „Ergebensten Dank. Wer solche Freunde hat…"

Der Spruch war bekannt. Man lachte, bestellte noch ein Bier.

Aber „Mariza" blieb genauso verschwunden, wie sie (oder die andere) in Bern verschwunden war.

In den nächsten Wochen dachte ich unaufhörlich an sie, zerbrach mir den Kopf, ob und wie man sie wiederfinden könnte, aber kein Name außer dem von mir erfundenen, keine Adresse, keine Telefonnummer, nicht einmal auf meiner Stirn. Ich überlegte, die Bibliothekarin, die sich sicher noch im Glanze ihrer Erwähnung in der Lokalzeitung in einem Atemzug mit dem Schweizer Autor sonnte, anzurufen, ob sie eine Ahnung habe, vielleicht war die Frau eine Kundin der Bücherei, eine oftmalige Besucherin von Lesungen, ich erwog sogar, mit Mercier Kontakt aufzunehmen, letztlich erschien mir beides als unsinnig. Stattdessen träumte ich von ihr, sowohl am Tag (wenn es die üblichen Obliegenheiten in der Schule zuließen), als auch in der Nacht (da eher ungezügelt, wüst und wild), bis die Erinnerung zu einer kaum noch unterscheidbaren Mischung aus Fiktion und Realität verschwamm, zur Geschichte, gar Anekdote wurde, schließlich ganz verblasste. Die vergehende Zeit deckte alles zu. Andere Frauen, kurzes Gelingen, langes Scheitern. Irgendwann verließ der „Nachtzug" die Strecke zwischen Bern und Lissabon und fuhr auf ein Abstellgleis und „Mariza" wurde eine schemenhafte, fast ätherische Figur, die sich in Vergessenheit auflöste.

Das war jetzt über 13 Jahre her, und auch nach Portugal bin ich nie gefahren. Kaum ein Freund, der nicht immer wieder begeistert von Wochenendtrips nach Lissabon oder Porto, von Strandurlauben an der Algarve, von steil sich die städtischen Anhöhen hinaufquälenden Straßenbahnen, von prächtigen Festungen und Kathedralen, von frisch gebratenen Sardinen und kaltem Vinho verde, von Straßenbars, aus denen die Traurigkeit des Fados drang, erzählte – doch blieb ich meiner griechischen Insel treu, die zwar lange kein Sehnsuchtsort mehr war, auf die mich aber ein ums andere Mal eine Rest-Magie zog, die zu erklären ich lange aufgegeben hatte. Und „Mariza"? Ein, zwei Einträge noch in einem Tagebuch, in dem ich nicht mehr las.

Und doch gab es einen Anlass, bei dem sie urplötzlich und wie aus dem Nichts wieder da war, so lebendig und schön wie an jenem Abend in der Stadtbibliothek. Einmal, das war während der Zeit mit Mona, schauten wir uns die kommerziell wohl ganz erfolgreiche, künstlerisch aber eher missratene und von Mercier selbst aufs Schärfste kritisierte Verfilmung des „Nachtzugs" in einem Ruhrgebiets-Kino an. Ja, da stand sie wieder für die wenigen Anfangsminuten des Films, die auf der Kirchenfeldbrücke spielten, noch einmal ganz nah vor mir. Während Mona rechts von mir Popcorn aß und gelangweilt auf die Leinwand sah, spürte ich sie, „Mariza", plötzlich im leeren Plüschsessel neben mir, fühlte, wie sie meinen Unterarm umschloss, atmete dieses süße, schwere Parfüm und sah trotz der Dunkelheit, wie sie die langen Haare schüttelte, das Kinn in Richtung Ausgang, der mit einer grünen Notlampe markiert war, vorreckte, lass uns wenigstens jetzt gehen und uns nicht wieder verlieren, schien sie zu flüstern, aber dann hatte es einen Schnitt in der Filmhandlung gegeben, man sah Jeremy Irons, den viel zu geschniegelten und zu gut aussehenden Gregorius schon in einer Berner Buchhandlung, wo eine Studentin ihm das Buch von Prado schenkte, und Mona hielt mir den Pappbecher mit dem Popcorn hin, legte den Kopf an meine Schulter und eine Hand auf meinen Oberschenkel.

Aber das war nicht mehr als ein kurzes Aufflackern, ein einziges Mal in 13 Jahren, außerdem hatte ich niemanden, um darüber zu reden. Hätte ich an jenem Abend im Ruhrgebiets-Kino gewusst, dass mich Mona nicht allzu lange darauf verlassen würde, hätte ich den Mut gehabt, vielleicht sogar den Stolz, ihr von „Mariza" zu erzählen. Aber wir gingen, Mona drängte darauf, noch vor Ende des Films und bevor sich ein ziemlich unglaubwürdiges Happy-End zwischen Jeremy Irons und Martina Gedeck abzeichnete (das nicht zu bekommen, hatte ich Mercier zwar damals vorgeworfen, aber so ein billiges wollte ich nun auch nicht), suchten ein Lokal auf, tranken etwas, ich Bier, sie Wasser, alles wie immer, und lagen später dann im Bett, uns gegenseitig einen tiefen Schlaf vorgaukelnd, nicht mehr miteinander-, aber auch noch nicht ohne einander könnend, und „Mariza" und mit ihr der Roman des Berner Schriftstellers verschwanden in einer der Regalreihen meines Bücherschranks, einem ziemlich neurotischen alphabetischen Ordnungsprinzip folgend, irgendwo zwischen Gerhard Meiers Baur-und-Bindschädler-Trilogie und Munoz Molinas „Beatus Ille".

8

Bern, Oktober 2018

13 Jahre war das jetzt alles her.

Ich ging langsam weiter Richtung Kirchenfeld, nicht ohne das Geländer auf der anderen Seite im Auge zu behalten, als könne ich sie mir nichts dir nichts einfach herbeizaubern und so tun, als sei sie gerade erst aus der Mülheimer Stadtbibliothek geflohen und ich würde sie so kurz danach hier wiederfinden, ausgerechnet hier.

Aber zwischen all den flanierenden Brückengängern war kein roter Mantel zu entdecken, keine langen schwarzen Haare wehten in dem über dem Wasser leicht spürbaren Spätsommerwind. Wieso auch?

Unter den zahlreichen Empfehlungen des Kellners vom Goldenen Schlüssel, jetzt fiel mir auch der Name wieder ein (ich sollte ihn Mattu, wohl die hier gebräuchliche Kurzform für Matthias, nennen), war auch ein Besuch der Kunsthalle gewesen, die sich direkt am Ende der Brücke befand. Anschließend müsse ich unbedingt in die Kunsthallen-Bar gehen, die auf ungewöhnliche Weise mit dem Museum verbunden und sicher wegen des guten Wetters noch geöffnet sei.

Ich beschloss, den Bar-Besuch vorzuziehen. Es ging langsam auf Mittag, und da ich zum Frühstück nicht mehr hatte essen können als ein trockenes Croissant, verspürte ich Hunger. Durst hatte ich ohnehin die meiste Zeit.

Diese Pop-up-Bar (Mattu hatte darauf hingewiesen, dass man derartige Kneipen neuerdings wegen ihrer ständigen Überraschungsangebote so benannte) entstammte einer Erweiterung des Vorplatzes der Kunsthalle zu deren 100jährigen Jubiläum vor ein paar Monaten. Scheinbar schwerelos schwebte eine luftig wirkende Beton-Plattform seitlich der Kirchenfeldbrücke über den Aarehang hinaus, eine Art angepapptes Schwalbennest, wenngleich, als Kontrast zur neoklassizistischen Architektur des Hauptgebäudes, wesentlich kühler und geometrischer. Einige der neben der Kunsthalle wachsenden großen Bäume wurden von der Konstruktion der Plattform mit Hilfe von Aussparungen im Boden scheinbar mühelos integriert. Ihr noch reichlich üppiges Laubwerk sorgte, neben den gewölbten Überdachungen links und rechts, dafür, dass die im Übrigen recht kleine Terrasse überwiegend im Schatten lag. Als ich die Bar betrat, sah ich, dass die wenigen Tische fast vollständig besetzt waren, auch die ebenfalls aus Beton oder gar Marmor gefertigte Theke bot keine Möglichkeit zum Stehen.

Offenbar also keine Chance auf einen freien Platz, meist junge Leute, in kleinen Gruppen oder paarweise, hatten alle Stühle in Beschlag genommen, redeten munter durcheinander, tranken, rauchten, ließen sich Teller mit spanischen Tapas servieren, die Männer in Polos, T-Shirts, manche gar in kurzen Hosen, die Frauen mit leichten Tops und Leinenhosen, die Füße nackt in Sandalen oder Flip-Flops – eine Szene wie an einem Julitag, wären da nicht das rot-gelbe Laub auf den mächtigen Bäumen und einige erste Wolken gewesen, die sich, über dem grünlichen Wasser der Aare aufsteigend, langsam vor den postkartenblauen Himmel schoben.

Ich drehte mich um, wollte die bunte Schar mit Bedauern verlassen – gerne hätte ich mich unter sie gemischt, vielleicht wäre eine

Studentin der Literaturwissenschaft dabei gewesen oder ein junger Buchhändler, die ich hätte fragen können, ob sie den „Nachtzug" gelesen hätten und vielleicht den Autor Mercier alias Bieri kennen würden, der gleich hier vorne, ein paar Straßen weiter, das Kirchenfeld-Gymnasium besucht, wo auch sein Protagonist Gregorius unterrichtet hatte, bis er an einem regnerischen Herbstmorgen die Frau im roten Mantel traf, die sein Leben änderte.

Schade. Ich ging dem Ausgang zu, weg von dieser schwebenden Bar mit ihrem Dach aus herbstlichen Blättern, unter dem die Gäste lauthals und mit voller Berechtigung ihre Jugend feierten.

„Wenn Sie mögen, setzen Sie sich zu mir!" Der Ruf kam von einem Tisch, der direkt am Geländer, das den Absturz in den Uferhang verhindern sollte, stand und der von einem Baumstamm verdeckt war, so dass ich ihn nicht hatte sehen können. Der Mann hatte sich erhoben und machte eine einladende Geste in Richtung des freien Stuhls an dem kleinen runden Tisch.

„Das nenne ich ein schnelles Wiedersehen", sagte Albert Hartmann, während ich mich niederließ. „Ich hatte den Eindruck, dass Sie vorhin nicht sonderlich scharf darauf waren, mit mir über das Phänomen der Zeitlichkeit, ihrer möglichen Relativität und den Kampf gegen ihr scheinbar unaufhaltsames Verfließen zu debattieren, wenngleich wir nicht gerade weit entfernt vom Einstein-Haus waren."

Er hatte Recht, und ich fürchtete tatsächlich, es ginge jetzt weiter mit der selbst zurechtgelegten Philosophie eines alten Mannes, der nicht über den Tod seiner Frau hinwegkam. Ich machte eine entschuldigende Handbewegung und dachte über einen Themenwechsel nach.

Eine Kellnerin, so unverschämt jung wie der Rest der Gäste, mit ihrem bräunlichen kurzen Rock perfekt zu den Blättern des Baumdaches passend, fragte im breitesten Schweizerdeutsch nach meinen Wünschen. Hartmann übernahm: „Der Herr mag bestimmt ein Feldschlösschen, oder?" Ich nickte der Einfachheit halber, mir fiel auf, dass ich noch kein Wort gesagt hatte. „Für mich bitte auch noch eins, Fräulein!" Hartmann strahlte eine Art hanseatischer Noblesse aus (er hatte, wenn ich recht erinnerte, vorhin am Zeitglockenturm von seiner Hamburger Herkunft gesprochen), und wer nannte eine junge Kellnerin heute noch „Fräulein", auch im hohen deutschen Norden wohl niemand mehr. Aber die junge Frau, fast noch ein Mädchen, lächelte freundlich, offenbar ganz und gar nicht in ihrer Gender-Würde verletzt, vielleicht kannte sie Hartmann ja auch als Stammgast und schätzte seine altmodische Eleganz sogar ein bisschen. Zwei aus der Zeit gefallene Männer in dieser Bar, die doch anscheinend der Jeunesse dorée der Stadt vorbehalten war, das schien ihr zu gefallen. „Es bruucht nid lang", sagte sie beim Fortgehen.

„Verzeihen Sie, ich habe mich noch nicht vorgestellt: Johannes Buchmüller." Ich hielt Hartmann die Hand hin. Während er sie ergriff, sah er mich an. Hinter der randlosen Brille, die er jetzt trug, blitzte ein Paar blaue Augen, stahlblau denkt man wohl in solch einem Moment, meinethalben auch kobaltblau, irgendwas aus der Curd-Jürgens-Abteilung, die Statur dazu hatte er ohnehin: groß gewachsen, schlank, volle weiße Haare, locker nach hinten gekämmt, die buschigen Koteletten sauber auf Ohrenhöhe gestutzt.

„Da haben Sie aber einen schönen alten Namen, Johannes, Ihre Eltern hatten Stil." Die Anredeformel, wie man sie bei dem Hamburger Bundeskanzler immer gehört hatte, Vorname und Höflichkeitspronomen, gefiel mir. Die inflationäre Duzerei, die sich auch während meiner Berufszeit in den Lehrerzimmern unaufhaltsam ausbreitete, hatte mich im Laufe der Jahre zunehmend abgestoßen. Jeder Referendar, der noch nicht eine einzige Minute unterrichtet, nicht den Hauch eines Nachweises möglicher pädagogischer Kompetenz geliefert hatte, bekam von seinem Ausbilder sofort das distanzlose Du angeboten, der geringste Verdacht auf eine im Kollegium vorhandene Hierarchie sollte im Keim erstickt werden, eine vorgetäuschte Gemeinsamkeit, die es so nicht gab. Gut, dass das vorbei war.

„Ihrer, Albert, gefällt mir aber auch, mein Großvater mütterlicherseits hieß so, ein Bahnhofsvorsteher, der mich als Kind immer mit Fehldrucken von Fahrkarten und ausrangierten Knipszangen versorgte, und mein Lieblingsschauspieler heißt so, Albert Finney, und tolle Musiker: Albert Hammond, Albert Lee, oder, vice versa, Herb Alpert…, oder denken Sie an Camus, und Einstein hatten wir eben ja schon."

Hartmann lächelte. „Oh, Kino, Musik, Literatur, Wissenschaft - die Vergleiche ehren mich, aber für eine lapidare Vornamensgleichheit ein bisschen zu hoch gegriffen, oder? Aber genug der Komplimente. Prost, Johannes." Das Feldschlösschen war inzwischen gekommen. Wir stießen an. „Prost, Albert." Er hatte einen strammen Zug, sein Glas war schon halbleer. Während er sich die Schaumreste vom Kinn strich, sah ich, dass er über seinem weißen Hemd einen Wollschal trug, und das bei der Wärme.

Er bemerkte meinen Blick, nahm den schwarz-gelben Schal von den Schultern und reichte ihn mir. Es war ein Fan-Utensil des örtlichen Nationalligisten (im heutigen Jargon musste es natürlich heißen: Mitglieds der „Super-League") Young Boys Bern.

„Ich dachte, Sie sind Hamburger. Nix mit HSV?"

„Klar", sagte Hartmann und kramte – „Ich darf doch? Eigentlich habe ich aufgehört, wie ich schon sagte" – eine Zigarette aus meiner Packung. „Immer im Herzen, auch jetzt noch, in dieser Scheiß 2. Liga. Aber sehen Sie, wir sind, als meine Bank hier eine Filiale aufmachte, vor über 20 Jahren nach Bern gekommen, da müssen Sie sich nolens volens mit dem örtlichen Verein arrangieren, wenn man weiterhin ein bisschen Live-Fußball sehen möchte. Kennen Sie sowas nicht? Und was ist denn, ich setze irgendwie voraus, dass Sie auch fußball-affin sind, Ihr Herzensklub, Johannes?" Hartmann lehnte sich zurück und inhalierte, während sein Schal noch auf meinen Knien lag.

Statt einer Antwort nestelte ich den Mitgliedsausweis des FC Schalke 04 aus meinem Portemonnaie und legte ihn neben sein Bierglas.

„Mein Beileid." Hartmann hatte sicher auch in der Schweizer Diaspora mitbekommen, dass mein Verein mit dem jungen Trainer die ersten fünf Saisonspiele glatt verlor und schon einmal prophylaktisch Abstiegsluft schnupperte.

Hinsichtlich der von mir geforderten Leidensbereitschaft gab ich ihm Recht. Nach 55 Jahren Mitgliedschaft, die goldene Ehrennadel hatte ich nur deswegen nicht, weil ich zwischendurch vor lauter Wut dreimal ausgetreten war, konnte mich selbst der nächste Abstieg nicht sonderlich erschüttern. Und dass ich während meiner Zeit in Bochum mit dem dortigen VfL ebenfalls einen Zweitverein gehabt hätte, ohne Schalke die Treue aufzukündigen, gab ich auch zu.

„Sehen Sie", Hartmann machte der Kellnerin ein Zeichen für zwei weitere Biere, „so wie bei mir und den Young Boys. Ich hatte das Glück, dass meine Frau auch sehr fußballinteressiert und sogar selbst aktiv war. Hat in Barmbek-Uhlenhorst mal Damen-

Bezirksliga gespielt, das war damals ganz schön ungewöhnlich. Ich muss zugeben, dass ich mich ein wenig überwinden musste, Gisela nach meinen samstäglichen Besuchen im Volksparkstadion am Tag darauf zu ihren Spielen irgendwo im Alten Land zu Dorfvereinen mit Aschenplätzen zu begleiten. Aber sie war immer sehr glücklich, wenn ich mitkam und biss auch hinterher tapfer die Zähne zusammen, wenn ich ihre aufgescheuerten Knie mit Jod behandeln musste."

Ich sah, dass eine Spur von Trauer über sein Gesicht zog. Diesmal nippte er nur etwas Schaum ab und räusperte sich. Für einen Moment verloren seine blauen Augen jede Strahlkraft.

Seine Stimme wurde leiser. „Sie hat übrigens drüben am Kirchenfeld Sport unterrichtet und noch ein bisschen in der gemischten Lehrermannschaft mitgekickt, sogar noch bis....". Er stockte mitten im Satz, entschuldigte sich. „Sport und Geschichte. Ich hatte eine Abmachung mit der Bank, dass für den Fall meines völligen Umzugs nach Bern eine adäquate Stelle für meine Frau besorgt würde. Am Kirchenfeld..." , wieder fiel es ihm schwer fortzufahren, „..war sie ziemlich glücklich. Sie wollte unbedingt bis zum Erreichen der Altersgrenze arbeiten, dann.....kam die Diagnose, vor drei Jahren war das."

Er schwieg. Natürlich hatte mich die Erwähnung der Kirchenfeld-Schule elektrisiert, aber ich wollte ihn nicht bedrängen, nicht jetzt, in dieser Situation, wo er kurz davor war zu weinen. Ich hielt ihm stattdessen die Zigarettenschachtel hin, wir rauchten, nahmen kleine Schlucke vom Bier, sagten nichts.

Dann reichte ich ihm den Schal über den Tisch zurück. Er strich abwesend über das Vereinsemblem, legte ihn dann zusammen und schob ihn zwischen sich und die Rückenlehne. Ich hatte das

Gefühl, irgendetwas Tröstendes sagen zu müssen, aber ich wusste nicht, was.

Hartmanns leicht über den Tisch gebeugter Oberkörper straffte sich wieder. „Zu jedem Heimspiel der Boys sind wir zusammen gegangen, nur dann nicht, wenn Gisela eine schulische Veranstaltung hatte oder ich auf Dienstreise war. Sie war so verrückt, dass sie zu ihrem Schal sogar noch ein Trikot trug. Wir hatten Dauerkarten auf der Haupttribüne im Wankdorf – ich sag immer noch Wankdorf, dieses neue, seelenlose Stade de Suisse kann man vergessen, Neureiche in Logen, die Ultras zusammengepfercht in einer Kurve, wir irgendwo dazwischen."

Er griff in die Brusttasche seines Hemdes und holte zwei Karten heraus, die mit ihren magnetischen Feldern und den Scan-Codes aussahen wie beliebige Visa-Karten. Block 4, Reihe 26, Platz 7 und 8. Aber so war die Zeit jetzt, solche Dinger nutzte ich auf Schalke auch.

Hartmann erzählte, dass Gisela ihn kurz vor ihrem Tod im Krankenhaus aufgefordert habe, dass, wenn er eine neue Frau kennenlernen würde, sie natürlich auf ihrem alten Platz sitzen müsse.

„Und", fragte ich und bereute das sofort, „haben Sie?"

Hartmann sah mich fast ärgerlich an. „Natürlich nicht. Der Verein fragt ab und zu mal an, ob ich mich denn wirklich nicht von der zweiten Karte trennen möchte, aber ich antworte erst gar nicht. Das ist Giselas Platz, und er wird leerbleiben".

Er sah auf die Uhr, nahm ein paar Münzen aus der Hosentasche und winkte dem „Fräulein".

„Es wird Zeit", sagte er, „Anstoß um 15.30 Uhr gegen Luzern. Das Einzige, was mir, neben den komischen Fotos, die ich mache, noch bleibt."

Er wartete die Ankunft der Kellnerin mit dem braunen Rock erst gar nicht ab, legte das Geld auf den Tisch und gab mir die Hand.

„Schön, dass wir uns nochmal begegnet sind, Johannes. Vielleicht ist ein Gespräch über Fußball doch sinnvoller als eins über die Zeit und ihr Vergehen und das Sterbenmüssen. Leben Sie wohl!"

Er verließ die Plattform an der Baumgruppe vorbei. Ich sah auf die Aare hinunter, dachte an diesen traurigen Mann, dessen Frau Lehrerin, sozusagen Kollegin von mir, am Kirchenfeld gewesen war und den ich noch so viel hätte fragen mögen über die Schule und ihre Absolventen, den Schüler Bieri und den Oberstudienrat „Mundus", vielleicht wusste er etwas darüber oder Gisela hatte ihm davon erzählt, aber das ging jetzt nicht mehr.

Ich entschied mich für ein weiteres Feldschlösschen. Auf den Besuch des Museums, Mattu mochte es mir verzeihen, hatte ich keine Lust mehr und das Kirchenfeld-Gymnasium, das ich mir auf jeden Fall noch anschauen wollte, war ohnehin am Sonntag geschlossen. Ein bisschen hier dösen, ein paar Biere und Zigaretten, eine Kleinigkeit für den rebellierenden Magen, der Kellnerin ein wenig auf den Rocksaum, der weit oberhalb des Knies endete, schauen, dem Stimmengewirr der Jungen lauschen, zurückdenken, sich erinnern, an Mona vielleicht und ihre Tochter Katja, wo sie wohl sein mochten und mit wem, und noch einmal an den Berner Oberstudienrat, an „Mariza", und dass das Leben vorüberstrich und auch nicht von einer alten Zeiss-Ikon, die Tag für den Tag den Stundenwechsel am Zytglogge aufnahm, gebannt werden konnte. Ein Sonntagnachmittag auf der Terrasse der Kunsthallen-Bar, das sollte genügen. Morgen noch eben zur

Schule, das musste sein, danach würde ich nach Hause fahren, wo mich die leere Wohnung erwartete, das Arbeitszimmer mit dem aufgeklappten Notebook und der hereinbrechende Herbst. Das Gefühl völliger Plan- und Ziellosigkeit erschien mir plötzlich äußerst angenehm. Nichts anderes mehr würde sein.

„Johannes?", kam es vom Eingang des „Pop-up". Hartmann stand da und wedelte mit den Karten.

„Hätten Sie nicht Lust, mitzukommen?"

9

Wir fuhren mit der Tram zum Stadion. Was Hartmann so plötzlich bewogen hatte, mir den Platz der toten Gisela anzubieten, wusste ich nicht und er gab auch keine Erklärung dazu ab. Eine spontane, von Sentimentalität gespeiste Sympathie für mich, den Landsmann, der Schalke die Treue hielt und ihn an seine Bundesliga-Jahre in Hamburg erinnerte? Oder die plötzlich über ihn hereinbrechende Einsamkeit, das Gefühl, den leeren Sitz neben sich nicht aushalten zu können, heute, an diesem Tag, der mit allem, was er hatte, sich dem Herbst und dem Vergehen noch einmal entgegenstellte?

Keine Ahnung, was in ihm vorging. Aber als ich ihm auf der 20minütigen Fahrt von meiner beruflichen Vergangenheit erzählte, blühte er sichtlich auf. Ein Ex-Lehrer auf dem Platz der Lehrerin Gisela, und eben keine andere, neue Frau, das machte irgendwie Sinn, dagegen würde sie erst recht nichts einzuwenden haben, da, wo sie jetzt war.

Hartmann hatte an der Straßenbahnhaltestelle einem fliegenden Händler, der vor dem Bauch eine Kühltasche trug, noch schnell zwei Dosen Bier abgekauft. Ich verspürte ein starkes Hungergefühl, zögerte, auf den leeren Magen noch einen halben Liter zu kippen, aber mein Begleiter vertröstete mich auf eine Stadion-Bratwurst, die gab es auch hier.

Die Tram war schon voller Fans in gelb-schwarzer Montur. Die sehen fast so aus wie die Zecken, sagte ich leise vor mich hin, aber Hartmann hatte mich verstanden.

„Immer noch die große Rivalität mit Dortmund? Sind Sie nicht ein bisschen zu alt dazu?"

„Stimmt, und wenn es Sie tröstet: Ich schwebe bei solchen Sätzen immer irgendwie selbstironisch über mir, belustige mich an meinem teils infantilen Verhalten, schüttle sozusagen virtuell den Kopf, wenn ich den fast 65jährigen samstags vor dem Kleiderschrank überlegen sehe, ob er heute lieber das Trikot anzieht, das ihm seine Klasse zum Abschied geschenkt hat, Aufschrift ´Buchmüller 2017`, oder lieber das, das ihm der heimische Stammtisch zu seinem vorletzten runden Geburtstag überreichte und das schlicht mit ´Jo 50` beflockt ist. Und das ist nur ein Beispiel. Wenn Sie so wollen, Albert, befinde ich mich in einem permanenten Zustand der eigenen Supervision, das rettet mich manchmal. Von daher: keine Angst vor abfälligen Bemerkungen über die Vereinsfarben der Berner. Andererseits: liebgewonnene Rituale muss man beibehalten. Aber bei den Young Boys dominiert ja das Gelbe, vom Rest kann man abstrahieren."

Hartmann lachte. „Da ging es ja zwischen meinem HSV und Ihren Knappen deutlich freundlicher zu, oder?"

Ich versuchte mich zu erinnern. Für viele Jahre galt ich in Fachkreisen als unangreifbarer Experte in den Bereichen Fußball und Rockmusik, jede Wette gegen mich war meist von vorneherein verloren. Ich repetierte mühelos Mannschaftsaufstellungen, Ergebnisse, Torschützen, Platzierungen bis weit in meine Kindheit zurück, oder, was die Musik betraf, Songtitel, Band-besetzungen, Hitparaden-Rankings plus reichlich Trivia. Nicht selten verließ ich an den Wochenenden meine Stammkneipe – nicht alle Gäste hatten von meinem legendären Ruf gehört – mit einer reichlichen Extra-Zulage. Und den Ehrentitel „Dr. Rock" verlieh man mir auch noch.

Das war seit einiger Zeit vorbei. Abgesehen davon, dass mir am Ende meiner Lehrerlaufbahn zunehmend die Schülernamen entfielen, folgten unerklärliche Lücken, wenn es um den Linksaußen von Inter Mailand in der Saison 65/66 oder den Bassisten von Blood, Sweat & Tears in den frühen 70ern ging. Is normal, sagte Letelier, mein Arzt und Freund, dann immer, habbich auch. Na, ich wusste nicht so recht, stellte jedenfalls jegliche Wett-Tätigkeit ein und beschränkte mich auf das gelegentliche Glänzen meines Restwissens in irgendwelchen Kneipen- und Freundesrunden.

„Geht so", antwortete ich, „einmal hat der HSV uns am letzten Spieltag in die 2. Liga geschossen." Das wusste ich noch hundertprozentig, und auch noch in welchem Jahr.

„Saison 82/83", kam mir Hartmann zuvor. „Parkstadion Gelsenkirchen, 1:2, Tore Hrubesch und Rolff. Wir wurden sogar damit Meister unter Happel."

Ich pfiff durch die Zähne, machte ihm ein Kompliment, während die Tram leicht ruckelte und aus der Dose eines Boys-Fans, der im Gang stand und etwas schwankte, eine Ladung Bier auf meinem Polohemd landete. Ich verhielt mich angesichts seines bedrohlichen Äußeren besser still und lächelte den Idioten sogar noch an. Der zuckte die Achseln und beförderte den Rest in seinen weit geöffneten Mund.

Aber ich hatte noch etwas Schwereres für Hartmann. Jahre zuvor nämlich gab es schon einmal einen 34. Spieltag mit dem Spiel Schalke – HSV, und da ging es wieder um Sein oder Nichtsein für uns. Ob er sich auch daran erinnere?

Er musste passen, selbst, als ich ihm eine goldene Brücke baute: Saison 72/73, letztes Spiel in der Kampfbahn Glückauf in Gelsenkirchen, die besten Schalker Spieler wegen des

Bestechungsskandals plus anschließenden Meineids gesperrt, die Rest-Mannschaft wenige Zentimeter vor dem Abgrund Regionalliga, ein brüllend heißer Junitag 1973, nur eine Woche entfernt von dem legendären Pokalendspiel in Düsseldorf, über das ich mit Werner gestern noch gefachsimpelt hatte.

„Tut mir leid, Johannes, totaler Blackout. Erzählen Sie, bis zum Stadion sind´s noch zehn Minuten."

Plötzlich stand dieser Tag, ähnlich dem des Netzer-Auftritts am folgenden Wochenende, in allen Einzelheiten vor mir, und das, obwohl seitdem 45 Jahre vergangen waren, merkwürdig, diese selektiven Erinnerungen. Ich hörte noch einmal den ohrenbetäubenden Lärm im Stadion, fühlte die Hitze und den aufziehenden Sonnenbrand im Gesicht und auf den nackten Schultern. Schon zwei Stunden vor Spielbeginn standen wir auf den rissigen Stufen der alten, ruhmreichen Spielstätte, die nach diesem letzten Spiel nicht mehr genutzt würde. Stattdessen sollte die kommende Saison, vielleicht dann als Absteiger, in einem unpersönlichen Betonklotz mit dem originellen Namen Park-Stadion gespielt werden, dann aber würden vielleicht statt der von den Erbauern blauäugig erwarteten 70.000 Zuschauern pro Heimspiel nur noch die Unentwegten kommen. Sinnlose Verschwendung von Steuergeldern, die im folgenden Jahr stattfindende Fußball-WM mit ihren gerade mal drei dort garantierten Spielen diente als Alibi für diesen klotzigen Größenwahn.

Die Trikots hatten wir längst ausgezogen, viel zu früh ging der Biervorrat zur Neige, unsere vollen Blasen entsorgten wir in Plastiktüten und warfen sie in den gegnerischen Block („Außergewöhnliche Situationen verlangen außergewöhnliche Maßnahmen" hatte mein Freund Hardy das genannt, eigentlich ein ausgemachter Ästhet, wie stets Anzug und Krawatte tragend und so auf bizarre Weise aus der halbnackten, von Hitze und Bier trunkenen Masse herausragend), aber davon erzählte ich Hartmann nichts, das war ziemlich unappetitlich und nicht nur aus heutiger Sicht auch mehr als peinlich.

„Ich weiß sogar noch die Aufstellung", sagte ich unaufgefordert und mein Gedächtnis lief zu lange vermisster Hochform auf: „Nigbur (der und die Kremers-Zwillinge waren nicht gesperrt, weil sie an diesem Bestechungs-Blödsinn nicht beteiligt waren) – Klein – Holz – Helmut Kremers – Huhse – Budde – Beverungen – Scheer – Ehmke – Braun – Erwin Kremers. Mit dieser sehr jungen und überwiegend unerfahrenen Mannschaft sollte die Klasse gehalten werden. Fast unmöglich!"

Hartmann sah belustigt zu, wie die schon lange ad acta gelegten, plötzlich wieder ganz präsenten Erinnerungsbilder mich mehr und mehr echauffierten. Gestikulierend berichtete ich ihm, wie wir zu Anfang den kroatischen Trainer Horvath mit wüsten Gesängen dazu aufforderten, endlich die „Löwen loszulassen" (eine Reminiszenz an die damals vom Grafen Westerholt in der Nähe betriebenen Safari-Park mit echten Raubtieren, in dem ausgerechnet auch die Bestechungsgeldübergabe durch einen Sendboten von Arminia Bielefeld, wenn ich recht erinnere, den Ex-Schalker Waldemar Slomiany, einen mit allen Wassern gewaschenen, auch außerhalb des Spielfeldes äußerst umtriebigen Polen, stattgefunden hatte, – damals schon lächerliche 2000 Mark, die von den Schalke-Stars Fichtel, Fischer und Co., leider auch von meinem absoluten Liebling Reinhard „Stan" Libuda angenommen wurden), also eine äußerst doppeldeutige Aufforderung und Horvath konnte neben den wenigen ausgewachsenen und abgebrühten Raubkatzen überwiegend nur Kätzchen auf den Platz bringen. Aber, meine Fresse, wie die dann zubissen!

„ Das Spiel wogte, wie man so sagt, hin und her, lange blieb es beim Unentschieden, das wahrscheinlich nutzlos für uns gewesen wäre. Wir waren inzwischen völlig verschwitzt, sonnenverbrannt und halb dehydriert (selbst Hardy hatte die Anzugsjacke ausgezogen und den Schlips abgenommen, der Schweiß rann ihm unter den Brillengläsern hindurch und tropfte auf sein blütenweißes Hemd)), auf den Rängen alle der Verzweiflung nahe, zumal diejenigen unter den Zuschauern, die kleine Transistorradios ans Ohr hielten, um zu wissen, wie es zeitgleich den Konkurrenten erging, von den anderen Plätzen aber nichts Gutes zu vermelden hatten."

Aus dem Fenster sah ich die Umrisse des Berner Stadions. Die Tram fuhr zwar langsam, weil immer größere Gruppen von Fans, jetzt waren auch schon die Luzerner Farben auszumachen, über die Gleise liefen, aber wir würden gleich da sein.

Ich beeilte mich, zum Ende zu kommen. „In der 76. schließlich knallte Klaus Beverungen dem Hamburger Keeper Rudi Kargus einen in den Winkel. 1:0, das musste eigentlich reichen, aber die anderen Spiele standen auch noch auf der Kippe. Ich bekam einen Riesenstoß von hinten, rutschte ein Dutzend Treppenstufen hinunter, egal, dann eben Umarmungen mit Wildfremden, meine Freunde fand ich erst nach dem Spiel wieder."

Der Tramfahrer betätigte seine Bimmel ununterbrochen, um die letzten Meter zur Endstation zu schaffen.

„Von weit über mir hörte ich den Ruf: ΄Mensch, Nico (gemeint war der luxemburgische Ersatz-Mittelstürmer Nico Braun, ein ausgemachter Chancentod), dreh dich ein einziges Mal in deinem sinnlosen Leben wie Gerd Müller`, und was soll ich Ihnen sagen, Albert, der machte das tatsächlich, wandt sich im Stile des kleinen, dicken Münchners um Ihren Willi Schulz, der auch mal unserer war, herum, und der war ja nun wirklich nicht irgendjemand, und machte das 2:0 kurz vor Schluss. Klassenerhalt, Massentaumel, heulende Männer und dann, als die Mannschaft zu uns in die Kurve kam: das Deutschland-Lied, natürlich erste Strophe, aber mit abgewandeltem Text: Schalke, Schalke, über alles, über alles in der Welt. Tja, so war das. Die Aufforderung an den Luxemburger, sich unsterblich zu machen, kam übrigens von meinem Freund, dem dicken Jochen, der jetzt auch schon lange unter der Erde ist. Er hatte sich dazu extra auf einen sogenannten Wellenbrecher hieven lassen, und zuvor mehrfach in sein Wikingerhorn getutet. Aber das alles haben die Jungs mir erst hinterher erzählt, als wir uns in dem Chaos wiedergefunden haben."

Hartmann legte mir die Hand aufs Knie. „Eine schöne Geschichte, Johannes, gutes, altes Fußballer-Latein. Ich glaube, Sie sind der Richtige auf Giselas Platz."

Ich lächelte, vielleicht hatte er Recht, und ich musste an die Freunde denken, mit denen ich damals, an jenem Junitag 1973, auf Schalke gefahren war. Am späten Morgen hatten wir noch im „King" einen Frühschoppen gemacht, die beiden Piloten des orangefarbenen Karmann Ghias und des kackbraunen alten Käfers hatten nur die halbe Bier-Ration zugeteilt bekommen, dann waren wir losgefahren. Ich sah sie alle noch vor mir, und wie Hartmann jetzt um seine Frau trauerte, musste ich, lange vor der Zeit, auch um die meisten meiner Begleiter zu diesem denkwürdigen Spiel trauern.

Jochen, den alle Porky nannten und der später Meteorologe wurde: lange schon auf irgendeinem Friedhof im Süddeutschen, wohin es ihn mit seiner Frau verschlagen hatte, Darmkrebs.

Hardy, der mir so nah war wie keiner von ihnen, Lebenskünstler, Gentleman, und auch schon zum Frühstück (meist nahm er ein

Weizenbier und ein Croissant zu sich, french breakfast nannte er das) im Armani-Anzug mit Seidenkrawatte erschien: Krebs, ironischerweise war es bei dem Kettenraucher nicht die Lunge, sondern irgendwas im Mundraum. Wir beerdigten ihn an einem hässlichen Novembertag auf einem Dorffriedhof im Westfälischen. Während schon der erste Schnee fiel und ein scharfer Wind die Flocken in Böen durcheinanderwirbelte, stand eine Abteilung des örtlichen Schützenvereins, natürlich war er da Offizier gewesen, am offenen Grab und jagte eine Salve in den Winterhimmel. Ein Freund warf ein Schalke-Trikot auf den Sarg und ich, der ich, um meinen Kopf gegen die Kälte zu schützen, die alte Prinz-Heinrich-Mütze meines Vaters mit der Reichskriegsflagge trug (die dieser, wenngleich, was das Militärische betraf, lange vom Saulus zum Paulus gereift, aus irgendeinem kindlichen Trotz heraus nicht entfernt hatte) – etwas anderes fand sich auf die Schnelle nicht - konnte nicht anders, als die Reihe an mir war und ich mit der kleinen Schaufel feuchte, verschneite Erde hinunterwarf, als die Mütze auf dem Kopf zu behalten, und statt mich barhäuptig zu verneigen, salutierte ich, so stilecht, als hätte ich im Leben nichts anderes getan. Ich, der Kriegsdienstverweigerer, legte die Hand vorschriftsmäßig an den Mützenschirm mit der Flagge aus dem Ersten Weltkrieg, mein Körper straffte sich, meine Beine standen durchgedrückt und eng beisammen. Ich salutierte dem ehemaligen Bundesgrenzschützer, den man während seiner Dienstzeit aus disziplinarischen Gründen von der innerdeutschen Grenze ins Beirut vor dem Bürgerkrieg versetzt hatte (angeblich zum Schutz der Deutschen Botschaft und eine ganz andere Geschichte), dem Filou, Womanizer, Armani-Träger, fröhlichen Trinker, dem unbedingt Verlässlichen, d´Artagnan und Shatterhand in einer Person, meinem Freund Hardy, und genau das hatte er verdient.

Krebs, dieser gottverdammte Krebs, der sich unerbittlich in unsere Gruppe fraß und immer wieder einen von uns holte. Tim, der spätere Wirt der Ruhrschenke, der sich an diesem Juninachmittag umgedreht hatte, als ein Zuschauer, der oberhalb von ihm stand, zur Anfeuerung der Schalker eine Kuhglocke betätigte und diesem beschied, er möge doch das Geräusch unterlassen, denn da käme sein Opa immer zum Essen herunter…Tim mit seinem trockenen Humor, lange fort, auch er.

Wer überhaupt lebte noch, dachte ich, während die Bahn immer langsamer wurde. Ich war noch da, ja, und Frisco, der gerade ein großes Aneurysma fast sensationell überlebt hatte. Jedesmal, wenn ich mich von meinem Schreibtisch erhebe und mich umwende, fällt mein Blick auf die gerahmte Seite einer BILD-Zeitungsausgabe. Eine BILD-Seite an der Wand meines Arbeitszimmers, eigentlich unvorstellbar, aber Frisco hatte sie tatsächlich in den Tiefen des Springer-Archivs entdeckt und sie mir zum 60. Geburtstag geschenkt. Unter dem Datum des 11. Juni 1973 und der Überschrift „Alle sangen und schunkelten" ist ein Foto abgedruckt, dass die jubelnden Fans nach dem Siegtreffer gegen den HSV zeigt. Die Gesichter von Frisco und mir sind deutlich zu erkennen, die Köpfe von langem, schwarzen Haar bedeckt, und meinen dichten Bart sieht man auch. 45 Jahre sind seitdem vergangen, und mit jedem Tag kommen wir unseren toten Freunden wieder ein Stückchen näher.

Wir waren da. Die Tram hielt vor dem Stade de Suisse, dem alten Wankdorf-Stadion, in dessen, wenn auch nur von einem alten Loewe-Opta-Röhrenfernseher erzeugten Schatten ich als zwei Monate altes Baby in der alten Bauernscheune, im Kinderwagen liegend und mit vollen Windeln, an einem Juli-Sonntag 1954 Weltmeister geworden war, zeitgleich mit dem elf Jahre älteren Jungen im Roman von Delius.

10

„Ein sogenanntes", Hartmann verzog das Gesicht, „Multifunk-
tionsstadion wie all die anderen in der Schweiz inzwischen auch,
Sie haben mir ja schon vom Letzigrund berichtet, Johannes, da
war ich noch nie, Auswärtsspiele haben Gisela und ich uns immer
erspart, da sind wir lieber wandern gegangen. Eine Bausünde al-
lemal, mit dem alten Wankdorf nicht zu vergleichen".

Er hatte Recht. Zwar hatte ich ja vom Stadion schon ein paar TV-
Bilder gesehen, aber hier, vor Ort, wirkte es, am hellen Tag und
ohne das mild verschleiernde Flutlicht, noch kälter und abweisen-
der, vom Geist früherer Jahrzehnte war nichts zu spüren. Während wir, eine Bratwurst auf der Hand, auf den Haupteingang zu
schlenderten, erläuterte Hartmann mir lustlos und mit einer gewissen Abscheu die vorgeblichen „Besonderheiten" des Neu-
baus: unter dem Naturrasen liege ein Kunstrasen, für die, wie er
meinte, „schrecklichen Popkonzerte mit so aalglatten Typen wie
Bon Jovi", außerdem brauche es den manchmal für internationale
Spiele, die Young Boys waren in dieser Saison schließlich zum
ersten Mal in ihrer Geschichte in der Champions League, „Valen-
cia, ManU, Juve, ganz schöne Kaliber, die werden die Gruppen-
phase nicht übersteh´n".

350 Millionen Franken habe der ganze Wahnsinn gekostet, so erinnerte Hartmann sich, während er dem Kontrolleur unsere Karten hinhielt. Dafür gebe es dann unter dem Spielfeld ein riesiges
Einkaufszentrum und Parkplätze für die VIP-Logen-Inhaber, außerdem Restaurants, ein Wellness-Center, eine Diskothek.

„Nicht mehr meine Welt, Johannes. Vielleicht sollte man mit 74
und jetzt, da es Gisela nur noch in der Erinnerung gibt, den

ganzen Gottesdienst sein lassen. Aber Sie wissen ja, wie es mit uns alten Fußballern ist: irgendwie können wir doch nicht loslassen."

Immerhin hatte er, während wir die Haupttribüne betraten und die Treppenstufen zu unseren Plätzen hinuntergingen, doch etwas Positives zu berichten. Das Stadiondach sei gleichzeitig ein imposantes Solarkraftwerk. „Über 1 Million Kilowatt im Jahr, nicht schlecht. Mit dem Strom kann auch die Umgebung um das Wankdorf herum mitversorgt werden. Na, wie gefällt Ihnen Ihr Platz?"

Wir saßen gut, ziemlich in Höhe der Mittellinie. Bis zum Anpfiff war es noch eine Viertelstunde. Das Stadion füllte sich nur mäßig. Luzern war längst kein so interessanter Gegner wie der Serienmeister Basel oder die Grashoppers aus Zürich.

Ich schaute Hartmann von der Seite aus an. 74 war er also, zehn Jahre älter als ich, so alt wie Peter Bieri jetzt, fiel mir ein. Er sah plötzlich sehr müde aus. Das straffe Gesicht zeigte Falten, sein Kinn hatte er in die rechte Hand gelegt. Er schwieg schon seit einer Weile, schaute starr geradeaus auf das Spielfeld, wo sich die Heimmannschaft unter dem freundlichen Applaus der Zuschauer warmmachte. Wahrscheinlich dachte er an die vielen gemeinsamen Spiele mit seiner Frau und dass er jetzt mit einem fremden Mann hier säße, für die Dauer von 90 Minuten, vielleicht noch für ein Bier hinterher, im besten Fall für ein morgiges Treffen im Kirchenfeld, aber dann würde dieser Mann ihn wieder allein lassen.

Die Mannschaften liefen ein. Der Stadionsprecher verlas die Aufstellungen. Ich kannte nur zwei Namen, bei Bern Steve von Bergen, vor langer Zeit mal für Hertha BSC am Ball, bei Luzern Pirmin Schwegler. „Irrtum", korrigierte Hartmann, der aus seiner

Lethargie erwacht war, „es handelt sich um Christian Schwegler, der Bruder Pirmin spielt noch in Deutschland, bei Hannover, glaube ich." Er hatte mal wieder Recht, gut, dass ich keine Wetten mehr einging.

Das Stadion war etwa halbvoll, der Sprecher bestätigte das in der Halbzeit, nicht mehr als 13.000 Fans hatten den Weg hierher gefunden, obwohl die Young Boys in der Meisterschaft noch unbesiegt waren. Das schlug zum Einen ziemlich auf die Stimmung, nur der harte Fan-Kern auf der Stehtribüne brüllte, angefeuert von zwei Typen, die mit nacktem Oberkörper auf der Umzäunung hockten und mit ihren Megaphonen den Takt angaben, das ganze Spiel über die gängigen Parolen. Andererseits konnte man sich als ein im Grunde Unbeteiligter in dieser Atmosphäre recht wohlfühlen, die Sitze waren bequem, die Tribüne lag immer noch in dieser intensiven Herbstsonne, das Spiel ließ sich ganz munter an, und ein Verkäufer mit einer Kühltasche mit dem „Feldschlösschen"-Logo bewegte sich auch in unsere Richtung. Kein schlechter Nachmittag!

„Scheiße!" Der doch so ruhige und distinguierte Hartmann war aufgesprungen und schickte ein paar weitere Flüche in Richtung der eigenen Mannschaft. Luzern war gleich mit der ersten Torchance in Führung gegangen, ausgehend von einem weiten Einwurf Schweglers, Christian wohlgemerkt.

Hartmann hatte sich erst beruhigt, als ich dem fliegenden Händler zwei Dosen Bier abgekauft hatte und ihm eine davon in die Hand drückte.

Bis zur Pause tat sich nicht mehr viel. Mein Begleiter machte eine entschuldigende Handbewegung, während er sich eine von meinen Parisiennes ansteckte. „Tut mir leid, dass ich Ihnen nicht mehr bieten kann, Johannes, aber das sieht wirklich ziemlich bescheiden aus. Bin gespannt, was sich Seoane, der Nachfolger von Adi Hütter, der jetzt in Frankfurt ist, einfallen lässt. Außerdem gibt´s ja noch die Young-Boys-Viertelstunde."

Ich schaute ihn fragend an. Er erklärte mir, dass diese ominöse Viertelstunde in der Vereinschronik schon vor über 100 Jahren erwähnt worden sei. Sie habe sich daraus ergeben, dass die Young Boys statistisch nachweislich die meisten Tore schon immer erst ab der 76. Minute bis zum Spielschluss erzielt hätten.

„Warten Sie ab, was die Fans nachher machen. Gisela hat mich immer beruhigt, wenn wir zurücklagen. Die Viertelstunde kommt noch, sagte sie dann und hat in aller Gelassenheit ihren Kaffee geschlürft. Meistens stimmte ihre Vorhersage." Hartmann tat so, als sei ihm etwas ins Auge geflogen. Aber ich merkte, dass er wieder kurz davor war zu weinen.

Es brauchte nicht ganz bis zur 76. Minute. Bern machte bereits fünf Minuten vorher per Kopfball den Ausgleich. Ein großer, far biger Spieler hatte ihn ins Luzerner Tor gewuchtet. „Hoarau, klasse Mann", sagte Hartmann lachend, als wir, während die 13.000 jubelten, die Handflächen gegeneinander schlugen, „ein echter Goalgetter! So kann´s weitergeh´n!"

Mit Beginn der 76. Minute gab die Fan-Kurve alles, was in ihrer Macht stand: plötzlich klingelten hunderte von Glöckchen, ein paar Böller gingen hoch, die Einpeitscher an den Megaphonen erhöhten mit sich überschlagenden Stimmen den Takt. Die magische Viertelstunde brach an.

Und es funktionierte! Hartmann riss mich fast vom Sitz herunter, als nur vier Minuten später ein gewisser „Nsamé", „auch so ein Knaller", mit einem Alleingang von der Mittellinie aus die Führung erzielte.

„Geht doch", rief mein Nachbar und fast sah es so aus, als ahmte er die Geste des Torschützen nach, der die ausgestreckten Arme zum Himmel über dem Stadion empor hob und wahrscheinlich dem christlichen oder muslimischen Gott oder wem auch immer danken wollte, aber wenn es wirklich so war, dachte ich und schämte mich ein bisschen meiner Naivität, so wollte er sicher nur Gisela ein Zeichen machen, das hast du von oben gut hingekriegt und siehst du, es klappt vielleicht sogar deswegen, weil ein deutscher Kollege von dir auf deinem Platz sitzt. Und jetzt sorg bitte dafür, dass in den letzten Minuten nichts mehr anbrennt!

Aber es brannte alles an. Die Luzerner machten noch zwei Tore, eines davon aus dem Abseits, kein Videobeweis, „dem Schiri winkt ´ne neue Rolex", kommentierte Hartmann, aber darüber mussten wir beide lachen.

Nach dem Abpfiff blieben wir noch sitzen. Die Sonne hatte sich jetzt zurückgezogen, aber immer noch brauchten wir keinen Pullover. Hartmann war wieder ernst geworden, aber ich war mir sicher, nicht die erste Saison-Niederlage seines Klubs, der ja eigentlich sein Zweitklub war, machte ihn so nachdenklich. Wahrscheinlich waren jetzt wieder jene Leere und Ziellosigkeit über ihn gekommen, mit der er durch seine Tage ging. Morgen früh würde er die Zeiss nehmen, zum Zytglogge gehen und vergeblich versuchen, die Zeit anzuhalten. Und in 14 Tagen säße er wieder hier – der Stadionsprecher hatte bereits zum nächsten Heimspiel gegen Servette Genf geladen (für die internationalen Spiele waren seine Karten nicht ausgelegt, die würde er in einer Kneipe in der Altstadt anschauen) – und der Platz neben ihm bliebe erneut leer. Am Ende der Saison käme eine Mail von der Club-Verwaltung, ob er denn nicht endlich die zweite, nutzlose Karte zurückgeben wolle, aber Albert Hartmann würde diese Aufforderung genauso ignorieren wie die anderen zuvor.

„Salut, Albert!" Hartmann hatte sich, überrascht von diesem plötzlichen Zuruf, nach rechts gedreht und winkte in eine der letzten Gruppen von Menschen hinein, die die Tribüne verließen.

Ich drehte mich in die gleiche Richtung.

Eine Frau mit langem schwarzen Haar und einem roten Mantel über dem Arm winkte zurück, der Mann, der kurz hinter ihr ging, auch.

11

Sa Coma, Mallorca, April 2019

Jetzt, ein halbes Jahr später, auf dem spätnachmittäglichen Hotelbalkon (das Ploppen der Tennisbälle hat aufgehört und vielleicht
sind die Jungs schon an der Strandbar) frage ich mich, was gewesen wäre, wenn ich an diesem Oktobersonntag im Stade de Suisse
in Bern, dem alten Wankdorf, kurz nach dem Schlusspfiff, während die enttäuschten Fans der Young Boys das Stadion verließen, einfach in eine andere Richtung geschaut hätte oder damit
beschäftigt gewesen wäre, meine Zigaretten zu verstauen, das
Blech der leeren Bierdose zu zerdrücken oder einen letzten Blick
in die Vereinszeitung zu werfen.

Die Geschichte hätte, wie alle Geschichten, die ja nichts als dem
Zufall unterliegen, einen anderen Verlauf genommen. Was wäre
geschehen, gesetzt den Fall, ich hätte die Frau in Schwarz mit
dem über den Arm gelegten roten Mantel und ihren Begleiter
wirklich nicht gesehen? Wahrscheinlich wäre ich mit Hartmann
in die Altstadt zurückgefahren, wir hätten ein letztes Bier genommen und noch ein wenig diskutiert über die unberechenbaren Abläufe von Fußballspielen und die Unerbittlichkeit des Zeitverge-
hens, der kein Foto, selbst ein auf gutes altes Zelluloid gebanntes,
würde Einhalt gebieten können. Vielleicht wäre Hartmann auch
noch auf die Sisyphos-Arbeit eines Lehrers zu sprechen gekommen, von der hatte ihm Gisela jeden Tag nach der Rückkehr vom
Kirchenfeld-Gymnasium berichtet und dass man ihn sich, anders
als den Steineroller bei seinem Vornamensvetter Camus, keines-
wegs als einen besonders glücklichen Menschen vorzustellen
habe – und ich hätte dem aus eigener Erfahrung , wenn auch
zögerlich, zugestimmt. Zögerlich deshalb, weil ich mich doch,

neben der vielen täglichen Niederlagen, auch an gar nicht so wenige Schulstunden und Erfahrungen mit Schülern erinnern konnte, die mich für einen kurzen Moment glauben machten, ich hätte den schweren Brocken nun endlich auf der Spitze des Berges abgelegt und könnte rasten, mich hinsetzen, eine Erfrischung aus dem Rucksack, den ich zusätzlich auf den Schultern trug, nehmen, durchatmen, ins Tal hinunterschauen, bis es den Göttern als genug erschienen wäre und der Stein von unsichtbaren Händen mit großem Gepolter wieder dorthin befördert wurde, von wo ich ihn doch unter so großen Mühen bis hier oben hin bewegt hatte, alles umsonst für den Moment, sollte das heißen und: Auf ein Neues, und wenn es für den Sisyphos des französischen Philosophen Glück bedeutete, dem Stein hinterher wieder ins Tal zu folgen, so waren es für mich immer die Augenblicke gewesen, wenn mich die Götter ein wenig auf dem Gipfel rasten ließen.

Danach hätten wir uns getrennt, vielleicht sogar mit einer kurzen Umarmung, Danke, Albert, hätte ich gesagt, sehen wir uns morgen nochmal kurz und er hätte nur genickt, meine Adresse kennen Sie, Johannes, und sich dann umgedreht Richtung Kirchenfeldbrücke, an der Museums-Bar vorbei in seine verlassene Wohnung, und ich wäre zurückgegangen zum Goldenen Schlüssel, ein Abendessen im Hotelrestaurant, ein Plausch mit Mattu, dem Kellner, ein Abstecher in die abendliche Altstadt, ein Schlummertrunk, und dann in eine unruhige Nacht, in der ich den Hotel-Fernseher angestellt und vielleicht noch einmal einen Film erwischt hätte mit Jacqueline Bisset, meiner Göttin. Am nächsten Tag hätte ich noch einen Blick auf das Portal des Kirchenfeld-Gymnasiums geworfen, dann wäre ich heimgefahren, endgültig davon überzeugt, dass es sich bei der geheimnisvollen Unbekannten vor 15 Jahren in jener Ruhrgebiets-Bibliothek um nichts anderes als eine Chimäre, im schlechtesten Fall um eine etwas schräge Frau gehandelt haben musste, die für den einen Abend in die Rolle einer Figur aus dem Roman eines von ihr verehrten Schriftstellers geschlüpft war und sich nach der für sie unvorhergesehenen Begegnung mit mir dafür entschieden hatte, einfach ins Nichts zu verschwinden, noch bevor sie dem Schriftsteller gegenüberstehen und ihn durch ihre Verkleidung beeindrucken konnte.

Aber ich musste ja ausgerechnet genau in die Richtung schauen, in die Hartmann gegrüßt hatte.

Ein Rest Sonne liegt auf dem Balkontisch, ein Lichtgitter teilt die darauf liegenden Gegenstände: das Glas Rotwein, die Schachtel Ducados, die die leere Fortuna ersetzt hat, den Aschenbecher, den nun geschlossenen College-Block und den Kugelschreiber, der an seinem oberen Ende schon Tinte verliert, die mir die Finger blau färbt. Ich werde weiterschreiben, morgen.

Als ich die kleine Strandbar erreiche, sitzen meine Freunde schon um einen großen, runden Tisch im Freien, trinken spanisches Bier, lassen noch einmal alle Volleys und Lobs und Aufschläge der letzten Stunden Revue passieren und glauben, so könnten sie das Altwerden aufhalten, die schmerzenden Knochen einfach wegreden, die Schwierigkeit, am nächsten Morgen aus dem Hotelbett zu kommen.

Jens rühmt sich, beim abschließenden Doppel zusammen mit Markus den österreichischen Trainer Rudi, der von Tom unterstützt wurde, geschlagen und somit Rudis ewige Maxime, das einzig und allein „Mööntalität" beim Tennis ausschlaggebend sei, sozusagen gegen ihn selbst gekehrt zu haben, das sei ihm eine Kapitänsrunde wert. Frederick und Rüttger kauen noch daran, ob Rüttgers entscheidender Ball im Tie-Break nicht kurz hinter der Auslinie gelandet sei. Ein gemeinsames Bier hat auch bei ihnen versöhnende Wirkung.

Ich lehne mich zurück, höre zu, freue mich, welchen Spaß sie über den Tag gehabt haben und bin nur noch ein bisschen neidisch. Zwischendurch muss ich immer wieder daran denken, wie ich im Berner Stadion den Kopf in die falsche Richtung gehalten habe, die dann für kurze Zeit zur einzig richtigen wurde.

Nachdem alle Spiel- und Taktikanalysen durchgekaut und von links auf rechts gedreht sind, alle Prognosen für die kommende Saison sich erschöpft haben, schauen wir gespannt auf die lärmend auf die Terrasse strömende Damenmannschaft aus dem Rheinland, Düsseldorf oder Umgebung, die auch in unserem Hotel wohnt, genauer gesagt Damen 40, also 20 Jahre jünger, die Brüste aus den vom Training verschwitzten Tops herausdrängend, die straffen Pobacken, die sich unter engen Shorts oder kurzen Faltenröckchen abzeichnen und die Phantasien alternder Männer in Wallung bringen, und wir lassen ein paar harmlose Zoten los, so laut, dass sie bis an den Nebentisch dringen und hoffen, dass keine Me-Too-Aktivistinnen unter ihnen sind und es im Gegenteil, nachdem einige schon freundlich herüber gewinkt haben, zu einem kleinen Flirt an der abendlichen Hotel-Bar reichen könnte.

Und als sie nach einer kurzen Cola oder einem Wasser schon wieder aufstehen und eine von ihnen sogar Bis heute Abend, Jungs, ruft, malt sich jeder von uns aus, welche dieser Amazonen wohl für ihn in Frage käme. Ein Spielchen, wie es während solcher Touren üblich ist: alle wissen, dass ein harmloser Flirt das höchste der Gefühle sein wird, aber der eine oder andere träumt vielleicht doch davon, dass es ganz anders kommt.

Für einen Moment schweigen wir, schauen den Tennis-Damen hinterher, sagen nur Gracias, als die hübsche Kellnerin noch ein paar halbe Liter bringt. Neben mir sitzt Frederik, unser holländischer Spitzenspieler, der vor kurzem meinen Roman gelesen hat, ihn „sehr traurig" findet und mich in langen Gesprächen wieder „aufrichte" will (bei den Infinitiven lässt er immer die Endung weg), dann folgt Jens, der „Capitano" mit der Ehekrise, daneben Rüttger, das Aufschlags- und Über-Kopf-Monster, Markus, der Eleganz-Spieler, der in seiner Familie etwas sehr Trauriges erlebt hat und Tom, dessen stets guter Laune und seiner Vorliebe für eine aus der Wacholderpflanze gewonnene Spirituose auch eine frisch diagnostizierte Stoffwechsel-Krankheit nichts anhaben kann.

Jens fragt mich, ob ich schon an der Chronik arbeite. Es sei zwar noch lange hin, aber beim vorweihnachtlichen Gänse-Essen erwarte man natürlich eine astreine, das dann im Vergehen begriffene Jahr angemessen humorig aufarbeitende Rede. Ich beruhige ihn, ja, ja, keine Sorge, ich schreibe. Woran, sage ich ihm nicht.

12

Bern, Oktober 2018

„Kennen Sie sie?"

Hartmann hatte meine Überraschung bemerkt, als er den beiden
zuwinkte. Vielleicht hatte ich ihm sogar kurz eine Hand auf seinen Unterarm gelegt, einen Laut des Erstaunens ausgestoßen, irgendeine unbedachte Äußerung gemacht, ich weiß es nicht mehr.
Erinnern kann ich mich eher an eine Art plötzlicher Erstarrung
als an einen gestammelten Satz, Das ist doch nicht möglich, oder
Das gibt´s doch nicht, etwas von dieser hilflosen Art, die einen
befällt, wenn man etwas sieht, das so lange zurückliegt, dass man
schon nicht mehr weiß, ob es wirklich stattgefunden hat oder nur
die Projektion eines unerfüllbaren Wunsches gewesen ist.

Aber die Frau, die jetzt schon oben am Tribünenrand war, halb
verdeckt von dem Mann, der immer noch kurz hinter ihr ging
und die gleich im Ausgangsbereich verschwinden würde – und
diesmal sicherlich für immer – konnte doch nur die sein, die am
Geländer der Kirchenfeldbrücke gestanden hatte, zur gleichen
Zeit, als Gregorius im strömenden Regen zum Unterricht ging,
die „richtige" Portugiesin, die wenige Minuten später sein Leben
definitiv verändern würde, oder, wenn sie es nicht war, dann war
sie „Mariza", die deutsche Portugiesin oder portugiesische Deutsche aus der Mülheimer Stadtbibliothek, die mich am Arm genommen hatte, Mein Gott, Sie sind…, beide verschwunden, die
eine aus dem Berner Klassenraum, die andere an der Loge des
Hausmeisters vorbei in die Dunkelheit der schlafenden
Ruhrstadt. Und wenn es weder die eine noch die andere gewesen
war, dann vielleicht ein und dieselbe, und eigentlich wollte ich

jetzt aufspringen von meinem Tribünenplatz, Hartmann einfach da sitzen lassen, ohne Erklärung und Verabschiedung, den beiden jetzt schon nicht mehr Auszumachenden hinterher, wobei mich der Mann keinen Deut interessierte, die Berner Portugiesin war es, die ich festhalten wollte bzw. die Mülheimer „Mariza", aber die tiefe Niedergeschlagenheit darüber, dass ich sie jetzt schon wieder verpasst und sie ihr Geheimnis mit in den Pulk der die Trams und Busse überflutenden, vom Spiel frustrierten Young-Boys-Fans nehmen würde, ein Geheimnis, das ich nie mehr in diesem Rest-Leben würde lüften können, lähmte mich vollends und kraftlos und mit einer Geste der Vergeblichkeit blieb ich neben Hartmann sitzen.

„Wie das so ist, Albert", sagte ich und versuchte dabei gelassen zu wirken, „manchmal denkt man, man habe einen fremden Menschen schon mal irgendwo gesehen, vor allem, wenn er so schön ist wie diese Frau da eben, aber da ist dann sicher auch oft der Wunsch der Vater des Gedankens, schade eigentlich. Und wieso hat sie gegrüßt?"

Hartmann lächelte. „Dafür, dass es offenbar nur ein Wunsch war, war Ihre Reaktion eben aber ganz schön heftig. Naja, sie ist wirklich sehr schön".

Aber er hakte nicht weiter nach und bat mich um eine weitere Zigarette. Jetzt könnten wir auch noch ein paar Minuten hier sitzen bleiben, dann wäre die Bahn zurück in die Altstadt angenehm leer. Die Sonne hatte sich mittlerweile hinter dicke Schleierwolken zurückgezogen. Das leere Stade de Suisse machte einen unwirklichen Eindruck. Die ersten Reinigungskräfte durchkämmten die Ränge nach Bierdosen und Essensresten. Ich fröstelte. Der Herbst kam jetzt, definitiv.

Hartmann inhalierte. „Eine ehemalige Kollegin meiner Frau. Juliette Laforêt, Französisch und Kunst. Kam vor ein paar Jahren zum Kirchenfeld-Gymnasium, stammt, glaube ich, aus Genf".

Soviel er wisse, habe sie eine kleine Wohnung in der Nähe der Bundesterrasse. Gisela und sie freundeten sich damals rasch an, gingen manchmal nach dem Unterricht noch ein Glas Wein trinken.

„Einmal haben wir sie zu uns eingeladen, Heiligabend vor vier Jahren, glaube ich. Wir beiden haben keine Kinder, lag wohl an mir, und Juliette hatte nur noch eine Mutter in einem Altenheim am Genfer See, da ist sie dann am zweiten Weihnachtstag hin. Ein schöner Abend war das mit uns dreien, Juliette erwies sich als gute Gesprächspartnerin. Hinterher dachte ich, sie hätte die Tochter sein können, die wir uns immer gewünscht haben. Lange her. Jetzt gerade habe ich sie zum ersten Mal seit Giselas Beerdigung gesehen…"

Hartmann stockte und räusperte sich, wahrscheinlich wollte er nicht, dass ich ihn doch noch weinen sähe.

Vielleicht, meinte er dann, wäre sie noch zu uns gekommen, wenn der Typ nicht dabei gewesen wäre, vielleicht sei es ihr auch peinlich gewesen, dass sie ihn seit damals nie mehr angerufen und wenigstens mal einen Kaffee mit ihm getrunken habe.

„Aber wahrscheinlich war ihr nur Gisela wichtig. Worüber hätte sie mit einem trauernden alten Mann auch sprechen sollen?" Sie dich trösten können, Albert.

Ich überlegte, ob ich ihm erzählen sollte, dass ich glaubte, diese Juliette sei eigentlich eine ganz andere (oder die selbe, die ich meinte, nur mit einem anderen Namen, oder besser ihrem richtigen, denn „Mariza" hatte ja nur ich sie genannt, und dass sie vor wenigen Minuten alle in den letzten 13 Jahren im hintersten Winkel meiner Seele abgelegten Erinnerungen mit einem einzigen Blick, auch wenn der wohl Hartmann galt, wieder lebendig gemacht, mehr noch, sie wie die Oberfläche eines bis dahin ruhigen Sees in einem Sekundensturm zu hohen Wellen aufgewühlt hatte), aber das verwarf ich sofort. Er würde mich für verrückt halten. Hier ging es um nichts anderes als ein zufälliges Wiedersehen mit einer Kollegin, für die seine verstorbene Frau einstmals große Sympathien gehegt hatte. Also fragte ich nur – und ich fragte so, dass aus meinem Ton weder Neugier noch irgendein übersteigertes Interesse an dieser Juliette, noch an ihrem Begleiter deutlich wurde - ob er wisse, um wen es sich bei diesem „Typen" handle.

Hartmann machte eine abfällige Handbewegung und verzog das Gesicht.

„Fabian Honegger, stellvertretender Schulleiter des Kirchenfelds. Hat früher mal viel beachtete Theateraufführungen mit den Schülern gemacht. Seit seiner Beförderung ein unangenehmer Bürokratiehengst. Gisela ist oft mit ihm zusammengerasselt, meist wegen Nichtigkeiten. Honegger hat zudem einen Hang zu Intrige und Hinterhältigkeit, seit er für die SVP ins Stadtparlament gerutscht ist. Aufgrund seiner Bedeutung...", Hartmann malte Gänsefüßchen in die Luft, „...ist er wohl auch an Dauerkarten für die Young Boys gekommen."

„Haben die beiden was miteinander?"

Hartmann zuckte die Achseln.

Es würde ihn wundern, wenn sie mit solch einem „Arschloch" zusammen wäre. Aber man wisse ja nie, Frauen Anfang 40, unverheiratet, kinderlos, da ticke nicht nur die biologische Uhr.

„Hm, vorstellen kann ich es mir trotzdem nicht…Lassen Sie uns fahren, Johannes, es wird, wie haben wir früher immer in Hamburg gesagt: schattig, nicht wahr?"

Ich stimmte zu und wir erhoben uns, ich, der zehn Jahre Jüngere, genauso ächzend wie er.

Anfang 40, dachte ich, das käme hin, dann müsste sie damals, egal, ob an der Brücke oder im Mülheimer Lesungssaal, Ende 20 gewesen sein, Juliette, „Mariza", Português….

Nicht weit von der Brücke trennten wir uns. Ich hatte mich längst entschieden, mindestens noch zwei, drei Tage zu bleiben, *so* konnte ich nicht nach Hause fahren. Hier war noch etwas zu Ende zu bringen, was auch immer. Wir verabredeten uns, am nächsten Tag wegen eines Treffens zu telefonieren.

Hartmann hatte mir schon den Rücken zugekehrt, als ich ihm unvermittelt eine für ihn sinnlose, nicht nachvollziehbare Frage hinterherrief.

„Albert, wissen Sie eigentlich noch, wann die erste Stunde im Kirchenfeld beginnt?"

Er drehte sich um, sah mich erstaunt an und schüttelte den Kopf.

„Warum? Wollen Sie etwa wieder unterrichten?"

Wir lachten beide, wandten uns in die jeweils entgegengesetzte Richtung. Aber als er schon fast außer Hörweite war, rief er: „Punkt acht, wenn sie´s nicht geändert haben."

Punkt acht also. Dann musste man, um pünktlich vor der Klasse zu stehen und vielleicht vor Unterrichtsbeginn noch einen schnellen Kaffee im Lehrerzimmer zu trinken und mit den Kollegen ein paar Floskeln über die jeweiligen Verläufe des Wochenendes auszutauschen, von der Bundesterrasse aus so etwa eine halbe Stunde vorher losgehen. Wie Gregorius.

13

Gegen Mattu war einfach kein Kraut gewachsen.

Nachdem ich mich von Hartmann getrennt hatte, war ich ins Hotel zurückgegangen, hatte ausgiebig geduscht und mir wärmere
Sachen angezogen, es war jetzt, gegen Abend, noch kühler geworden als zum Schluss im Stadion. An der Rezeption gelang es
mir nur mit Mühe, zwei weitere Übernachtungen herauszuschlagen, die junge Frau in einem rot-weiß karierten, dirndlähnlichen
Kleid zog die Stirne kraus, während sie erst im Belegungsbuch
hektisch hin und her blätterte, um dann anschließend die Com-
puter-Maus zu traktieren, mehrmals den Kopf schüttelte, etwas
vor sich hin murmelte und dann entschuldigend die Achseln
zuckte. Total ausgebucht. Ob es letztlich meinem überschwäng-
lichen Lob für ihr Kleid (das ihren beachtlichen, wenngleich nicht
überdimensionierten Rundungen in der Tat eine große Sinnlich-
keit verlieh) oder dem darauffolgenden tiefen Blick in ihr De-
kolleté (den sie wohlwollend hinnahm und, dem Zeitgeist entgegen, offenbar nicht als sexistisch empfand) geschuldet war, mag
dahingestellt bleiben, jedenfalls fand sich in all dem Buchungsge-
wirr noch ein, allerding kleineres Zimmer, in das ich morgen früh
umziehen konnte. Ich nahm aus einer der im Umfeld der Rezeption verteilten Blumenvasen eine rote Rose heraus und legte sie
der jungen Frau in die Hand: „Passen Sie auf die Dornen auf,
Veronika", – das Namensschild trug sie über der linken Brust -,
„es wäre zu schade um solch schöne zarte Finger". Ich bemerkte
im gleichen Augenblick, wie peinlich mein Gesülze klingen
musste, wollte etwas anderes, weniger Kitschiges sagen oder
schlicht nur Haben Sie herzlichen Dank für Ihre Bemühungen,
aber da sah ich, wie Veronika lächelte, die Rose ganz vorsichtig

neben den Hotelcomputer legte, mir kurz zuwinkte und „e schöne Abig" wünschte.

Mattu hatte alles schon entschieden. Kaum, dass ich mich im noch wenig gefüllten Restaurant des Goldenen Schlüssels unter der Gewölbedecke niedergelassen hatte (ein Schild mit meinem Namen stand auf einem Zweiertisch im hinteren Teil des Lokals), war der Kellner schon neben mir (er hörte lieber auf die Bezeichnung „Herr Ober" oder eben „Mattu", das war mein persönliches Privileg, kaum, dass wir uns einen Tag kannten, und meine 20 Franken Trinkgeld zu Beginn waren sicher nicht ganz unschuldig daran) und hatte höflich nach meinen Erlebnissen während des Tages gefragt. Während er das Besteck samt Serviette und die silbernen Pfeffer- und Salzstreuer noch einmal millimetergenau ausrichtete, berichtete ich ihm nur das Nötigste: der enttäuschende Stundenwechsel am Zytglogge, der Halt an der Kirchenfeldbrücke inklusive der von ihm empfohlenen Kunsthallen-Bar, das Stade de Suisse und die unnötige Niederlage gegen Luzern, aber von Hartmann erzählte ich ihm genauso wenig wie von Juliette Laforêt. Er nickte zu allem beflissen, Guet so, Bravo, lobte er mich, nur mit dem Stadionbesuch war er nicht einverstanden. FC Basel, das sei der einzig wahre Verein, und als ich darauf hinwies, dass die Young Boys schließlich amtierender Meister seien, entwickelte er eine diffuse Verschwörungstheorie, dass der Schurkenstaat Katar, der ja seit längerem bereits Paris St.-Germain und andere Clubs im Würgegriff habe, seine Fühler und mehr auch schon nach Bern ausstrecken würde. Erst, als ich ihm von meiner besonderen Beziehung zum Wankdorf erzählt hatte, schien er beruhigt.

Eigentlich wollte ich jetzt – mit nichts als der Stadion-Bratwurst im Magen war ich ziemlich hungrig – erstmal in der dicken Speisekarte herumblättern, anschließend in der ähnlich umfangreichen Weinkarte, aber da hatte mein persönlicher Butler schon sämtliche Entscheidungen für mich getroffen. Nicht nur die Zürcher seien Experten für Geschnetzeltes, Stefan, der Chef-Koch vom Schlüssel, stelle diesbezüglich alles in den Schatten. Und seine Rösti – erste Klasse, ach was, Weltklasse! Und Mattu beugte sich vertraulich zu mir herunter, er würde Stefan sagen, dass er für den deutschen Gast eine besonders große Portion anrichten solle.

Ich nickte, also *Berner* Geschnetzeltes (Mattu bemerkte die Ironie nicht), manchmal muss man sich wohl ergeben. Aber dann lassen Sie mich wenigstens nach dem Wein schauen…Schon erledigt, ich habe einen Ligerzer für Sie bestellt.

Ich überlegte, ob ich ärgerlich werden sollte und bereute mein bisheriges Trinkgeld – das schien der Typ als Freifahrtschein für Übergriffigkeit zu verstehen. Ein nicht zu schwerer Roter wäre auch nicht schlecht gewesen, vor allem, weil ich irgendwie, trotz heißer Dusche und Pulli über dem Hemd, immer noch fror, der Preis für das lange Sitzen in der unwirklich intensiven Oktobersonne und dann im kühlen Schatten nach Spielende. Andererseits: Ligerzer, das war doch, wenn ich recht erinnerte, der Wein, den der Kommissär Bärlach in jener unglaublichen Fressszene am Schluss dem völlig überrumpelten Tschanz einschenken lässt – in Dürrenmatts Text wie so oft wesentlich eindrucksvoller als nachher in der Verfilmung (viel zu schnell erkennt Jon Voight da die Falle, in die Martin Ritt ihn hat laufen lassen, viel barocker, obszöner hätte die Fressorgie gezeigt werden müssen…und persönlich hätte ich mich natürlich auch noch gefreut, wenn auf irgendeine wundersame Weise Jacqueline Bisset, die Göttin, noch einmal aufgetaucht wäre).

Na dann, Geschnetzeltes, Rösti, Ligerzer. Mattu hatte gewonnen und nachdem er mit der Flasche an den Tisch zurückgekommen war, sie umständlich und stilistisch nicht ganz astrein entkorkt und mir den Probierschluck kredenzt hatte, gefielen mir als erstes die goldgelbe Farbe (die konnte aber auch von den tief vom Holzgewölbe herunterhängenden Leuchten stammen) und dann eine Art erdig-ehrlicher Geschmack, wie auch immer, ich hielt sowieso nichts von diesem ganzen Pseudo-Experten-Gequatsche voller schwülstiger Metaphern über angebliche Aromen aus tausend Fruchtsorten, ebenso vielen mineralischen Bodenbeschaffenheiten, dazu Anleihen an Schokolade, Gewürze usw. Ein Wein schmeckte oder nicht. Der hier schmeckte. Punkt.

Mattu ließ mich zum Glück erstmal in Frieden und sah aus der Ferne zu, wie ich der Riesenportion Geschnetzeltes und der halben Pfanne Rösti zu Leibe rückte. Wahrscheinlich sah das aus wie Bärlachs verzweifeltes Hineinschaufeln der Speisen in seinen krebsbefallenen Magen, nur um Tschanz endgültig zu überführen, außer, dass meine Art des Essens einer völligen Ignoranz gegenüber der Qualität des Zubereiteten entsprang, denn meine Gedanken, die eigentlichen, tiefen, alles Essen und Trinken überlagernden waren bei einer Frau: Juliette Laforêt.

Dem jungen Kellner fehlte es wahrscheinlich noch an dem gehörigen Maß an Menschenkenntnis, das man sich in seinem Beruf unweigerlich im Laufe der Zeit aneignet. Seinem Aussehen nach zu urteilen, war er nicht älter als Mitte 20 und noch nicht so lange im Geschäft, sein übertriebenes Aufdrängen von Essen und Wein sprachen ebenfalls dafür. Allerdings gab er sich ohne jedes Nachfragen, geschweige denn ausufernder Lobeshymnen durch mich mit einem einfachen Alles war gut, Mattu, Danke für Ihre Beratung, zufrieden und grinste breit, als ich den unverschämt hohen Rechnungsbetrag (mein Gott, die Schweiz!) wieder in unvernünftiger Weise aufrundete. Selbst ein tiefer Diener war für ihn noch drin (ansonsten wohl Angehöriger einer weitgehend unerzogenen Generation, denen außer orthopädisch riskantem Dauerstarren auf ihr Smartphone und, was die jungen Männer betrifft, unwissender Übernahme der schrecklichen Undercut-Frisuren aus der Nazizeit und dem, das galt für beide Geschlechter, Zutätowieren jeden Körpermillimeters nichts anderes mehr einfiel), auch der übertrieben, was soll´s. Immerhin hatte ich für den Rest meines Aufenthalts einen treuen Adlatus sicher. Wie sehr und für welch verrückte Geschichte ich noch seine Dienste in Anspruch nehmen würde, konnte ich in diesem Augenblick nicht ahnen. Wenn doch, hätte ich ihm prophylaktisch einen Hunderter in die Hand gedrückt.

Einstweilen genügte es, dass er mir einen Tipp für den abendlichen Absacker gab. Ich wollte eine Bar, in der es ruhig zuging und in der im Hintergrund „anständige" Musik liefe. Anständig? Herrgott Mattu, eben nicht dieses fürchterliche Rap- und Hip-Hop-Zeugs, das einen heutzutage mit der tödlichen Monotonie des Bassgewummers und dem grenzdebilen Textgestammel noch bis in die letzte Eckneipe verfolgte, wahrscheinlich ein ziemlich aussichtsloser Wunsch.

Überraschendweise kannte der junge Mann die passende Lokalität: „Ich empfehle Ihnen das ´Les Amis`, mein Herr, genau das Richtige. Heute am Sonntagabend sicher ziemlich ruhig, soweit ich weiß, keine Live-Musik, dafür astreiner Rock aus der Soundbar - und eine große Auswahl Biere, dazu Whisky-Sorten vom Allerfeinsten. Bestellen Sie Javier, dem Barkeeper, einen schönen Gruß von mir. Das Beste: der Laden liegt genau gegenüber, Nr. 63, keine zehn Schritte".

Ich dankte ihm mit einem Schulterklopfen, das sich für ihn wie ein Ritterschlag anfühlen musste. Les Amis, die Freunde, das klang gut und weit zu laufen hatte ich auch keine Lust mehr. Der richtige Ort, um über die Begegnung mit der Portugiesin oder „Mariza" oder Juliette, wer immer sie war, nachzudenken. Dabei hoffte ich doch insgeheim, dass sie genau dort sitzen und auf mich warten würde.

14

Sa Coma / Mallorca, April 2019

Zweiter Inseltag. Seit der Nacht wieder starke Rückenschmerzen, auch die Tabletten bringen keine Linderung. Ich, der Ewig-Klaustrophobe, habe sogar zum Frühstückssaal den Fahrstuhl genommen, wer mich kennt, weiß, was das heißt.

Hinterher sind meine Freunde, heute ist ein tennisfreier Tag, zu einer Radtour aufgebrochen. Tom, der mit einer Physiotherapeutin verheiratet ist, weist zwar darauf hin, dass Radfahren optimal für meine Beschwerden sei, aber als er meine abwehrende Handbewegung sieht, gibt er schnell auf, mich zum Mitkommen zu bewegen. Auch die anderen sind enttäuscht. Sie wollen unter anderem Manacor anfahren, um dort die Tennisakademie von Rafa Nadal zu besuchen, der im Moment zwar irgendwo in der Welt auf Tour ist, aber immerhin könne man mal die Luft der heiligen Hallen schnuppern. Tom hält ihn ohnehin für den Besten seiner Zunft, Markus neigt eher zu Federer, Jens präferiert den Stil von Djokovic. Sie versichern, dass sie am Spätnachmittag zurück seien, hoffentlich langweilte ich mich nicht zu sehr ohne sie. Keine Angst, Jungs, gebe ich zurück. Sie lachen, ach ja, die Chronik. Ja, ich werde an der Chronik weiterschreiben, denke ich, als sie um die Ecke biegen und noch einmal winken, aber es wird die Chronik sein von Juliette Laforêt und mir, eine sehr kurze Chronik, eine, die im Grunde nur 48 Stunden im Leben eines Mannes und einer Frau umfasst, und eine von denen, die nicht gut ausgehen.

Schon beim Frühstück eben muss ich, während die Kameraden die Fahrradroute planen, immer wieder an die Frau aus dem

Stadion denken. Der Anblick der für unseren Tisch zuständigen Serviererin beflügelt die Erinnerung zusätzlich, wenn das überhaupt nötig ist, begleitet sie mich doch seit jenen Stunden in Bern jeden Tag. Schwarze Bluse und Rock trägt sie, das Namensschild über der Brust, Buenas días, Conchita, sagen wir und sie antwortet keck Buenas, Chicos, lange, schwarze, zu einem Zopf zusammengebundene Haare, dazu eine rote Schürze mit dem Hotel-Logo, Hipotel Sa Coma – Adults only, Signalfarben, die sofort das Bild der drei geheimnisvollen Frauen, die vielleicht nur eine einzige waren, in mir auferstehen, sich neu formen lassen. Möglich auch, dass die Traumsequenzen der vergangenen Nacht, an die ich mich beim Aufwachen nicht mehr recht erinnern kann und die doch irgendeine Glocke tief im Innern aufs Neue anschlagen und einen dumpfen und gleichzeitig hellen Ton erzeugen, zusätzlich alles wieder so lebendig machen, als sei es erst gestern geschehen. Conchita schaut mich an, als sie den Tisch abräumt, an dem ich noch ein bisschen sitzen bleibe, als die anderen zum Bike-Verleih gehen. Esta bien, chico, fragt sie und weiß nicht, dass ich an eine andere denke, als ich zurücklächle. Alles gut? Si, gracias, was sonst soll ich antworten?

Vom Balkon aus, die erste Zigarette des Tages im Mund, sehe ich den Pulk der Radfahrer Richtung Strandbar fahren, um dann den Weg am Meer entlang zur Akademie des großen Rafa zu nehmen. Für einen Augenblick bereue ich meine Absage, dann fällt mir das Feuerzeug vom Tisch und während ich versuche, mich zu bücken, weiß ich, warum ich hiergeblieben bin. Ein Schmerz im Oberschenkel, als wühle wieder jemand mit einem Schlachtermesser darin herum. Mechanisch schlucke ich das nächste Ibuprofen. Mir fällt ein, dass die nette Hotelmanagerin mir leicht schwäbelnd (Leonberg, sagt sie erklärend) die Wellness-Abteilung im Untergeschoss ans Herz gelegt hat, 1a- Massage, drei verschiedene Saunen und so weiter. Ich schaue auf den bereitliegenden College-Block, zögere, ach, eine Stunde muss drin sein, und vielleicht formulieren sich unter dem Einfluss der „Wohlfühl"- Atmosphäre die Sätze schon mal von allein vor.

Wieder nehme ich den Fahrstuhl, und muss, da mutterseelenallein in dem Ding, eine kurze Panikattacke überstehen, bis sich die Tür ordnungsgemäß öffnet. Ein Schwall warm-feuchter Luft kommt mir entgegen, durch eine Glasscheibe sehe ich das Schwimmbad. Laut Hotelprospekt habe ich mit 34 Grad Wassertemperatur zu rechnen, die dürften reichen. Finnische Saunen sind mir ohnehin viel zu heiß, die etwas milderen Dampfbäder, die es hier auch gibt, meide ich, weil sie Brutstätten von Bakterien aller Art sind.

Andererseits, gäbe es hier unten die Möglichkeit, mit einer Frau wie Juliette Laforêt Sauna oder Dampfbad zu teilen, Herzkasper oder Pilzbefall wären mir völlig egal. Aber da ich ohnehin der einzige zu dieser Zeit hier unten zu sein scheine: Schwimmen genügt vollkommen.

An der Theke, wo es die Handtücher gibt, schaut eine Frau von ihrer Zeitschrift auf. Vor ihr steht ein Schild mit der prosaischen Aufschrift „ Helene Müller – Handtuchausgabe" und, für die wenigen nicht-deutschen Gäste, das gleiche pflichtgemäß in Englisch und kurioser Weise auch in Russisch, die kyrillischen Buchstaben legen das jedenfalls nahe.

Ich bestelle ein großes Badetuch bei Frau Müller. Sie ist begeistert. „Endlich mal wieder heimatliche Klänge!". Ich verstehe nicht. Sie klärt auf: „Sie haben gerade gefragt, ́wat dat` Handtuch an Kaution kostet. Herrlich, Ruhrgebiet! Ich komm´aus Essen-Heisingen, kennense dat? Baldeneysee, Villa Hügel, dat Restaurant Parkhaus Hügel, oben drübber ´Hügoloss`, der Grieche, wo se dem Otto Rehhagel damals nach dem Gewinn der Europa-

Meisterschaft, war dat nich 2004, ne Statue hingestellt haben plus lebenslang gratis Essen? Wie schön, ´en Landsmann hier zu haben, immer nur Sächsisch und Bayrisch, kannze nich aushalten!"

Frau Müller ist kaum zu bremsen. Ich antworte, dass ich das als jemand, der quasi aus der Nachbarschaft ihres Stadtteils stammt, natürlich alles kennen und schätzen würde und als ich ihr von einer persönlichen Begegnung mit Rehhagel in meiner Stammkneipe erzähle, ist sie völlig aus dem Häuschen. Das Handtuch lässt sie mir, die merken dat sowieso nich, für die Hälfte, unter der Auflage, wir müssten unbedingt morgen, wenn sie frei habe, in Ruhe alles „bequatschen". Gott bewahre!

Im Bad bin ich wirklich allein. Ich humple die Treppe herunter, die ins Becken führt, dann lasse ich mich langsam hineingleiten. Die Wärme, die 34 Grad scheinen nicht übertrieben, gibt mir sofort ein Gefühl absoluter Beweglichkeit, die Schmerzen im Bein, das Blockadegefühl im Lendenbereich sind wie weggeblasen. Ich schwimme auf dem Rücken, dann lege ich mich in eine Art Bucht, wo von irgendwo her ein Massagestrahl angenehm auf den Unterkörper trifft, später liege ich auf einer Steinstufe unterhalb der Wasseroberfläche, die Arme auf dem Beckenrand, schließe die Augen.

Die Sätze für die Liebeschronik kommen nicht wie erhofft. Aber, vielleicht befördert von den leichten Wellenbewegungen (der Massagestrahl arbeitet unverdrossen weiter, er lässt sich sicher irgendwo abschalten), stellt sich eine Flut von Bildern ein, und immer wieder sind es die gleichen: die Mülheimer Stadtbibliothek, die Berner Kirchenfeldbrücke, das Stadion, in dem ich zum ersten Mal Juliette Laforêt sah und all die anderen Orte, die dann noch kamen und über die ich schreiben muss, so lange die Freunde auf

Tour sind. Ich schaue auf die große Uhr an der Stirnwand des Schwimmbads. Es wird Zeit.

Und, um die Berechtigung der kyrillischen Schrift auf dem Schild vor Frau Müller zu unterstreichen, kommt in diesem Moment ein junges Paar in den Pool-Bereich und, kein Zweifel, ihre etwas gutural klingenden Sätze weisen sie als Russen aus. Beide sind für ihr Alter, ich schätze sie auf Ende 20, reichlich adipös, der Mann sogar mit einem Riesen-Bauch, sie mit einem ausladenden Hintern, für den das Bikini-Höschen viel zu knapp ist, aber ihre Brüste, für deren Bedeckung das gleiche gilt, die gefallen mir und ich denke an vergangene Brüste und vergangene Bikinis und Dessous, an sehr konkrete vergangene, und der Mann scheint meinen Blick zu bemerken und schaut ziemlich böse herüber, ich bemerke eine Tätowierung an seinem Unterarm, irgendein Symbol mit einer Maschinenpistole darin, ich kenne nur die Marke Kalashnikov, bestimmt russische Mafia und ich sehe zu, dass ich in den Duschraum gelange.

Beim Verlassen der Wohlfühl-Oase winkt Frau Müller, bis moooorgen heult sie mir hinterher. Diesmal verzichte ich auf den Fahrstuhl. Die Schmerzen kommen zurück, als ich im dritten Stock angelangt bin. Der College-Block liegt immer noch aufgeschlagen auf dem kleinen Tisch. Nach kurzem Suchen finde ich auch den Kuli. Ich schreibe.

Ein paar Stunden später sind die Mannschaftskameraden von ihrem Ausflug zurück. Gleich wird es das gemeinsame Abendessen geben, sie werden mir die gewählte Route ganz genau beschreiben, die Anzahl der „San Miguels" auflisten, die sie unterwegs konsumiert haben („Ging nicht anders, Jo, da lagen zu viele Bars an der Strandpromenade"), und dann ganz andächtig erzählen vom Besuch der Tennis-Akademie Nadals in Manacor und stolz die weißen Bändchen um ihre Handgelenke vorzeigen, die sie dort erwerben konnten (" für unseren Chronisten haben wir natürlich auch eins mitgebracht"). So werden sie mit mir am langen, die ganze Woche für uns reservierten Tisch im großen Speisesaal sitzen, die Gesichter gerötet von der Sonne, den Anstrengungen der Radtour und vom spanischen Bier. Und vielleicht ist ja Conchita wie am Morgen für unseren Tisch zuständig, und vielleicht trägt sie ja wieder Rot und Schwarz und die Haare zum Pferdeschwanz gebunden, und dann werde ich sie anschauen und die leicht anzüglichen Bemerkungen meiner Freunde, als die Damenmannschaft in den Saal kommt, nur ganz leise wie durch einen Filter wahrnehmen, mein Lachen und Zustimmen bezüglich der Oberweiten der rheinischen Spielerinnen wird nur ein äußerliches, oberflächliches sein, denn der Anblick der Serviererin in Rot und Schwarz wird mich zurückführen nach Bern und mich für einen Augenblick glauben lassen, dass alles, was dort geschehen ist, noch einmal zurückzuholen ist, und sei es nur auf den paar Seiten eines Collegeblocks, der drei Etagen über mir auf dem kleinen Tisch im Hotelzimmer liegt, darauf wartend, weiter beschrieben zu werden.

15

Bern, Oktober 2018

Ich überquerte die Rathausgasse und betrat das „Les Amis". Auf den ersten Blick machte die Bar den Eindruck, als wenn die besten Jahre lange hinter ihr lagen. Die Fassade war brüchig, vergammelt, eine Renovierung schien nicht in Sicht. Durch die gläserne Vorderfront waren braune Tapeten mit orangenen Ornamenten zu erkennen, in den Nischen standen Ungetüme von Tropfkerzen, die man auf dickbauchige Flaschen gepflanzt hatte. 70er-Jahre-Stil, aber alles ziemlich heruntergekommen. Wie Mattu vorausgesagt hatte, war die Bar bis auf zwei Paare, die trotz der Kühle draußen auf ebenfalls orangefarbenen Stühlen saßen (bei „Bares für Rares" hätte man sie dem rheinischen Dampfplauderer mit dem schrecklichen Schnäuzer vielleicht als Designer-Stücke andrehen können) und sich gedämpft unterhielten, leer. Der Sonntagabend war offenbar auch in der Schweiz für die Gastronomie ein Zusatzgeschäft, wahrscheinlich schauten die Alten hier genauso „Tatort" wie in Deutschland und Österreich, und die Jungen erholten sich von den Anstrengungen einer langen Samstagnacht, von Techno-Beats, Longdrinks, Drogen und vielleicht ein bisschen schnellem, unverbindlichen Sex. Morgen würde es wieder in die Schule gehen (vielleicht ja ins Kirchenfeld), in die Unis, die Büros.

Mir war es recht so. Ich spürte Müdigkeit aufkommen, der Tag war lang gewesen, der Stadion-Besuch, der Alkohol und die Gespräche mit Hartmann steckten mir in den Knochen, aber vor allem jene merkwürdige Begegnung nach Spielende, die mich immer noch verwirrte, mehr als ein Absacker würde nicht drin sein.

Ich setzte mich an die Theke. Ein südländisch aussehender Typ mit kurzen, von einer großen Portion Gel glänzenden Haaren, präzise ausrasiertem Kinnbart, Ringen in beiden Ohren, der bisher gelangweilt ein paar Gläser gespült hatte, fragte mich, was ich trinken wolle. Das musste, Mattus Schilderung nach, Javier sein. Der macht die geilsten Cocktails, hatte er mit bedeutungsschwangerer Stimme hinzugefügt, als ob mich Cocktails jemals interessiert hätten, und ich verzichtete zunächst auf die mir aufgetragenen Grüße vom Kollegen gegenüber. Ich ließ meinen Blick entlang der imposanten Anzahl von Flaschen auf den Glasregalen gleiten, verwarf dann aber den Gedanken an einen Single-Malt, der würde am nächsten Morgen einen Säurehemmer erfordern, mein Magen revanchierte sich langsam für den Raubbau der letzten Jahrzehnte. Seitlich der Theke ging es offenbar in eine Art Keller hinunter, das sogenannte „Wohnzimmer", so Mattu, „da machen sie immer Live-Musik, manchmal legt auch ein DJ auf", aber an der Tür hing ein Schild: Heute geschlossen. Sonntagabend eben.

Der Barkeeper, oder von mir aus „Javier", schien enttäuscht, dass ich es bei einem Bier beließ, noch mehr, als ich mich, nachdem er die Vorzüge einiger der auch im Ausschank vorhandenen Craft-Biere mit ihren mir ekelhaften Frucht- oder Vanille-Aromen angepriesen hatte, für ein ganz normales Feldschlösschen entschied. Er zapfte relativ lustlos, schob mir das Glas dann auf die Theke, ein Schälchen Erdnüsse hinterher, dann widmete er sich seinem Smartphone. Im Hintergrund lief leise Musik, irgendein Fahrstuhlzeugs, weder störend, noch eine Stimmung untermalend, die es hier ohnehin nicht gab. Eine geeignete Lokalität für Hoppers Nachtfalken.

Während ich trank und an einer Handvoll Nüsse kaute (zum Rauchen hätte man durch die nur leicht geöffnete gläserne Schiebetür auf die Rathausgasse hinaustreten müssen), dachte ich daran, wo Juliette Laforêt jetzt wohl sein und was sie tun würde. Ich stellte mir vor, dass sie allein in ihrer Wohnung nahe der Bundesterrasse an ihrem Schreibtisch säße und sich, wie ich gerade, von belangloser Hintergrundmusik bedudeln ließe, leise genug, um nicht ihre Unterrichtsvorbereitungen für den kommenden Morgen zu stören. Vielleicht hätte sie noch ein paar Französisch-Arbeiten zu korrigieren und vielleicht täte sie das sogar recht gerne (im Gegensatz zu mir, der ich am Lehrerberuf am meisten die stupide, kraftraubende und vor allem zu nichts führende Korrekturtätigkeit gehasst hatte – wie viele tausend und abertausende von Heften mochten es in 40 Dienstjahren gewesen sein?), freute sich über noch so kleine Fortschritte ihrer Schüler, und vor allem war es ja ihre eigene Muttersprache, die sie lehrte und in der Diaspora des Schwyzer-, gar Bärndütschen stolz behaupten wollte. Aber vielleicht arbeitete sie auch nur oberflächlich, halb abwesend, weil sie noch an die nachmittäglichen Stunden mit Fabian Honegger im Stadion dachte, eine Vorstellung, die mich sofort wütend machte. Daran, dass sie wirklich „etwas" mit ihm hatte und dass die beiden sich nach dem Spiel noch sehr nahegekommen, möglicherweise dabei sogar nackt waren, mochte ich trotzdem nicht glauben. Nicht diese tolle Frau (Toll? Herrgott, ich hatte sie doch nur ein paar Augenblicke gesehen bzw. eher nur wahrgenommen!) und dieses, wie Hartmann gesagt hatte, „Arschloch"! Und wenn doch? Ich verwarf schließlich die Vorstellung, dass Julie ausgerechnet mit dem stellvertretenden Schulleiter Sex hatte, versteifte mich stattdessen darauf, dass sie sich, genau wie Hartmann und ich, nach dem Spiel getrennt hatten und sie Honeggers Vorschlag, doch noch etwas zu trinken und dann zu ihr zu gehen, mit dem Verweis auf ihre schulische Vorbereitung abgelehnt hätte, da konnte gerade er als ihr Vorgesetzter wohl kaum widersprechen.

Ja, so musste es gewesen sein, und egal, ob sie nun am Schreibtisch saß oder nur vor der Glotze oder über einem Buch (was mochte sie lesen, wahrscheinlich überwiegend französische Autoren, den neuen Houllebecq etwa, nein, der wäre ihr viel zu pornographisch, Worte wie „Schwanz" und „Muschi" und „Ficken und Blasen und Wichsen" wären nicht in ihrem Wortschatz, jedenfalls nicht so offen und exhibitionistisch wie bei dem Schmuddelliteraten, eher gar nicht. Ich stellte mir vor, dass Annie Ernaux zu ihr passen könnte, oder, bestimmt, Philip Claudel), ganz gleich, ob sie nur aus dem Fenster sähe auf die nächtliche Stadt oder noch Mails beantwortete, What's App-Nachrichten ihrer Freundinnen – sie wäre allein, ohne den stellvertretenden Schulleiter. Vielleicht würde sie das eine Beförderung kosten, einen besseren Stundenplan, großzügige Beurlaubungen, aber das würde sie nicht kümmern. Und der rote Mantel hinge jetzt auch an der Garderobe und das schwarze Kleid hätte sie längst eingetauscht gegen etwas Bequemeres, Leichteres, vielleicht wäre sie nur noch mit einer Art Kimono bekleidet, natürlich aus schwarzer Seide und mit exotischen Motiven bedruckt (von goldenen Ornamenten eingerahmte feuerspeiende Drachen) oder, doch viel prosaischer, mit einem flauschigen Bademantel, allein in der Wohnung und vielleicht voller Sehnsucht nach ganz etwas anderem als ihrem jetzigen Leben, und ich ein paar hundert Meter entfernt, an der Theke des Les Amis und Javier stellte mir unaufgefordert ein zweites Bier hin, jetzt schon ein bisschen freundlicher (ich hatte ihm zwischendurch dann doch Grüße von Mattu bestellt) und es sah so aus, als dass er ein Gespräch beginnen wollte, aber dann sah er meinen Blick, der durch ihn hindurchging und das prächtige Flaschenregal und die Wände der Bar, hin zu einer kleinen Wohnung in der Nähe der Bundesterrasse, zu Juliette Laforêt, die auch „Mariza" heißen konnte und möglicherweise einmal vor langer Zeit auf die Frage, welche Sprache sie spreche, geantwortet hatte: „Português".

Ein Mann, vielleicht Mitte, Ende 50, früh gealtert und mit Bauch und Brille, hatte den Außentisch, an dem er mit seiner Partnerin saß, verlassen und war zur Theke gekommen. In exaltiertem Hochdeutsch beschwerte er sich bei Javier, dass er die beiden „verdursten" lasse und, als der Barkeeper entschuldigend die Achseln hob, sagte, mehr scherzhaft als drohend, dass er ihm für diese Nachlässigkeit mindestens einen Hörerwunsch schuldig sei. Ich verstand nicht, welchen Titel der Mann nannte, aber nachdem Javier zwei Drinks auf die kleine Terrasse gebracht hatte, eilte er zurück und ließ die Schiebetür weit offen. Er beugte sich zu einem Laptop herunter, der versteckt unter dem Flaschenregal stand, suchte einen Moment unter dem Angebot, das ihm der Monitor machte, drückte die Enter-Taste, wandte sich dem Paar zu, das, die Gläser in der Hand, jetzt aufgestanden und näher gekommen war, und machte eine schwungvolle Handbewegung: „Eh voilà!"

Nach den ersten Takten wusste ich, was kam. Kein Zweifel, die Dire Straits und Mark Knopflers Intro zu „Romeo and Juliet", das er auf einer silbernen „National" als Arpeggio im Open-G-Tuning spielte (da kam also doch nochmal der „Dr. Rock" in mir zum Tragen, Details, die den Mann im Türrahmen, der sich und seiner Partnerin einfach eine Freude machen wollte, eine Erinnerung wiederbeleben, vielleicht an ihre erste gemeinsame Nacht in den frühen 80ern, zu Recht nicht die Bohne interessierten). Aber einmal in Fahrt, flüsterte ich auch noch die Restdaten vor mich hin (leise genug, dass Javier nichts mitbekam): Track 2 von der dritten Straits-LP „Making Movies", direkt hinter „Tunnel of love", 1980 herausgekommen auf gutem, alten Vinyl, mit Pick Withers an den Drums, John Illsley am Bass und – da Marks

Bruder David gerade im Streit den Dienst quittiert hatte – Roy Bittan an den Keyboards, den hatten sie von Springsteens E-Street-Band ausgeliehen. All dieses überflüssige Wissen abzurufen, war nichts als ein Reflex auf die alten Rock-Wetten und ich musste in mich hineingrinsen, ein bisschen was ging offenbar also immer noch, schade, dass es keinen Wettgegner gab, heute wäre mir mindestens ein Bier sicher gewesen.

Javier hatte auf ein Zeichen des Mannes und weil nun auch die anderen beiden Gäste gegangen waren (mich nahm er ja praktisch nicht nur Kenntnis), die kleinen, aber sehr effizienten Blue-Tooth-Boxen lauter gestellt, da war Knopfler schon bei der ersten Strophe. Der Mann legte einen Arm um seine Partnerin, sie sahen sich mit einem wissenden Lächeln an, wiegten ihre Köper stumm zur Musik, es war sicher so, wie ich gedacht hatte: bei diesem Song hatten sie zum ersten Mal miteinander geschlafen, vor fast 40 Jahren, in einer Studentenbude vielleicht, auf dem Ikea-Nachttisch Billig-Rotwein und eine Tropfkerze wie die, die hier im Les Amis herumstanden, nur kleiner und gerade erst auf eine leere Flasche gesetzt, an der nun rotes Wachs herunterlief, während sich die beiden zur Musik der Dire Straits liebten.

Ich sang lautlos den Text mit, und auch, wenn meine eigenen Erinnerungen an den Song ähnliche und zugleich andere waren – zu Beginn der 80er-Jahre war es auch das Lied von Mareike und mir gewesen, „unser Lied" – nahm die „Juliet" , von der Knopfler sang, doch wie von selbst die Gestalt der Lehrerin Juliette an, der Frau, die ich vielleicht 10 Sekunden gesehen hatte und über deren abendliche Beschäftigungen ich eben noch phantasiert hatte, wer anders konnte gemeint sein als sie? Und dass aus mir im gleichen Moment der „Love struck Romeo" wurde, der in der ersten Textzeile den Straßen eine Serenade singt, war ebenso unausweichlich. Jetzt war auch diese Juliet nicht mehr die blutjunge

Julia aus dem Hause der Capulets in der Via Capello in Verona, sondern eine wunderschöne Frau, gerade Vierzig geworden, und ich nicht der strahlende Montague-Spross, stattdessen der 64jährige Ex-Lehrer Johannes, der, die Liebe nur noch von fern erinnernd, durch die Schweizer Hauptstadt stolpert und dann, innerhalb weniger Augenblicke, dazu an einem solch unromantischen Ort wie dem neuen Berner Stadion, weiß, dass er diese Frau wiedersehen will, koste es, was es wolle. Und dass Knopfler das Ganze im ersten Refrain durchaus warnend kommentierte („Juliet, the dice were loaded from the start"), spielte für mich jetzt keine Rolle mehr. In diesem Augenblick, an der Theke des Les Amis, hatte ich bereits meinen Einsatz gemacht, den Würfelbecher lange genug in der Hand geschüttelt und war entschlossen, seinen Inhalt mit einem lauten Knall auf die Theke zu befördern, „then you exploded in my heart", und auch, dass der Sänger den Film-Song vergessen hatte, in dem alles, was noch folgt, vorausgesagt wird, „wann wirst du erkennen, dass wir das Richtige zur falschen Zeit taten…Juliet", was sollte das noch ändern?

Das Lied war noch nicht zu Ende, nach welchem „Movie-Song" mochte er gesucht haben? Ich dachte kurz an die beiden Verfilmungen des Skakespeare-Stoffes, die ich gesehen hatte, wobei ich die hippieske Umsetzung durch Zefirelli (1968 mit Leonard Whiting und Olivia Hussey) der späteren mit di Caprio und Claire Danes immer vorzog. Aber an ein bestimmtes Lied konnte ich mich bei beiden nicht mehr erinnern. Egal, die Würfel, gezinkt oder nicht, aber gefüllt mit einer brisanten Ladung, waren soeben gefallen.

Und nachdem ich mich, im Hochgefühl der Entscheidung, Juliette Laforêt unter Einsatz aller verfügbaren Mittel wiederzusehen, doch zu einem Single Malt, einem doppelten Glenmorangie, hatte hinreißen lassen, lächelte auch Javier und auf die Bitte des

Mannes, der seine Frau oder Freundin beim ersten Refrain geküsst hatte, doch noch „eine Schüppe draufzulegen", regelte er die Speaker erneut ein paar Stufen lauter, aber die Bedenken des Sängers wurden immer deutlicher: „How can you look at me as if I was just another one of your deals?" Schließlich wusste Mark Knopfler damals sehr genau, wovon er sang, meinte er doch mit dem „Love struck Romeo" sich selbst nach seiner gescheiterten Beziehung mit Holly Vincent, aber ich wollte, fast 40 Jahre später, die Verse, isoliert und aus ihrem Zusammenhang gerissen, nur so hören, wie sie in diesem Augenblick zu mir und meinem Begehren passten, und etwas Besseres konnte eine gute Rock-Ballade weiß Gott nicht leisten.

Und deshalb übersetzte ich die erste Zeile des nächsten Refrains für mich auch wieder so, wie ich es, scherzhaft erst und dann immer überzeugter, stets getan hatte, auch schon gegenüber Mareike: „When me made love, you used to cry" konnte, *musste* heißen, dass Juliet während des Liebesakts immer *geschrien* habe, und zwar vor unbändiger Lust, und eben nicht *geweint*. Mareike hatte sich, wenn wir, nackt auf- oder nebeneinander im Bett liegend, den Song laufen ließen und ich den Refrain mitsang und sie damit zu irgendwelchen wüsten Lauten animieren wollte, immer erschreckt, weil sie selbst beim Sex eher die Dezenz liebte, gerne ganz leise dabei blieb und eben nicht irgendetwas herausschreien wollte. Und wie albern meine Vorstellungen und die mutwillig falsche Interpretation dieser Refrainzeile waren, habe ich – wie so oft - erst verstanden, als Mareike die Last meiner Ich-Bezogenheit nicht mehr ertragen konnte und wollte und unter Tränen in eine weit entfernte Stadt zog, denn zum Weinen hatte ich ihr nun wirklich genug Gelegenheit gegeben.

„I can´t do anything ´cept be in love with you", Scheiß auf alles Leid, dass die Liebe bringt, auf alle Lügen, den Verrat, die geschlagenen Wunden – wer wüsste es besser als der Sänger der Straits? -, „and all I do is kiss you, through the bars of a rhyme, Julie (Julie, singt er jetzt, nicht Juliet!), I´d do the stars with you anytime!". Ich werde dich durch die Takte eines Reims hindurch küssen und dir jederzeit die Sterne vom Himmel holen, Herrgott, ja, was denn sonst? Darunter würde ich es jedenfalls auch nicht machen!

Bei der Coda – Knopfler nuschelte noch einmal die Verse der ersten Strophe - drehte Javier wieder leiser und bedeutete uns dreien, doch bitte langsam auszutrinken. Es würde heute Abend niemand mehr kommen. Das Paar löste sich voneinander, ein wehmütiges Lächeln hatte das wissende, sich gewisse abgelöst, und der Mann gab, trotz der auch im Les Amis äußerst happigen Preise, ein üppiges Trinkgeld. Fast hätte ich mich angeboten, ihre Rechnung zu übernehmen, sie hatten schließlich dafür gesorgt, dass aus der Song-Juliet die ganz reale Juliette Laforêt wurde. Und vielleicht hatte ihre Wohnung an der Bundesterrasse, so meine wilde Phantasie, sogar einen kleinen Balkon, unter dem ich nachher noch mit einer geborgten Gitarre (Mattu würde sicher auch da seine Beziehungen spielen lassen) stehen und ihr das „Romeo"-Lied vorsingen könnte. Mehr Risiko, als dass sie ärgerlich das Fenster zuschlagen, gar die Kantonspolizei rufen würde, wäre nicht zu befürchten. Aber meine paar Pfadfinder-Akkorde reichten bestimmt aus, dass sie den Türöffner betätigte. „I´d do the stars with you anytime…". Ach ja, träum weiter, Romeo.

Ich schob Javier ebenfalls einen deutlich aufgerundeten Betrag zu. Der Keeper dankte: „Habe die Ehre, Monsieur – und Gruß zurück an den alten Schlawiner Mattu!" Geht klar, sagte ich. Aber ein Schlawiner scheinst du auch zu sein – das aber dachte ich nur.

Die Rathausgasse lag fast völlig im Dunkeln, nur ein paar alte Laternen sorgten für etwas Licht. In der Leuchtanzeige des Goldenen Schlüssels fehlten zwei Buchstaben. Totenstille, zum Glück keine volle Stunde. Ich wusste nicht, ob der Zytglogge auch nachts rumoren durfte.

Ich rauchte. Jetzt würde auch Juliette Laforêt das Licht gelöscht, vorher den Kimono oder Frottéemantel an den Haken gehängt und sich in ihr Bett gelegt haben, ein ziemlich schmales, in das nur zur Not noch ein zweiter passte, der aber läge dann so nah bei ihr, dass es gar nicht anders möglich für ihn wäre, als sie zu umarmen, zu streicheln, zu küssen. Aber sie war ja, das hatte ich so für mich bestimmt, allein und konnte sich ein wenig breit machen, ihren Kopf gleich auf zwei Kissen legen, um die herum ihre langen schwarzen Haare fielen. Ob sie nackt schlief? Heute nicht, es gab keinen Anlass. Ich stellte mir ein knappes Pyjama-Oberteil mit einem engen, kurzen Höschen vor, übrig geblieben von den letzten sommerlichen Tagen. Wovon sie träumen würde? Etwa von einer sekundenlangen Begegnung, die eigentlich nur aus einem einzigen Blick auf der Tribüne eines Fußballstadions bestand? Im Leben nicht. Ihre letzten Gedanken vor dem Einschlafen würden sich um ihren Französisch-Unterricht morgen drehen und ob sie auch alles sorgfältig genug vorbereitet habe. Danach würde Juliette Laforêt einschlafen mit ruhigen, tiefen Atemzügen, und kein altgewordener Troubadour stünde vor ihrem Fenster, frierend und ohne Leiter, nur mit einer Gitarre bewaffnet und mit einem Lied, dessen Text er in der Aufregung vergessen hatte. Längst schon hätte er sich abgewendet und wäre in sein Hotel geschlichen.

Ich drückte die Zigarette auf einem der Teerplacken des Rathausgassen-Belags aus und ging die paar Meter Richtung Goldener Schlüssel.

Wann, hatte Hartmann gesagt, begänne die erste Stunde am Kirchenfeld? Ich würde mir zur Vorsicht den Handy-Wecker stellen.

16

Mattu schien tatsächlich die Allzweckwaffe des Goldenen Schlüssels zu sein. Als ich vom Les Amis gegen Mitternacht zurück ins Hotel kam, saß er hinter der Nachtrezeption und blätterte in einem Sportmagazin. Vielleicht drängte er sich ja nach Überstunden und erhöhter Aufmerksamkeit bei seinem Chef und den Gästen, so schätzte ich ihn eigentlich ein. Aber möglicherweise gab es auch nur einen personellen Engpass oder er hatte Veronikas Bitte, sie wegen eines Dates mit einem „unglaublichen Typen" zu vertreten und dem gleichzeitigen, sehr vagen Versprechen, bald einmal auch mit ihm tanzen zu gehen, nicht widerstehen können.

Als er mich sah, erhob er sich von seinem Stuhl und machte Anstalten, mich nach meinen Eindrücken in der Bar zu fragen, in der Hoffnung, wegen seiner Empfehlung auch diesmal Lob zu bekommen, vielleicht begleitet von ein paar erneuten Fränkli. Aber ich zog die Zimmerkarte aus meiner Hosentasche, winkte mit ihr herüber und legte eine Gesichtshälfte in die Handfläche, Bin saumüde, Mattu, sollte das heißen, alles Weitere morgen, gute Nacht!

Ob er sehr enttäuscht war, sah ich schon nicht mehr, als ich die Treppe zu meinem Zimmer nahm, den Fahrstuhl ließ ich wie immer aus. Möglicherweise hätte ich morgen früh mit einer kleinen Sanktion zu rechnen, vielleicht müsste ich mir Rührei und gebratenen Speck selbst vom Büfett holen, aber das war mir jetzt egal.

Ich schloss auf, sah, wie sorgfältig alles während meiner Abwesenheit hergerichtet worden war und bedauerte, morgen umziehen zu müssen. Aber das war es wert, dachte ich, während ich am geöffneten Fenster und verbotenerweise (das Schild auf dem

Tisch war eindeutig) eine letzte Parisienne qualmte und hinübersah in die Richtung, wo Juliette Laforêt wohnen musste.

Ich putzte mir schnell und oberflächlich die Zähne, nahm, unter Ignorierung all der kleinen Schnapsfläschchen, nur einen Schluck Wasser aus der Minibar und zog mich aus. Kurz darauf war ich weggedämmert.

Im Traum tauchten seltsamerweise als erste Mona und Katja auf. Seit mich Mutter und Tochter vor über vier Jahren überhastet verlassen hatten, schotteten sie sich auf absurde Weise von mir ab. Kein Brief wurde beantwortet, keine Mail, Telefonanrufe entsprechend ignoriert, geschweige denn, dass sie von sich aus sich gerührt hätten. Einfach zu ihrem Haus in der Nachbarstadt zu fahren und zu klingeln, fehlte mir aber der Mut. Die Vorstellung, vor einer verschlossenen oder gar nach wenigen Augenblicken wieder zugeschlagenen Tür zu stehen, war mir unerträglich. Also blieb totales Schweigen, auch auf den gängigen sozialen Medien keine Spuren oder längst verwischte, so, als hätten beide aufgehört zu existieren, aber in Wirklichkeit hatten sie ja nur für mich, besser: gegen mich damit aufgehört. Diese Form einer Art radikalen Wegtauchens schien mir um vieles schmerzhafter, als es eine abschließende, vielleicht laute, verletzende Auseinandersetzung je hätte sein können. Da hätte man sich zumindest noch einmal gesehen, noch einmal angefasst, wenngleich nicht aus Zärtlichkeit, den anderen an der Schulter genommen, ein wenig durchgerüttelt, hilflos, einfach nur, um sich, während man dumme, nicht wiedergutzumachende Sätze herauspresste, noch einmal zu spüren. Hinterher wären beiden die Tränen gekommen, sofort oder erst in der Nacht, der ersten der nun kommenden vielen hundert, in denen wir allein in unseren Betten liegen würden. Ein widerwärtiger Abschied auch das, aber der heiße, eruptive Schmerz, der vielleicht noch Wochen in uns gewühlt hätte, wäre langsam weniger geworden, hätte sich schleichend entfernt, und die Zeit, die doch, wie es heißt, alle Wunden heilt, von uns Besitz genommen und alles, was unüberbrückbar, nicht mehr miteinander zu leben war, verwandelt in Erinnerungen, die das Hässliche ausblendeten und mit jedem vergehenden Jahr in eine stille Melancholie übergingen.

Der Schmerz aber, den Mona mir durch ihre Flucht in die absolute Nicht-mehr-Existenz zufügte, blieb unverändert in seiner Intensität, wurde nur zeitweise während der Ablenkungen des Tages zu einem dumpfen, kaum spürbaren Klopfen, bis er am Abend und in der Nacht wieder zunahm. Ab und an sah ich ein Foto von ihr in der Online-Ausgabe der Zeitung, das hätte sie, diesbezüglich ziemlich uneitel und ihrer Philosophie der digitalen Unsichtbarkeit treu, sicher gerne vermieden, aber sie hatte ein paar Pöstchen im Ortsverband einer politischen Partei, und dann und wann ließ es sich der Fotograf des Lokalteils nicht nehmen, sie bei der Frühjahrsbepflanzung eines öffentlichen Beets, der Vorstandssitzung im dunklen Hinterzimmer einer der letzten alten Ruhrgebietskneipen (in die ich früher gerne mit ihr gegangen war) oder beim Verteilen von Ostereiern mit dem Parteilogo abzulichten. Diese Bilder verpassten mir immer einen Stich und rissen die alten Wunden, über denen sich nur zögerlich eine neue, noch dünne Haut zu bilden begann, im Nu wieder auf. Ich versuchte, meist vergeblich, irgendeine äußere Veränderung an ihr festzustellen, eine unvorteilhafte neue Haarfarbe, ein paar Pfunde zu viel und an den falschen Stellen, oder einen abweisenden Gesichtsausdruck, ein falsches Lächeln, nur, um die Gewissheit zu verstärken, dass die Trennung nachträglich ihre Berechtigung hatte, aber am Ende, wenn ich den Computer herunterfuhr (nicht ohne dieses neue Foto von ihr abzuspeichern), war ich mir eigentlich nur sicher, dass ich sie wiedersehen wollte, lebendig und aus all diesen nichtssagenden Bildern heraustretend. Und da sie das nicht tat, ließ ich mich immer mehr in die vagen Tröstungen durch Sport, Musik, Bücher und Alkohol gleiten.

Zwischendurch war ich der Meinung, dass nun genug Zeit und ausreichend Trauermonate und -jahre verstrichen seien. Dann suchte ich monatelang nicht nach neuen Hinweisen auf ihr Leben, wollte auch bei den seltenen Telefonaten mit ihren Nachbarn, die mir noch freundschaftlich verbunden waren, nichts „Neues" über sie erfahren. Als ich vor ein paar Tagen in die Schweiz gefahren und dabei wieder einmal in einer solchen Phase des Verdrängens und Vergessens gewesen war, hatte ich die Zeit mit Mona völlig ausgeblendet. Verlieben wollte ich mich sowieso nicht mehr, das hatte ich mir geschworen, no more tears, no more good-byes. Und dass mich jetzt in den letzten Stunden eine scheinbar fremde Frau, die vielleicht gar nicht so fremd war, doch noch einmal in ihren Bann gezogen hatte? Eine kurzfristige Abweichung vom hohlen Pathos meines Schwurs, mehr nicht, und dass jetzt Mona und Katja in meinem Traum erschienen und nicht die Lehrerin vom Kirchenfeld, bestätigte diese Einschätzung eigentlich nur.

Wir drei, so träumte mir, schienen in einem alten Fußballstadion zu sein (Bern? Zürich? – die Assoziation läge nahe – aber vielleicht war es doch die Schalke-Arena, in die ich Mutter und Tochter ein paarmal mitgenommen hatte), ich ging auf leeren Rängen voran wie ein Patriarch des 19. Jahrhunderts, dem die Familie bedingungslos und ungefragt zu folgen habe. Da ich aber, aus meinem Körper herausgetreten, von außen auf die Szene schauen konnte wie ein neutraler Kameramann, sah nahm ich wahr, dass Katja immer mehr zurück-, dann ganz stehenblieb und kopfschüttelnd ihren sich entfernenden „Eltern" (ich war ja nicht ihr eigentlicher Vater) hinterher sah. Mona mühte sich zwar, mit mir Schritt zu halten, aber als die unsichtbare Kamera näher an sie heran zoomte, dann ihr Gesicht in den Fokus nahm, wurde deutlich, dass sie weinte, in alten Märchen hätte gestanden: bitterlich weinte.

Die Szene brach ganz unvermittelt ab. Im Kino würde es jetzt diese Art von Rückblende geben, wenn das Bild zu verschwimmen beginnt, die handelnden Personen und ihre Stimmen undeutlich werden und bald nichts mehr von ihren Umrissen zu erkennen ist, bevor alles wieder ganz klar wird, dann aber in einer anderen Zeit, an einem anderen Ort.

Ich aber glitt stattdessen in die nächste Traumsequenz, als bedurfte es erst aller dieser quälenden alten Bilder, um Raum zu schaffen für neue, ermutigende, vielleicht sogar heilende, solche, in denen dann doch vielleicht Juliette Laforêt zu sehen war.

Aber die dunklen Pfade des Unbewussten führten mich jetzt erst einmal nach Spanien zurück, irgendwann zu Beginn der 80er Jahre in jenem vorigen Jahrhundert, in dem ich noch jung und ganz viel möglich war und das ich beendete als einer, der alles, was das Leben und die Liebe an Angeboten und Verheißungen bereit hielten, ausgeschlagen hatte und so vermessen war zu denken, die Zeit, die das neue Jahrhundert zu verschenken bereit war, böte genügend ähnliche oder völlig neue Möglichkeiten, die zu nutzen eine Kleinigkeit, eine minimale Kurskorrektur erforderten, mehr nicht. Das Glück, das große, könne immer noch kommen und donnernd über mich hereinbrechen. Und wirklich kam es dann in Gestalt von Mona noch für ein einziges Mal. Und ging wieder. Es blieb nur noch die bedingungslose Kapitulation, etwas anderes konnte ich mir jetzt nicht mehr vorstellen.

Wie in einer Gerichtsverhandlung, die keine Verteidigungsmöglichkeiten vorsah, musste ich jetzt noch einmal miterleben, wie ich in einer Feriensiedlung irgendwo oberhalb eines Ortes an der

Costa Blanca an einer Theke stehe (zur Anlage gehört eine Bar), angetrunken und entsprechend bramarbasierend, neben mir eine Ansammlung von treuen Freunden, wie die anderen meist männlichen Gäste ergeben meinem intellektuell verbrämten Geschwätz über „Gott und die Welt" lauschend, zwischendurch die neuen Getränkerunden, vorwiegend eine Mixtur aus Estrella-Dorada-Bier und Osborne-Brandy, die nach einem nicht näher deutlich werdenden System angeblich „gerecht" aufgeteilt werden. Plötzlich kommt Mareike herein, und aus dem Lautsprecher dröhnt nicht „unser" Lied, Knopflers „Romeo und Juliet", sondern „Un beso y una flor", einem, *dem* definitiven spanischen Abschiedslied, gesungen von Nino Bravo, der ein paar Jahre zuvor tödlich verunglückt und inzwischen zur Nationallegende geworden war. „Al partir un beso y una flor" singt er mit dem größtmöglichen Schmelz des Südens, die zerknitterte Plattenhülle neben der Musikanlage zeigt das Bild eines schönen Mannes, wenig später zerquetscht unter den Trümmern eines blauen BMW auf dem Stadtring von Madrid, zum Abschied ein Kuss und eine Blume.

Von Ferienbeginn an habe ich Mareike ignoriert und permanent verletzt und mich stattdessen meinen Saufkumpanen gewidmet (und auf dem Hinweg, wir reisten getrennt an, sie sogar fast mit einer jungen Frau aus unserer Heimatstadt, die ich zufällig an der Costa Brava traf, hintergangen). Und jetzt steht sie da, etwas abseits der Theke, lächelt, obwohl es für sie nichts zu lächeln gibt, kommt näher, legt ihre blasse Hand (noch nicht einmal zum Strand habe ich sie mitgenommen) auf meinen braungebrannten Arm und sagt, dass sie für morgen einen Heimflug gebucht habe, weil sie mich und das alles hier weiter hinzunehmen keine Kraft mehr habe. Ich bin offenbar nicht überrascht und sogar erleichtert, will ihr noch, als der Tonarm in der letzten Rille der kleinen Singleplatte hängenbleibt, in Ermangelung einer Blume wenigstens die Gnade eines Abschiedskusses erweisen, als sie mich plötzlich bittet, sie doch noch zum Appartement zu begleiten und ihr beim Kofferpacken zu helfen. Wieder verschwimmt das Traumbild etwas, dann aber liegen wir auf ihrem Bett, nackt und verschwitzt und wir schlafen miteinander, so, wie wir das noch nie zuvor getan haben, unbändig, als seien die letzten Wochen mit einem Kuss, einer einzigen Berührung ausgelöscht, und diesmal ist auch Mareike ganz laut, und es ist die Zeit, als ich trotz eines Dutzend Biere und ein paar Schnäpsen noch eine veritable Erektion hinbekomme und wir klammern uns aneinander, unsere Körperflüssigkeiten ein einziges, gegenseitiges Verströmen in dieser unerträglich schwül-heißen spanischen Nacht, und nach einer Ewigkeit überlassen wir es unseren Körpern, dieses wunderbare Spiel gleichzeitig zu beenden und gut möglich, dass es nichts Größeres zuvor gegeben hat und nichts Größeres mehr kommen wird. Hinterher bin ich sicher, dass sie den Koffer wieder auspackt, dableibt und dass wir in der nächsten Nacht noch verrückter, noch ungehemmter beieinander liegen werden und immer weiter so. Aber dann steht sie auf, duscht, zieht sich an und nimmt den Koffer. Draußen hupt einer meiner Freunde, der sich angeboten hat, sie zum Flughafen zu bringen. Zum Abschied kein Kuss, keine Blume.

Ich schreckte auf aus diesem Traum, das Urteil über mich war zwar, nachdem der Wagen mit Mareike Richtung Alicante abrauschte, noch nicht gesprochen worden, lag aber auf der Hand. Für alle Geschworenen, von denen ich mir vorstellte, dass sie diesen Traum, der ja nichts anderes war als erinnerte Realität, auf einem überdimensionierten Monitor haben mitverfolgen können, konnte es nur einen klaren Schuldspruch geben, einstimmig, eine Revision von vornherein ausgeschlossen. Hinterher würde ich abgeführt werden, willenlos, ergeben, die Chance zur Rehabilitation vertan.

Ich schwitzte in dieser kühlen Oktobernacht im Berner Hotel genauso wie damals im spanischen Ferienhaus, die Bettwäsche feucht von meinem Schweiß. Die beiden Träume waren so präsent, als seien sie wirklich gerade erst im Fernsehen gelaufen. Ich bemerkte, dass ich leicht zitterte, stand auf, schloss das Fenster, die Oktobernacht hatte doch eine empfindlich niedrige Temperatur, aber es war nicht die Kälte, die mich zittern machte, sondern die Trauer um Mona und Nadja und Mareike, und die Wut auf mich, die mit Macht jetzt wieder aufbrach, jetzt, wo nichts mehr gutzumachen, noch nicht einmal richtigzustellen war. Das Gefühl von Endgültigkeit, hilflosem Ausgeliefertsein gegenüber den Träumen und der bleiernen Traurigkeit, die sie auslösten, legte sich über den gesamten Raum.

Ich erwog, meine Tasche zu packen, zur Rezeption zu gehen, vielleicht saß der Unvermeidliche ja immer noch da und las die dritte Sportzeitung, oder Veronika wäre zurück und gewährte einen letzten Blick auf ihre Dirndl-Brüste. Ich würde meine Rechnung bezahlen, selbstverständlich auch die für das erst für morgen vorgesehene andere Zimmer, noch einmal freundlich grüßen (wenn Mattu noch Dienst hatte, würde ich Danke für die tollen Tipps sagen und viel Glück für den FC Basel und einen letzten Zwanziger springen lassen) und mich in mein Auto setzen und in den langsam dämmernden Morgen fahren, nach Hause, wo mich nichts und niemand erwarteten.

Aber das Zittern ließ nach, ich spürte, wie erschöpft ich war und fiel zurück aufs Bett.

Kurz darauf war ich noch einmal eingeschlafen. Und jetzt endlich träumte ich so, wie ich von Anbeginn hätte träumen wollen. Ich träumte von Juliette Laforêt.

17

Pünktlich um halb acht am Montagmorgen stand ich an der Brücke, leicht verdeckt hinter dem Schild für die Touristen, rauchend, den Kragen meiner Jeans-Jacke hochgeschlagen, höchst konspirativ wie in einem Agenten-Thriller aus den Jahren des Kalten Krieges.

Es begann gerade erst hell zu werden, noch war es ziemlich dämmrig und von der Wasseroberfläche der Aare legten sich zusätzlich Dunstschwaden über die Kirchenfeldbrücke. Es würde schwer sein, unter den vorübereilenden Menschen die eine zu erkennen, auf deren Erscheinen ich unruhig wartete. Ein empfindlich kühler Herbstmorgen zog auf, und ob es trotzdem noch einmal so ein südlicher Tag wie gestern werden würde, stand noch aus. Ich knöpfte die Jacke zu.

Beim Frühstück zeigte sich, dass meine Befürchtungen gegenstandslos gewesen waren. Mattu hatte mir wie selbstverständlich Rührei mit Speck am Tisch serviert und sich mit ein paar nachgeholten lobenden Bemerkungen über seine Empfehlung des Les Amis zufrieden gegeben. Was ich denn heute vorhabe, fragte er, als ich den Tisch verließ. Und bevor er zu weiteren touristischen Ratschlägen ausholen konnte, drückte ich ihm das Trinkgeld in die Hand. Eine alte Freundin besuchen, antwortete ich und meinte, ein Lächeln in Mattus Gesicht zu entdecken, als sich sein Kopf nach der obligaten kurzen Verbeugung wieder hob.

Ich wartete bereits seit zwei Zigarettenlängen, trat von einem Bein auf das andere, die Kälte, ja, aber noch mehr die Nervosität, der Zweifel über das, was ich hier anstellte. Noch gab es die Möglichkeit umzukehren, irgendwo einen Kaffee zu trinken, die Zeit totzuschlagen, bis das neue Zimmer bezugsfertig war, oder doch abrupt abreisen, alles hinter sich lassen, Zürich, Bern, die Fußball- und Musikobsession, den armen Hartman, den eilfertigen Kellner – und schließlich die aberwitzige Fixierung auf eine Frau, von der ich glaubte, dass sie erst einem Roman entsprungen, dann schemenhaft auf einer Lesung aufgetaucht war und am Ende letzte Gestalt in einer Lehrerin aus der französischsprachigen Schweiz angenommen hätte. Trotzdem zögerte ich. Irgendetwas hielt mich fest an meinem Beobachtungsposten an der Brücke, die selbst ja nur ein Teil der Realität war, der andere stammte aus den ersten Sätzen eines Romans und den ersten Bildern zweier Kinofilme.

Wenn ich wirklich ernsthaft erwogen haben sollte, mich umzudrehen und Richtung Altstadt zurückzugehen (so genau weiß ich das heute auf meinem mallorquinischen Balkon nicht mehr), dann zögerte ich mit der Entscheidung einen Moment zu lang.

Juliette Laforêt kam um zwanzig vor acht aus Richtung Bundesterrasse und betrat die Brücke auf Seiten des Touristenschildes, ich ging unwillkürlich einen Schritt zurück. Nur kurz sah ich sie von vorn, das genügte aber, um mir plötzlich wieder ganz sicher zu sein, dass dies der Blick der Portugiesin vom Anfang des „Nachtzugs" war oder der Frau aus der Mülheimer Stadtbibliothek und der aus dem Stade de Suisse gestern, der mich für den Bruchteil einer Sekunde streifte, ohne mich jedoch wahrzunehmen.

Sie legte einen strammen Schritt vor, möglich, dass sie vor dem Unterricht noch irgendetwas im Lehrerzimmer zu erledigen hätte, das Klassenbuch noch schnell durchsehen oder einen Satz Texte kopieren. Und auch dieser Schritt, so stellte ich mir vor, energisch, weit ausgreifend, zielbewusst, passte sowohl   zur

Portugiesin (so hatte sie das Gymnasium verlassen, nachdem sie mitten aus Gregorius` Unterrichtsstunde hinausgegangen war), wie auch zu der geheimnisvollen Lesungsbesucherin (damals an der Ruhr, nachdem sie mir die Hand auf den Arm gelegt hatte und während meiner kleinen Abgelenktheit, als Mercier mir sein Buch signierte, die Treppe hinuntergegangen, vielleicht sogar – gelaufen war) – und ich hatte, wenn auch im gebührenden Abstand und immer noch in Geheimagenten-Manier, Mühe, Juliette Laforêt auf ihrem Schulweg zu folgen.

Heute war sie nicht elegant in Rot und Schwarz gekleidet, angesichts dessen, was sie gleich erwarten würde – vielleicht eine Ansammlung pubertierender Kids, denen es nicht cool und lässig genug zugehen konnte – trug sie eine enge Jeans, den Hintern nur knapp bedeckt vom Saum der Lederjacke, beide in blau, und vielleicht hatten ja ihre Bluse oder ihr Pulli (es war wirklich noch verdammt kalt) die gleiche Farbe, das war mir, während sie an mir vorbeiging, unter der geschlossenen Jacke verborgen geblieben. Ihre Haare hatte sie hinter dem Kopf zusammengebunden, das leichte Wippen des Pferdeschwanzes korrespondierte mit diesen kräftigen, wenngleich auch irgendwie spielerischen Schritten und dem rhythmischen Klacken ihrer braunen Stiefeletten auf dem Asphalt des Bürgersteigs. Von ihrer Schulter baumelte eine offenbar geräumige Ledertasche, darin waren sicherlich die für den Unterricht benötigten Utensilien: Federmäppchen, Block, Bücher und Hefte, ein paar persönliche Dinge, das war mir ja nicht ganz unbekannt, obwohl ich, nach jahrzehntelanger Benutzung einer Art Diplomatenkoffers, erst in den letzten drei Dienstjahren eine ähnlich legere Umhängetasche für die Schule benutzte, die hatte mir Mona zum 60. Geburtstag geschenkt, kurz bevor sie mich verließ. Und vielleicht war auch einer der Auslöser für ihren Schritt gewesen, dass ich mich in ihren Augen nicht genügend über diese Tasche gefreut hatte. Als ich sie dann aber wirklich in

Gebrauch nahm und ihre Geräumigkeit zu schätzen lernte, die Geschmeidigkeit des Leders, das sich geduldig durch Bücher und Hefte ausbeulen ließ, die zahlreichen kleinen Schlaufen für Kulis und Bleistifte und den robusten Trageriemen, ärgerte ich mich über meine Ignoranz gegenüber ihrem Geschenk, die wohl aus der Enttäuschung resultierte, dass sie mir nicht etwas „Persönlicheres" geschenkt hatte. Aber diese Tasche war doch etwas sehr Persönliches, leider bemerkte ich das erst, als ich begann, sie mit Freude morgens zum Dienst mitzunehmen, eine Flasche Wasser und ein belegtes Brötchen passten auch noch hinein. Gerne hätte ich Mona, wenngleich mit Verzögerung, diese Freude gezeigt, aber jetzt war es dafür zu spät. Nachdem ich die Schule für immer verlassen hatte und die Tasche nur noch ganz selten benötigte, z.B. wenn irgendetwas bei einem Anwalt oder der Steuerbehörde zu erledigen war, bekam sie einen Ehrenplatz auf einem Stuhl in meinem Arbeitszimmer. Und immer, wenn mein Blick auf sie fällt, und das passiert im Laufe eines Tages recht häufig, wird sie zu einem Vorwurf, einem Zeichen für etwas endgültig Verpasstes, nicht mehr Zurückzuholenden.

Nachdem wir, sozusagen gemeinsam, die Brücke überquert hatten - ich mit dem gebotenen Sicherheitsabstand und ohne zu überlegen, wieso ich diese lächerliche Verfolgungsjagd auf dem alten Schulweg von Gregorius und Bieri überhaupt begonnen hatte - nahm Juliette Laforêt Kurs auf die Schule, eine Strecke, die ich mir genauso auf dem Stadtplan markiert hatte, den Mattu wie immer in Nullkommanichts besorgen konnte. Vorbei an der Kunsthalle, dem Grand Palais, kamen schon die spitzen Türme des Historischen Museums in Sicht.

Plötzlich blieb sie stehen und nestelte ihr Smartphone aus der Seitentasche der Lederjacke. Wer mochte sie so kurz vor Erreichen ihres Arbeitsplatzes noch anrufen? Etwas Privates,

Überraschendes, Verstörendes? Oder gar Fabian Honegger, der sie bat, vor Unterrichtsbeginn noch schnell in sein Büro zu kommen, wo er ihr unter dem Vorwand irgendeiner dienstlichen Obliegenheit Vorwürfe machen würde, weil sie nach dem Stadionbesuch nicht mit ihm zusammengeblieben sei oder ihm wenigstens erlaubt habe, noch ein „Stündchen" mit zu ihr zu gehen?

Juliette nickte ein paarmal, dann schaute sie auf ihre Armbanduhr, schüttelte ungläubig den Kopf und schob das Handy zurück in die Jackentasche. Während der Zeit des Gesprächs, es mochte keine Minute gedauert haben, war ich natürlich auch stehengeblieben, hatte mich seitwärts gewandt, mir eine Zigarette angesteckt und nur ganz verstohlen zu ihr herübergeschaut, ganz so, wie sie es in den Beschattungsszenen im Film auch machen, langsam entwickelte ich eine fast diebische Freude an diesem Krimi.

Aber plötzlich verschärfte die Frau das Tempo, das musste etwas mit dem Anruf zu tun haben. Fast fiel sie auf den letzten vielleicht zweihundert Metern, das Kirchenfeld-Gymnasium schon in Sicht- und Reichweite, in eine Art Trab, was bei ihr aber immer noch ganz leicht und unangestrengt aussah. Mir war klar, dass es spätestens jetzt lächerlich würde, wenn ich ihr im gleichen Tempo hinterherhechelte. Außerdem gaben das meine 64 Jahre, der langjährige Alkohol- und Nikotin-Abusus und ab und an auch der Gebrauch anderer Substanzen nicht mehr her, die gelegentlichen Tennis-Matches hatten da ohnehin nur noch Alibi-Charakter.

Ich gab mich geschlagen, war am Ende sogar erleichtert, das Spiel an diesem Punkt zu beenden – wenn es denn überhaupt eines war, und dann, was für ein unwürdiges, war ich doch offenkundig nur ganz schlicht auf zwei, drei tromp l'oeils hereingefallen, ausgelöst durch die plötzliche Erinnerung an eine dreizehn Jahre alte, zusammenphantasierte erotische Möglichkeit, die nie eine war, nicht einmal eine billige Chimäre, eine erfundene Geschichte, die ich irgendwann, im Sinne von Max Frisch, für meine eigene gehalten hatte.

Und während die Französischlehrerin Juliette Laforêt sich dauerlaufend bemühte, rechtzeitig zu ihrer Unterrichtsstunde oder zum Rapport beim Stellvertretenden Schulleiter, der trotz meiner Zweifel vielleicht doch ihr Liebhaber oder ehemaliger Liebhaber war, zu erscheinen und zunehmend aus meinem Blickfeld geriet, war ich, das Tempo herausnehmend und vom smarten, drahtigen Geheimagenten wieder zum müden Pensionär mutiert, fast gedankenlos hinter ihr her geschlendert, im Grunde „nur noch so", weil ich sie zum Abschluss einer irrationalen Vorstellung, eines aberwitzigen Traums wenigstens noch im Schulgebäude verschwinden sehen wollte.

Plötzlich stolperte sie, fiel der Länge nach hin, blieb einen Moment auf dem Pflaster des Bürgersteigs liegen. Ich war schneller bei ihr als irgendein anderer Passant, legte die Reststrecke zu ihr in Rekordzeit hin. Schwer atmend und mit rasendem Puls kniete ich mich neben sie.

„Ist Ihnen was passiert?"

Aber sie rappelte sich bereits wieder auf und für einen Moment waren unsere Gesichter auf gleicher Höhe und all das, was ich mir noch vor einer Minute eingeredet hatte von wegen Illusion und alberner Einbildung, war in diesem Moment obsolet. Augen, Nase, Mund, die Art, wie sie mich ansah: Sie war es, gottnochmal, ja, *sie* war es, und natürlich war sie in erster Linie Juliette, aber im übertragenen (oder realen?) Sinn, ich konnte das langsam nicht mehr auseinanderhalten, alle Ebenen verschwommen mit jedem weiteren Augenblick, den wir uns anschauten, war sie alle drei, keine Frage, und die Wirklichkeit schlägt doch noch die verrückteste Imagination um Längen.

Bevor sie antwortete, schien sie, immer noch auf Knien, zu überlegen, ob sie den anderen Knieenden schon einmal gesehen habe, verwarf das aber mit einem kaum wahrnehmbaren Schütteln des Kopfes.

„Ach was, alles gut, alles noch dran", sagte sie betont burschikos und in einer Sprache, für deren Klang ich noch keine Worte hatte, etwas wie ein fast gesungenes, französisch eingefärbtes Deutsch, aber das traf es nicht recht, sie klopfte sich Jeans und Jacke ab und schien sich selbst noch über diesen Sturz zu wundern, „Ich hatte es wohl ein bisschen eilig und hab die Bordsteinkante übersehen….Aber wenn Sie mir mit den Büchern helfen würden?"

Der Inhalt ihrer Ledertasche lag verstreut um uns herum. Die paar Passanten, die ebenfalls dazugekommen waren, drehten sich enttäuscht wieder ab. Keine Verletzten, keine Sensation, wie langweilig. Sie hielt die Tasche, die sich als eher geräumiger Beutel erwies, auf, während ich, immer noch auf Knien, einige Lehrbücher für Französisch, ein paar Klassenarbeitshefte (vielleicht die, wegen derer sie Honegger gestern hatte abblitzen lassen?) und, ich hatte richtig vermutet, Federmäppchen und College-Block zurückstopfte. Den Lippenstift und die Papiertaschentücher hob sie selbst auf.

Ich stand auf, versuchte dabei, mein übliches Stöhnen wegen der schmerzenden Knochen zu unterdrücken und hielt ihr die Hand hin. Sie zögerte, das würde sie ja wohl noch ohne fremde Hilfe hinkriegen. Dann aber, was soll´s, dachte sie vielleicht, du machst dem älteren Herrn eine Freude, ergriff sie meine ausgestreckte Hand, und während ich sie vom Pflaster hochzog, unterstützte sie das Ganze mit einer energischen, eleganten Bewegung.

„Haben Sie vielen Dank", sagte sie und hielt meine Hand noch einen Moment fest, einen wunderbaren Moment, während ich ihr den Riemen des wieder gefüllten Beutels über die Schulter schob, was sie mit einem feinen, kaum sichtbaren Lächeln quittierte. Dann entzog sie sich meiner Hand, weniger abrupt, als man es vielleicht in solchen Situationen tut, mehr glitt sie aus meinem Griff heraus, so leicht und anmutig wie alles an ihr.

„Ich muss zum Dienst". Sie zeigte auf das Schulgebäude. „Bin ohnehin schon ein bisschen spät dran. Nochmals Danke. Das war sehr nett von Ihnen."

Dann ging sie Richtung Schulportal. Für einen Augenblick hatte ich die irrsinnige Annahme, sie würde sich umdrehen, zurückkommen, einen Edding aus der Tasche ziehen und mir eine Handy-Nummer auf die Stirn schreiben, so wie es die Portugiesin mit Gregorius gemacht hatte, oder mich bitten, mit in den Unterricht zu kommen und mir die Gelegenheit zu geben, mitten in der Stunde den Raum zu verlassen, noch einmal zum Pult oder zur Tafel hinüber zu lächeln, ein scheues Winken anzudeuten und mich dann aus ihrem Leben zu verabschieden, für immer.

Aber nichts. Sie ging, wieder mit diesem federnden Schritt, die Stufen zum Eingang des Kirchenfeld-Gymnasiums hinauf, als sei nichts geschehen und sie nicht noch vor wenigen Augenblicken ziemlich heftig gestürzt, vorbei an der Statue mit den drei rätselhaften jungen nackten Männern, dabei war die Schule doch immer koedukativ gewesen und alles andere als eine homophil angehauchte sokratische Agora, und sie drehte sich auch nicht mehr um.

Du bist eben nicht in einem Buch und warst es auch nie, versuche das zu begreifen, dachte ich und fingerte eine Parisienne aus der Packung.

Derweil war Juliette Laforêt im mächtigen Gebäude, das auf mich wie eine neoklassizistische Festung wirkte, verschwunden. Es war kurz nach acht, da müsste sie auf direktem Weg in die Klasse und Honegger eben bis zur Pause warten, das würde ihn ärgern.

Dass ich sie jemals wiedersehen würde, war auszuschließen.

18

Das Haus in der Thunstraße, in dem Hartmann zur Miete wohnte, zu finden, war nicht sonderlich schwierig. Im Botschaftsviertel, hatte er gesagt, und mit grünen Fensterläden, Nummer 40.

Ich stand vor der Eingangstür des offenbar aus den 30er- oder 40er Jahren stammenden Gebäudes, die Fassade bräunlich verputzt mit deutlichen Rissen, das Grün der hölzernen Fensterläden blass und weitgehend abgeblättert, und überlegte, ob ich ihn, es war gerade mal viertel nach acht, überhaupt stören könnte. Vielleicht schlief er noch oder frühstückte gerade, bis zu seinem täglichen Besuch am Zytglogge war noch reichlich Zeit.

Andererseits, wohin sollte ich gehen? Mein neues Zimmer wäre ohnehin noch nicht bezugsbereit und mir irgendetwas anzuschauen, war es zu früh, nach der Begegnung mit Juliette Laforêt hatte ich ohnehin keine Lust dazu, so aufgewühlt, wie ich war.

Ich klingelte. Lange passierte gar nichts und ich wollte gerade kehrtmachen, als der Türdrücker, passend zum äußeren Eindruck des Hauses, ein unangenehmes Geräusch von sich gab. Ich marschierte durch ein muffiges Treppenhaus in den ersten Stock, auch darüber hatte er mich für den Fall meines Besuchs informiert. Komisch, die beiden mussten doch viel zu gut verdient haben, um in solch einer Bruchbude zu wohnen.

„Na, das nenn´ ich mal eine Überraschung zu solch früher Stunde!" Hartmann stand in der Wohnungstür, unrasiert, die Haare zerzaust und mit einem Trainingsanzug bekleidet, der offenbar aus dem Young-Boys-Fanshop stammte. Er gab mir die Hand, mit der anderen fuhr er sich über den Scheitel.

„Sie müssen entschuldigen, Johannes, aber ich bin noch nicht ganz landfein. Wenn ich gewusst hätte, dass Sie vor der Tür stehen, hätte ich…Egal, kommen Sie ´rein, Kaffee ist noch reichlich da."

Er führte mich durch die dunkle Diele und machte eine einladende Geste in Richtung des Wohnzimmers. „Nehmen Sie Platz, wo immer Sie mögen, ich bin gleich aus der Küche zurück."

Ich setzte mich auf eine weinrote Ledercouch, die, zusammen mit zwei gleichfarbigen Sesseln, so wuchtig war, dass sie fast die Hälfte des Raums einnahm. Bevor ich mich umsehen konnte, war Hartmann mit zwei Tassen Kaffee, Milchkännchen, Zuckerdose und einem Teller mit aufgebackenen Croissants zurück und platzierte alles auf dem Couchtisch.

„Greifen Sie zu", sagte er, während er sich in einen der Sessel setzte. „ Sie wundern sich wahrscheinlich über meine, sagen wir, ziemlich bescheidene Behausung. Ich habe es nach Giselas Tod in unserem Haus in der Nähe des Marzilibads nicht mehr ausgehalten und ziemlich überhastet verkauft. Auf die Schnelle gab es nur das hier zur Miete. Naja, man gewöhnt sich, die Leute sind ganz nett. Aber: Was treibt Sie so früh ins Kirchenfeld, Johannes?"

Ich log ungern, aber ich wollte ihm nicht unbedingt von meiner verdeckten Ermittlung in Sachen Mme. Laforêt und deren abruptem Ende erzählen. Meine neugierige Frage im Stadion bezüglich der ehemaligen Kollegin seiner toten Frau hatte er hoffentlich vergessen.

165

„Ich habe schlecht geschlafen, Albert, wahrscheinlich zu viel Alkohol gestern, blöderweise war ich auch am Abend noch in einer Altstadtkneipe. Und da ich ohnehin mein Zimmer wechseln musste, habe ich gefrühstückt, anschließend frische Luft geschnappt und mir dann überlegt, ins Historische Museum zu gehen. Aber natürlich habe ich vergessen, dass alle Museen der Welt montags geschlossen haben. Und da fiel mir Ihre Adresse ein und ich dachte, riskier´s mal, vielleicht ist er ein Frühaufsteher. Ich bitte um Entschuldigung, wenn ich Sie…"

„Ach, was", Hartmann winkte energisch ab, „vergessen Sie´s, ich freu mich, dass Sie gekommen sind! Wollen wir rauchen? Heute habe ich meine eigenen!"

Ohne eine Antwort abzuwarten, stand er auf und ging noch einmal in die Küche zurück. Ich schaute auf die freie, nicht von Möbeln bedeckte Fläche des Teppichbodens. Fein säuberlich und in Reih und Glied angeordnet, lagen da die Bilder seiner morgendlichen Zytglogge-Besuche, die Ausbeute der letzten zwei, drei Tage vielleicht, schwer zu sagen, denn alle zeigten nicht nur das gleiche Motiv, sondern waren auch sonst praktisch nicht zu unterscheiden: jedes Foto hielt exakt den Moment fest, wenn der rote Harlekin mit seinen beiden Schellen die Absegnung des Beginns einer neuen Stunde durch den Gott Chronos ankündigt. Hier, auf den Bildern im DIN A4-Format und von Hartmanns altem Objektiv ganz nah herangeholt, sah das insgesamt mickrige Spektakel plötzlich sehr bedeutsam und eindrucksvoll aus, selbst das von einem Rauschebart des griechischen Herrschers über die Zeit umrahmte Gesicht war in allen Details zu erkennen.

„Deute ich Ihr Verhalten bei unserer ersten Begegnung gestern Morgen richtig, Johannes? Sie halten mich wahrscheinlich nicht nur für einen alten, einsamen Eigenbrötler, sondern schlicht und einfach für ziemlich verrückt, was meine Besuche am Zeit-Turm angeht, nicht wahr?" Hartmann, zurück mit Aschenbecher und einer Schachtel Marlboro, hatte meinen skeptischen Blick auf die wie ein Ei dem anderen gleichenden Bilder gesehen.

Ich lehnte dankend die von ihm hingehaltene Packung ab und bediente mich aus meiner eigenen. Dann sagte ich, dass ich ihn keinesfalls für verrückt halte, nur, dass ich nach wie vor nicht verstehen könnte, was er da täglich am Zytglogge tue. Ob er wirklich glaube, diese Bilder könnten irgendetwas in seinem Leben ändern.

Hartmann sah mich an, stieß ganz langsam den Rauch aus und überlegte, ob er mir, über seine gestrigen Andeutungen hinaus, wirklich eine nähere Begründung für seine, wie es mir schien, Marotte, jeden Tag das Figurenspiel am Zeitglockenturm abzulichten, nennen sollte.

„Interessieren Sie sich für Philosophie, Johannes?", fragte er, „Sie sind doch Geisteswissenschaftler, wie Sie mir gestern erzählt haben, also…"

„Germanist und Historiker, ein bisschen Amateur-Theologe, Philosophie ist nicht so mein Metier. Mir fällt abstraktes, antizipierendes Denken eher schwer. Letztens beim Aufräumen fand ich im Nachlass meines Vaters ein fast 50 Jahre altes Gutachten des heimischen Arbeitsamtes über meine berufliche Eignung, das hatte er kurz vor meinem Abitur in Auftrag gegeben."

Ich listete noch einmal alle die Einzelheiten auf, die mir gestern wieder eingefallen waren, als Hartmann mir am Zytglogge vergeblich die technischen Finessen seiner Kamera zu erläutern versuchte, erzählte von den nicht sonderlich schmeichelhaften

Ergebnissen dieses Testats, mangelndes Abstraktionsvermögen eingeschlossen, dem Abraten von der Aufnahme eines Studiums.

Hartmann lachte laut auf. „Aber dann haben Sie kurz darauf ja doch studiert, sind Lehrer geworden. Hat Ihr Vater das Gutachten ignoriert?"

Ich dachte nach. Schon bei der Auffindung dieser amtlichen Einschätzung versuchte ich mich zu erinnern, wie das damals letztlich gelaufen war. Aber das war alles schon so lange her und Tagebuch schrieb ich zu dieser Zeit noch nicht. Was mir aber noch ganz klar vor Augen stand, war, dass mein Vater mich höchstpersönlich zur Einschreibung an der Uni begleitete und die Vorstellungsgespräche bei den Professoren und Assistenten eigentlich von ihm bestritten wurden. Heute ist es gang und gäbe, dass die Abiturienten, unreife, halbe Kinder, mit gerade 17 vom Gymnasium entlassen, von ihren Eltern noch bis in die ersten Vorlesungen begleitet, besser: behütet werden – damals war ich wahrscheinlich der Einzige. Und ob mir das peinlich war? Wahrscheinlich, andererseits war ich froh, nicht so ganz allein in dieser völlig fremden Welt anzukommen. Das gehörte eben alles zu meiner Einzelkind-Geschichte, von beiden Elternteilen mit Liebe überhäuft, hatte ich auch die Schattenseiten dieser Liebe in Bezug auf ein autonomes Erwachsenenleben zu tragen. Das klingt lakonischer und abgeklärter, als es in Wirklichkeit war, und die Konsequenzen traten letztlich erst jetzt, wo ich selber alt wurde und die Schatten einer finalen Einsamkeit über mich fielen, in aller Deutlichkeit zutage.

„Wissen Sie, Albert, eigentlich ist mir erst nach dem Tod meines Vaters, da war ich selbst schon bald 50, klargeworden, wer von uns beiden eigentlich Lehrer werden wollte. Seine durch die NS-Zeit völlig gebrochene Biographie hatte das damals verhindert".

In dem kurzen Zeitraum, erzählte ich, als die westlichen Besatzer eine nach außen hin rigide, in Wirklichkeit aber völlig inkonsequente Entnazifizierung betrieben, bevor sie dann nach 1949 wahllos jeden, auch die richtigen Schweine, die wirklich was auf dem Kerbholz hatten, wieder in die gesellschaftlichen Institutionen hineinließen, war er spät aus der Gefangenschaft gekommen, wollte das Abitur nachholen und sich dann an der Pädagogischen Hochschule bewerben. Man hielt ihm seine Funktion als Führer der örtlichen Hitlerjugend vor, die er tatsächlich, selber noch blutjung, ein paar Monate vor Kriegsbeginn ausgeübt hatte. Noch nicht einmal angehört wurde er, ein Mann, der, das hat mir nach seinem Tod ein alter, zur Beerdigung gekommener Kriegskamerad bezeugt, während des Russland-Feldzuges einige Juden vor dem Erschießen bewahrte, was er selbst niemals erwähnt hat. Aber in der Kommission, die damals die sogenannten `Persilscheine´ ausstellte, saß ein fanatischer Kommunist, dem zwar während der ganzen Zeit kein Haar gekrümmt worden war, weil er schon vor 1933 aus der KPD austrat, jetzt aber die Zeit für einen ganz privaten Rachefeldzug gekommen sah, ich glaube, es ging um ein Mädchen, das er nicht bekommen hat. Meinen Vater bezeichnete er als unverbesserlichen Nazi, das genügte, belegen musste man das nicht. Ein paar Monate später, nach Gründung der BRD, hätte er ohne weiteres das sogenannte „Not-Abi" machen und studieren können, da war er aber schon in die Firma zurückgekehrt, in der er vor dem Krieg eine Lehre begonnen hatte und empfand Ekel gegenüber denen, die nun aus allen möglichen Löchern herauskrochen und selbstverständlich eine lupenreine, antifaschistische Weste trugen. Und wenn nicht, genügten ein, zwei oberflächliche Waschgänge, um aus begeisterten braunen Parteigängern demokratische Saubermänner zu machen. Auf diesen Zug wollte mein Vater nicht aufspringen. Wütend wurde er dann noch ein paarmal, als die in der Wolle gefärbten Lehrer später seinen Sohn in Geschichte oder in Deutsch unterrichteten und so taten, als habe die deutsche Historie mit dem Jahr 1932 geendet und die „Loreley" tatsächlich von einem „unbekannten Dichter" stamme. Da war er auch ein paarmal soweit, beim Elternsprechtag zu erscheinen (sonst überließ er das meiner Mutter), aber letztlich überwog seine Verachtung gegenüber diesen Typen, und er blieb zu Hause.

„Ich glaube, Albert, an diesen Erfahrungen, die er als Ungerechtigkeit und Demütigung empfand, hat er sein ganzes weiteres Leben geknackt, und als ich dann, gutachterliche Prognosen oder her, doch ein ganz passables Abitur hinlegte, sah er die Möglichkeit, die ihm selbst verwehrten Chancen wenigstens in meinem Leben auf den Weg zu bringen. Dass ich studieren würde, stand deshalb für ihn außer Frage".

Hartmanns Blick signalisierte Verständnis.

„Aber", fuhr ich fort, „ das soll keine Ausrede, kein Alibi für eine im Letzten ja doch von mir selbst getroffene Berufswahl sein, die über 40 Jahre verhindert hat, dass ich das machte, was ich eigentlich immer wollte: Schreiben. Ich hätte natürlich jederzeit aufhören, meiner, pathetisch gesagt, wahren Bestimmung nachgehen können, aber immer waren da tiefsitzende Ängste, teils sozialer, teils materieller Natur, aber auch aus einer tiefen Abneigung gegenüber jeglicher Lebensveränderung resultierend. Und plötzlich waren vier Jahrzehnte im Klassenraum und an der Tafel vorbei. Aber immerhin", fügte ich ironisch hinzu, „habe ich ja gerade als junger Autor meinen ersten Roman veröffentlicht. Mit 64."

Mein Gegenüber wurde ernst. „Ich glaube, mir ist es, wenn auch vice versa, ähnlich ergangen. Ich wollte immer schon Philosophie studieren, habe als Schüler bereits alle Klassiker verschlungen, auch, wenn ich das meiste nicht verstand. Aber ein ´Freund der Weisheit`, ja, das wollte ich auch werden.“

Er drückte seine Zigarette aus. „Machen wir´s kurz: mein Vater war Vorstand einer alteingesessenen Hamburger Bank. Das hieß für mich: Banklehre ohne Widerrede, BWL-Studium, dann irgendwann in die zu großen Fußstapfen des Alten. Muss ich mehr erzählen? So läuft Leben, nicht wahr? Aber, ähnlich wie Sie, Johannes, habe auch ich erst nach meiner Pensionierung mich wieder so richtig meiner alten Liebe widmen können, mich sogar an der hiesigen Uni eingeschrieben, Seniorenstudium, querbeet durch die Philosophiegeschichte. Im Moment lasse ich es ein bisschen schleifen, amerikanischer Pragmatismus langweilt mich. Aber vor dieser Phase habe ich ja bereits zum Glück Gisela gehabt, und sie hat mich nicht nur zum Fußball begleitet, sie hat auch…“, Hartmann stockte und räusperte sich, „…hunderte von Gesprächen mit mir über alle möglichen geistigen Fragen geführt, und beide haben wir uns auch für das Phänomen Zeit interessiert. Dann aber… Gott, was hätten wir noch alles lesen und diskutieren können, die Eulen nach Athen tragen, den großen Fragen nachgehen über Lieben und Leben und Sterben. Aber jetzt hat sie mich mit all diesen Fragen allein gelassen, und mit der letzten sowieso.“

Für einen Moment dachte ich wieder, er müsse weinen, aber er kriegte, so wie gestern im Stadion, noch einmal die Kurve, schüttelte traurig den Kopf, fasste sich wieder.

„Also, lieber Johannes, kann ich Sie wirklich nicht verwickeln in einen philosophischen Diskurs über die Zeit, nach dem Sie vielleicht besser verstehen würden, warum ich gleich wieder zum Zytglogge marschiere?“

Ich machte mit beiden geöffneten Handflächen das Zeichen für Ratlosigkeit. Ich war ihm da wirklich nicht gewachsen, obwohl mich die Thematik natürlich seit Jahrzehnten während der Beschäftigung mit Romanen und Gedichten begleitet und damit auch immer wieder Fragen für mein eigenes Leben aufgeworfen hatte. Schon als ganz junger Mann war ich seltsam angezogen von Texten über die Vergänglichkeit und Vergeblichkeit menschlicher Existenz. Die todessüchtigen Gedichte von Gottfried Benn versauten mir z.B. die ersten Versuche auf erotischem Gebiet total. Die Mädchen wollten etwas anderes von mir hören als ´Einsamer nie als im August` oder ´Hör zu, so wird der letzte Abend sein`. Aber was das Theoretische angeht – ziemliche Fehlanzeige.

„Versuchen Sie´s mit einem Briefing, Albert", sagte ich, „so nennt man das glaube ich in der heutigen Welt, die nur bedingt noch die unsere ist. Ihre bisher nur angedeuteten Beweggründe für das da…", ich deutete auf die zwei Dutzend Fotos am Boden, „…würden mich schon interessieren."

Hartmann lächelte sanft. „Schwierig, mein unphilosophischer Freund. Trotzdem, ich versuch´s im Schweinsgalopp. Noch Kaffee?"

19

Es wurde dann doch länger.

Während ich mich in die roten Lederpolster zurückfallen ließ, Kaffee schlürfte und rauchte, holte Hartmann weit aus und ging mit seinem Exkurs über die „Zeit in der abendländischen Philosophie" bis weit in die Antike zurück.

Dass Platon nur die ewigen Ideen als das eigentlich Seiende betrachtet und alles, was uns in Raum und Zeit erscheint, nur Abbilder von ihnen sind, wusste ich noch, bei Aristoteles (dessen Zeitbegriff, so Hartmann, an Veränderungen geknüpft und gleichzeitig deren Maßeinheit sei) konnte ich ebenfalls halbwegs mithalten. Als der Mann im Young-Boys-Trainingsanzug dann aber, abwechselnd gestikulierend und rauchend, zu Augustinus, Newton und Kant überging (allein dessen von ihm erwähnter Aufsatz „Zeit als reine Anschauungsform und subjektive Welterkenntnis" signalisierte schweren Stoff), bekam ich zunehmend Probleme zu folgen, was den philosophierenden Ex-Banker aber nicht bremsen konnte.

Ausgerechnet bei Heidegger konnte ich wieder einsteigen. Der Schwiegersohn eines Freundes hatte über „Sein und Zeit" promoviert und mühsam versucht, mich mit einigen der schon in ihrer Begrifflichkeit mir äußerst obskur erscheinenden Theorien vertraut zu machen. Jetzt schien es, als ob wir die Rollen tauschten. Hartmann lobte mich auf eine Weise, wie ich es früher mit meinen Schülern getan hatte, als ich dann meinerseits über Zeit und Endlichkeit als die den Menschen primär prägende Wirklichkeit referierte, und dass die Angst vor dem Tod, das Bewusstsein, sterben zu müssen, den Entscheidungsspielraum des ohne sein

Zutun in die Welt gekommenen Menschen entscheidend einengt – oder so ähnlich. Mein neuer Lehrer sah über die eine oder andere Ungenauigkeit milde hinweg.

Als dann der Name John McTaggart fiel, konnte ich noch einmal punkten. Hartmann schien jetzt sogar etwas pikiert, als ich die Gesprächsführung übernahm:

„Als Peter Bieri 70 wurde, das war vor zwei Jahren, Albert, Sie kennen ihn vielleicht, Bieri alias Pascal Mercier, der den ´Nachtzug nach Lissabon` geschrieben hat und hier im Kirchenfeld, dort, wo Ihre Frau unterrichtete, zur Schule gegangen ist, wurde in einem Aufsatz in der FAZ zu seinem Geburtstag auch der berühmte Artikel McTaggarts aus dem Jahre 1908 zitiert. Wenn ich mich recht erinnere, geht der Philosoph dort von der provokanten Frage aus, ob es Zeit überhaupt gebe – und kommt zu dem Ergebnis, dass Zeit zumindest nicht widerspruchsfrei zu erörtern und deshalb eine Illusion sei. Ich habe mir den schönen Satz gemerkt: ´Ein einzelnes Ereignis kann nicht zugleich gegenwärtig, vergangen und zukünftig sein, deshalb muss man von ihm sagen, dass es Zukunft w a r, Gegenwart i s t und Vergangenheit sein w i r d.“

Ich beugte mich ein wenig triumphierend nach vorne: „Tja, Albert, ein tolles Spiel mit Worten, oder doch mehr? Und was fangen wir jetzt damit an? Sie sind mir immer noch eine Erklärung schuldig.“

Wir schwiegen beide, sahen uns an, fanden es vielleicht lächerlich, uns gegenseitig eine ganz spezielle Art von Bildung meinten demonstrieren zu müssen.

„Dafür, dass Sie angeblich keine Ahnung von Philosophie haben, Johannes, war das aber recht ordentlich. Chapeau!“, sagte

Hartmann dann und klopfte mir auf die Schulter. „Und natürlich haben Sie Recht, das ist schon irgendwie alles l´art pour l´art. Aber….", er schaute auf die Uhr, „….da es langsam Zeit wird, Zeit!, mich anzuziehen und auf den Weg zum Turm zu machen, lassen Sie mich, auch wenn es Ihnen wie Name-Dropping, auch so ein neues Wort, erscheint, noch kurz auf die Philosophia perennis von Plotin, die Vorstellungen von Marc Aurel und die substanzielle Position des Zen-Buddhismus verweisen. Letztlich geht es ihnen allen darum, die Vorstellung von Zeit aus dem alltäglichen Bewusstsein zu entfernen – dann erst können Gott oder die Erleuchtung oder die Glückseligkeit, nennen Sie es, wie Sie wollen, in den menschlichen Geist einziehen."

„Und deswegen rennen Sie jeden Tag zu diesem Zeit-Turm? Ich verstehe immer noch nicht."

„Ich habe da, wie Sie wohl gestern schon bemerkt haben, eine andere Einstellung als die Buddhisten", sagte Hartmann, „ich will die Zeit nicht entfernen, ich will sie anhalten, rückwärts drehen, mit ihr in die entgegengesetzte Richtung laufen, jedenfalls subjektiv. Schauen Sie sich diese Fotos des roten Harlekins an, sie stammen aus den letzten sieben Tagen. Sehen Sie irgendeine Veränderung? Die Zeit ist einfach stehengeblieben, ich habe nur ein wenig nachgeholfen, um sie dann in die Gegenrichtung zu verschieben und niemand kann sagen, ob das jeweilige Bild am Montag oder am Freitag zuvor aufgenommen wurde. Ich akzeptiere einfach nicht, dass wir ohne Gegenwehr dem Ende entgegengehen."

Sein Blick wanderte an mir vorbei auf die Wand hinter mir. Ich drehte mich um, da hing das Porträt einer attraktiven Frau in ihren besten Jahren. Das musste Gisela sein. Ich sah, wie Hartmann den Kopf senkte und die Augen schloss. Er wusste sehr gut, dass

175

seine ad infinitum wiederholte Aktion mit der alten Spiegelreflex-Kamera sinnlos und ein einziger Selbstbetrug war.

„Und auf die Weise wollen Sie Ihre Frau wieder lebendig machen?" Ich schonte ihn nicht.

Albert Hartmann öffnete die Augen, hob den Kopf in meine Richtung und sah plötzlich sehr alt und sehr müde aus.

„Nein, das kann ich nicht. Ich…", er machte eine hilflose Handbewegung, „…ich will sie nur immer noch ganz nahe bei mir haben, zeitlich nahe, als sei sie erst gestern gegangen."

Er ließ sich in den Sessel hineinfallen, resigniert, beendet.

„Ich bleibe wohl besser heute zu Hause, morgen und übermorgen vielleicht auch."

Ich sah noch einmal auf das Bild, eine schöne Frau mit einem zarten Gesicht, zum Zeitpunkt der Aufnahme vielleicht um die 50, mit jenem Ausdruck von Klugheit, der weit entfernt war von oberflächlicher Bildung, die in unheiliger Allianz so oft einher geht mit Arroganz und Prätention.

„Sie ist…war wunderschön, Albert", sagte ich, und, weil mir nichts Besseres einfiel, dass sie überhaupt nicht wie eine Lehrerin aussehe.

Hartmann kam aus seiner Lethargie zurück, lachte sogar. Wie denn eine Lehrerin oder ein Lehrer aussehe, fragte er.

„Das kann ich Ihnen mit exakten Begriffen nicht beschreiben. Aber ich garantiere Ihnen, dass ich jede oder jeden auf hundert Meter erkenne, Trefferquote sehr hoch. Ich selbst war immer stolz darauf, auf irgendwelchen Partys oder im Urlaub von anderen Menschen für alles Mögliche – Schriftsteller, Pop-Sänger, Schauspieler – gehalten worden zu sein, nur nie für einen Lehrer. Und einmal sogar, im Speisesaal meines Lieblingshotels auf Kreta, haben an Nebentischen sitzende Eltern ihre Kinder mit Block und Stift an meinen Tisch geschickt, um mich im holprigen Englisch zu fragen: Are you Donald Sutherland? Ich hatte übrigens damals noch einen langsam ergrauenden Schnäuzer, wenngleich das Ausmaß meiner Nase wohl kaum dem des berühmten Schauspielers entsprach. Aber wissen Sie was? Ich habe Yes, sure, gesagt und unterschrieben. Sorry, Donald!"

Jetzt lachte Hartmann aus vollem Hals, schöne Geschichte, um gleich wieder ganz leise zu werden: „Danke für das, was Sie über meine Frau gesagt haben. Ich verstehe, was Sie meinen. Gisela sah wohl wirklich nicht wie eine Lehrerin aus, obwohl sie, das zeigten spätestens die warmherzigen Abschiedsgeschenke und – briefe der Schüler, als sie so krank war, dass sie nicht mehr unterrichten konnte, wohl eine sehr gute war."

Und ihre Kollegin aus der französischsprachigen Schweiz, der ich vorhin die auf dem Pflaster verstreuten Bücher in die Tasche gepackt hatte, sah auch nicht wie eine Lehrerin aus. Meine Pauschalierungen zeigten mal wieder, was ich da für einen Quatsch erzählte.

Ich stand auf, reichte Hartmann die Hand, drückte sie lange, sagte, dass ich wohl morgen die Rückfahrt antreten würde, ich kramte meine Visitenkarte aus der Geldbörse hervor, wir bleiben in Kontakt, die üblichen Floskeln, die dazugehören, wenn man weiß, dass kein weiteres Lebenszeichen zu erwarten ist, und ein Todeszeichen auch nicht.

Ich legte die Karte auf den Tisch, Hartmann wollte sich erheben, ich winkte ab, ich fände schon hinaus. War schon an der Tür, als er plötzlich mit wiedererwachter Energie aus seinem Sessel aufstand und mir ein paar Schritte hinterher lief.

„Warten Sie, Johannes, nix da mit Abschied! Raten Sie mal, wer vorhin angerufen hat."

Ich zuckte die Achseln, keine Ahnung.

Hartmann schlug mir auf die Schulter: „Die Frau, die Sie im Stadion gestern offenbar so fasziniert hat! Juliette Laforêt, die Ex-Kollegin und Freundin von Gisela. Sie sagte, dass sie nach dem Spiel ein schlechtes Gewissen gehabt hätte, dass sie nicht zu mir rüber gekommen sei und überhaupt, dass sie sich so lange nicht gemeldet habe."

Ich war wie elektrisiert und konnte meine Aufregung nur schlecht verbergen. „Und?"

„Heute Abend um 19 Uhr im Pyri. Sie kommt direkt aus der Schule dorthin. Ich habe gefragt, ob ich meinen neuen Bekannten mitbringen dürfe. Sie war einverstanden. Na, was sagen Sie jetzt?"

„Pyri?"

„Café des Pyrénées, die Leute hier kennen es eigentlich nur unter der Abkürzung. Kornhausplatz 17, ganz in der Nähe Ihres Hotels. Na, kommen Sie?"

Ich drückte die Klinke, wandte mich zum Gehen, musste jetzt ganz schnell nach draußen, an die Luft, bevor Hartmann etwas von diesem plötzlichen Anfall von Glück mitbekam, dem Glück angesichts eines jetzt ganz nahen Wiedersehens mit der Frau, die ich von der Kirchenfeldbrücke bis zum Gymnasium verfolgt und die mir ihre Hand gereicht hatte, damit ich ihr beim Aufstehen helfe, eines Wiedersehens, das ich noch vor einer Stunde kategorisch ausgeschlossen hatte. Halb schon im Treppenhaus, blieb ich stehen, tat so, als zögerte ich kurz und grinste Hartmann dann an.

„Ich komme! Und ob!"

20

Sa Coma / Mallorca, April 2019

Dieses mallorquinische „Adults-only-Hotel": erste Sahne! In der Nacht hörst du wirklich so gut wie gar nichts, keine kleinen Kinder, die zwischendurch aufwachen und das Zimmer zusammenschreien, keine Gruppen von besoffenen Kids, die von der Rap- und –Hip-Hop –Dauerbeschallung oder, noch schlimmer, von irgendwelchen Schlagerpartys mit Helene-Fischer- oder Andrea-Berg-Mutanten zurückkehren und noch schnell die Rezeption vollkotzen. Eine fast unwirkliche Stille, nur, falls du deine Balkontür trotz der nächtlichen Kühle halb geöffnet hast, unterbrochen von den Geräuschen, die der Wind in den Palmen und auf dem Meer verursacht und ab und zu einem anderen Wasserrauschen, wenn im Nachbarzimmer jemand pinkeln muss oder einem langsam vorbeirollenden Auto, vielleicht fährt die Guardia Civil eine Routine-Streife.

Und doch will der Schlaf nicht kommen. Nachdem wir das Abendessen hinter uns haben – zu meiner Enttäuschung bedient ein ganz junger Kellner mit Pubertätspickeln und nicht die rotschwarze Kollegin, Conchita heute frei, stammelt er in holprigem Deutsch – verziehen wir uns noch an die Hotelbar, aber nur für ein, zwei Bierchen, ordnet Capitano Jens an und erinnert daran, dass noch ein Turnier gegen die ebenfalls im Hotel weilende Mannschaft aus der Nähe von Köln ansteht, Herren 40, also fast 20 Jahre jünger als die meisten von uns, da müssen wir fit sein. Aye, Aye, Käpt´n, gibt Frederik, der Holländer, zurück, aber im Handumdrehen haben wir die genehmigte Menge vernichtet und es ist erst eine Viertelstunde vergangen. Der Mannschaftsführer will bei der nächsten Bestellung protestieren, hält aber mitten im

Satz inne, als die Düsseldorfer Damen die Bar betreten und sich zu uns gesellen. Statt der verschwitzten, knappen Shorts und Tops, die sie heute Mittag nach dem Training anhatten und die die meisten von uns hinlänglich nervös gemacht haben, tragen sie jetzt, es ist ihr Abschiedsabend, alles, was die Koffer noch hergeben: trotz der abendlichen Kühle leichte Sommerkleider mit tiefen Dekolletés, enge weiße Leinenhosen mit passenden Blusen, durch die die Push-up-BHs blitzen, Hosenanzüge in allen möglichen Farben, und was an der ewigen Bundeskanzlerin wegen ihrer ziemlich unförmigen Figur eher peinlich aussieht, fließt hier passgenau an schlanken Körpern herunter und selbst da, wo das eine oder andere Pfund zu viel sein mag, wiegen lange, vor dem Essen sorgfältig geföhnte Haare, blonde, schwarze, brünette, blonde, manche weit und gelockt über die Schultern fallend und bis ins Detail geschminkte Gesichter alle kleinen Mängel auf. Ein Frauen-Bataillon im, wie man sagt, besten Alter, das in fester Formation und mit gleichzeitig den Boden rhythmisch bearbeitenden Pumps und High-Heels an die Theke tritt und sich, in Ermangelung unserer jüngeren Gegner, die offenbar das Turnier gegen uns viel ernster nehmen als wir selbst und möglicherweise schon auf den Zimmern sind, zu uns gesellt.

Schnell finden sich Paare, ein bisschen flirtend, sich zuprostend – Frederik mit der vollbusigen Kapitänin, Rüttger mit einer kleinen Plaudertasche, die besonders viel Schminke nötig hat, Tom, schwankend zwischen einem neuen Gin von der edelsten Sorte und einer drallen Schwarzhaarigen, nur unseren Teamchef zieht es dann doch, nachdem alle in Frage kommenden Damen belegt scheinen, mit einer geheimnisvollen Fremden, Kolumbianerin, flüstert er mir zu, als ich Zigaretten hole, in eine Nische der weiträumigen Lobby, während Markus das Ganze mit einem süffisanten Lächeln verfolgt. Die Ellenbogen spielerisch auf die Bar gestützt, die Köpfe ein wenig gesenkt und zueinander geneigt, hier ein leichtes Streifen über den Arm des oder der Anderen, gemeinsames Lachen nach einer kleinen Schlüpfrigkeit, kommt es zu einer kurzen Überlegung, ob es das Risiko lohnt, sich mit dem Mitbewohner, der Mitbewohnerin des jeweiligen Doppelzimmers zu verständigen, dass sie für die nächste Stunde möglichst draußen blieben, und das genauso schnelle Verwerfen dieser Möglichkeit, die Abwägung, trotz der etwas routiniert gewordenen Ehe zuhause und den ständig nervenden Alltagszumutungen auf diese Art von Abenteuer zu verzichten, das macht man einfach nicht und, denke ich, das ist doch auch gut so, also bleibt es bei Wangenküssen, dem Austausch von Visitenkarten, die vielleicht gleich schon im Papierkorb des Zimmers verschwinden oder spätestens morgen nach der Heimkehr vom Flughafen, nachdem man den Ehepartner euphorisch begrüßt hat, Gott, wie habe ich dich vermisst, um später dann, während man das kleine Stück Pappe in einzelne Fetzen zerreißt, der verpassten Gelegenheit ein wenig nachzutrauern. Möglich aber auch, dass ich mir das alles nur zusammenreime, klischeehafte Relikte der Kegeltouren in den 70ern in den berühmt-berüchtigten „Sauerland-Stern", vorsintflutliche Zeiten, als der Ehebruch bei solchen Gelegenheiten als Zeichen einer vermeintlich neuen sexuellen Freiheit fast zwanghaft ausprobiert wurde und in der Regel nichts als ein schales Gefühl, einem Alkohol-Kater ähnlich, zurückließ, dem der Schwur folgte, es kein zweites Mal zu versuchen. 40 Jahre später ist der abendliche Bar-Flirt wohl wirklich nicht mehr als ein überkommenes Ritual, dessen Protagonisten schon lange müde geworden sind.

Am Ende sind wir zwei übriggeblieben. Der Barkeeper signalisiert Last order und stellt uns noch zwei Gin-Tonic auf die Theke. Dass sie ausgerechnet Mona heißt (eigentlich Monika, sagt sie bei der gegenseitigen Vorstellung), schmerzt für einen Moment. Sie bemerkt meine Reaktion, etwas zwischen Überraschung, Wut,

Traurigkeit, fragt aber nicht nach und es gibt auch keinen Anlass für mich zu erzählen, was ihr Name bei mir auslöst. Sie sieht anders aus als ihre Mannschaftskameradinnen, die eben zusammen mit meinen Jungs lauthals die Bar verlassen haben um sich am Fuße des Treppenhauses oder vor den Fahrstühlen voneinander zu verabschieden. Mona trägt die blonden Haare sehr kurz, hat eine Intellektuellen-Brille auf der Nase und wirkt irgendwie kühl und streng. Ihr Outfit ist betont lockerer als das ihrer schicken Mitspielerinnen: hellblauer Wollpulli, die Jeans etwas dunkler. Durch und durch Sportlerin, unter der Kleidung vermute ich einen drahtigen, durchtrainierten Körper. Rechtsanwältin, sagt sie auf meine Frage und nach Düsseldorf habe es sie verschlagen, weil es in ihrem fränkischen Herkunftsort total miefig gewesen sei, sie habe da nicht mehr atmen können. Tatsächlich spricht sie wie eine weibliche Ausgabe von Lothar Matthäus, nur viel intelligenter, das „R" rollend, das „T" wie ein „D" sprechend, und tatsächlich kommt sie auch aus Herzogenaurach und ihr Bruder ist bei Adidas. Als ich erzähle, dass ich 40 Jahre lang Lehrer war, kommt keiner der üblichen Kommentare, fast meine ich, es legt sich eine Spur von Milde auf die strengen Züge hinter der intellektuellen Schutzbrille, und als ich dann noch erwähne, dass ich vor Kurzem einen Roman veröffentlicht habe, will sie alles darüber wissen, und während ich von meinen Figuren erzähle, fasst sie meinen Arm, äußerlich so, wie das unsere Teammitglieder vorhin auch getan haben, und doch ist ihr Druck fester und ihr Gesicht ist plötzlich viel näher an meinem.

Sie sagt, dass sie neben ihrer Arbeit in Gerichtssälen und in der Kanzlei eine begeisterte Leserin sei und gerne ins Theater und zu Konzerten gehe, und ich habe sofort einen ganzen Sack voll Ideen, welche Highlights wir demnächst mal besuchen könnten, wobei sich herausstellt – manchmal wiegen das Bier oder der Wein danach die ganze kulturelle Anstrengung zuvor auf - dass wir auch gemeinsame Lieblingskneipen haben, sowohl bei ihr in Düsseldorf, als auch bei mir im Essener Süden. Und jetzt lege ich meine Hand auf die ihre und meine zu spüren, dass sie noch ein kleines Stück näher gekommen ist und ich würde ihr gerne ganz langsam die Brille von der Nase nehmen und die unglaubliche Geschichte mit Juliette Laforêt, die ich während langer Balkonstunden schreibe, zwei Stockwerke über der Bar, vergessen für ein paar nächtliche Stunden und Mona, die fränkische Düsseldorferin, jetzt küssen.

Der Barkeeper schlägt mit einem Löffel gegen unsere Gläser und als er beginnt, die fahrbare Holzvertäfelung herunterzulassen, die die Bar vom Rezeptionsbereich trennt, trinken wir schnell aus und müssen uns bücken, um noch unter der Wand hindurchzukommen.

Die Rezeption ist verwaist, offenbar gibt es keinen Rund-um-die-Uhr-Dienst.

„Wir haben eine ungerade Zahl von mitgereisten Spielern", sage ich, während ich Mona am Arm halte, „und rate, wer das Einzelzimmer hat? Und in der Mini-Bar ist vielleicht auch noch irgendwas Trinkbares!". Dämlicher geht es kaum, aber wie und womit soll man eine im Grunde nur bedingt romantische Situation künstlich aufwerten?

Für einen Moment scheint sie zu zögern. Dann drückt sie mir einen energischen, harten Kuss auf die Lippen, kurz spüre ich sogar ihre Zungenspitze hinter meinen Zahnreihen, aber dann lässt sie schon von mir ab, schüttelt den Kopf, schiebt mich abrupt zurück und läuft zum Fahrstuhl, der wie von Zauberhand gerade angekommen ist und seine Türen öffnet.

„Bitte keine Visitenkarte! Aber ich lese dein Buch!", das höre ich noch.

Dann leuchtet die Fahrstuhlanzeige auf, Ziel 1. Stock. Ich zögere kurz, ob ich auf den nächsten Fahrstuhl warten soll, dann nehme ich doch lieber die Treppe.

Der Schlaf will nicht kommen. Mona, die Rechtsanwältin mit dem Lothar-Matthäus-Akzent. Fast spüre ich so etwas wie Erleichterung darüber, dass es nicht zum Sex gekommen ist. Ich male mir aus, welche Panik mich überkommen hätte, die Angst vor dem Gelingen- und Genügenmüssen, und selbst für eine blaue Pille, heimlich im Bad genommen, wäre es zu spät gewesen, die braucht bekanntlich eine halbe Stunde, bis die Wirkung eintritt. Aber am meisten hätte mich wohl ihr Name gehemmt, Mona. Ich hätte, während die üblichen Liebkosungen, übergehend in Griffe, Verrenkungen, Routine-Bewegungen zwischen uns abgespult worden wären, an die andere Mona, die richtige und doch gleichzeitig falsche Mona denken müssen, und dann wäre ich wahrscheinlich ohnehin nicht mehr in der Lage gewesen, meinen, wie sagt man, Mann zu stehen.

Aber trotzdem ist diese Mona hier, die gerade auf Nimmerwiedersehen im Aufzug verschwunden ist, die erste Frau, bei der ich es, seit den unwirklichen Oktobertagen in Bern, zumindest halbherzig noch einmal versucht habe.

Genauer gesagt, seit dem Abend, als ich Hartmanns Einladung angenommen habe.

Café des Pyrénées, Kornhausplatz 17, Montagabend 19 Uhr.

21

Bern, Oktober 2018

Den restlichen Tag über war ich ziellos durch die Altstadt gelaufen, hatte im Münster gleich ein halbes Dutzend Kerzen gekauft und entzündet (zwei für die toten Eltern, zwei, immer noch, für Mona, die „richtige-falsche" Mona, und Katja, eine für einen gerade gestorbenen Freund und die letzte für mich, das konnte nicht schaden, besonders, wenn man an das abendliche Treffen mit Juliette Laforêt dachte). Danach besuchte ich doch noch den Bärenpark und betrachtete eins der Tiere, wie es sich selbstvergessen in der Sonne aalte, die doch wieder über den ganzen Tag südliche Kräfte entfaltete und weiterhin die Frage nach der kaum noch vorhandenen Verlässlichkeit von Jahreszeiten aufwarf, zum Schluss hatte ich mir eine Zeitung gekauft, mit der ich mich auf die Terrasse eines Cafés in der Nähe des Münsters setzte. Ich verzichtete auf Alkohol, weil ich ganz klar sein wollte in dem Moment, wenn Juliette das Pyri betreten würde und belíeß es bei einem Milchkaffee und einem Glas Wasser. Unkonzentriert las ich einen Bericht über das gestrige Spiel im Wankdorf, der meinen Eindruck bestätigte, dass die Young Boys den Sieg verschenkt hatten, anschließend Nachrichten und Kommentare über irgendwelche innerschweizerischen Angelegenheiten, die sich themenmäßig wenig von denen in Deutschland unterschieden: Flüchtlinge, die wütenden Versuche der Rechtspartei, Migranten außerhalb der Landesgrenzen zu halten, das Klima (eine schwedische Schülerin, offenbar mit Asperger-Syndrom, begann gerade, internationale Schulstreiks gegen die Verursacher der Erderwärmung zu organisieren, erste Nachahmer habe es bereits an einem städtischen Gymnasium gegeben – ob es das Kirchenfeld war, wurde verschwiegen), Steuererhöhungen, Verkehrsunfälle, Leserbriefe zur Rücksichtslosigkeit der Radfahrer, zumal der gnadenlos uniformierten in ihren grell bedruckten Wurstpellen-Outfits, den Penis-Betonungshosen und furchteinflößenden Sturmhauben, dazu Konzert- und Ausstellungstermine, das Übliche. Die Ankündigung, dass Albert Hartmann und Jo Buchmüller heute Abend Juliette Laforêt treffen würden, fehlte selbstredend. Ich faltete die Zeitung zusammen, legte sie auf den Nachbarstuhl für den nächsten Gast, rauchte eine Zigarette nach der anderen und zerbrach mir den Kopf, wie ich mich nachher verhalten sollte. Ob ich Hartmann besser vorher noch einmal anriefe, ihm die ganze Geschichte erzählte von der ersten Lektüre des „Nachtzugs" über die merkwürdige Begegnung in der Mülheimer Bibliothek bis hin zum Déja-Vu im Stadion, meiner albernen Verfolgung Juliettes am Morgen und ihrem Sturz vor der Schule? Oder, wenn ich das nicht täte, welche Strategie ich einnehmen sollte, wenn die Französisch-Lehrerin des Kirchenfeld-Gymnasiums auftauchen und mich wiedererkennen würde? Sollte ich großes Erstaunen heucheln oder nur das Gefühl einer angenehmen Überraschung vermitteln oder ihr und Hartmann in homöopathischen Dosen reinen Wein einschenken? Letzteres wäre wahrscheinlich das Dümmste gewesen, was ich hätte tun können.

Völlig ohne Plan, dafür mit jeder Viertelstunde, die der Zeiger auf der Uhr weiterrückte, nervöser werdend - natürlich kam ich auch am Zytglogge vorbei, schaute kurz hinauf und wusste wieder sehr genau, dass es eben keine Möglichkeit gäbe, diesem verdammten Zeitvergehen irgendwie Einhalt zu gebieten - und für mich wäre es in dieser Situation, wo ich den Abend trotz aller inneren Unruhe unbändig herbeisehnte, ohnehin das Allerletzte gewesen, was ich tun würde. Schon sammelte sich eine Touristen-Gruppe zum nächsten Stundenwechsel, ich ging zurück zum Hotel.

Weder von Mattu, noch von Veronika war etwas zu sehen, ein junger, unscheinbarer Mann händigte mir statt der Zimmerkarte einen überdimensionalen Schlüssel mit Hotelwappen für das neue Zimmer aus. Es war kleiner, lag im unrenovierten Teil des zweiten Stocks, das Fenster ging zum Hinterhof hinaus, ansonsten waren keine großen Unterschiede festzustellen. Ich wusste gar nicht mehr, um wieviel zusätzliche Nächte ich verlängert hatte, zwei oder drei, aber das würde sich finden.

Gegen 18 Uhr rasierte ich mich sorgfältig, duschte anschließend und wühlte dann in meinem Koffer nach den letzten frischen Sachen, mit denen ich mich noch halbwegs zeigen konnte. Ich fand ein Leinenhemd, weiß, im Grunde zu sommerlich, also ein passendes T-Shirt darunter, der kühle Oktoberabend war bereits aufgezogen und die Dunkelheit von einem Moment zum anderen angebrochen, aber etwas Passenderes war nicht da, eigentlich wollte ich ja bereits zu Hause sein. Zusammen mit der gebügelten Ersatz-Jeans und der blauen Windjacke müsste es gehen. Die ewigen Turnschuhe wechselte ich gegen braune Slipper. In denen konnte ich zwar nicht schmerzfrei laufen, aber die paar hundert Meter bis zum Treffpunkt sollten kein Problem sein.

Als ich das Hotel verließ, der junge Mann grüßte höflich, war mir immer noch nicht im Geringsten klar, was ich gleich tun würde, wenn Juliette auftauchte. Zum Glück kam mir Mattu, schon in der Hotelkluft und offenbar genauso frisch geduscht, auf dem Weg zum Dienstantritt entgegen. Er schien enttäuscht, als ich sagte, dass es wohl mit dem Abendessen heute zu spät würde. Ich sei verabredet. Mann oder Frau? Er bemerkte sofort, dass die notwendige Distanz fehlte und entschuldigte sich. Ich winkte ab, sowohl als auch. Ob er noch fragen dürfe, wohin ich ginge, wieder ins Les Amis (er zeigte auf die Bar gegenüber)?

„Ins Pyri, so nennt ihr das hier wohl, scheinbar ist der Hang zur Verniedlichung in Bern weit verbreitet".

Mattu grinste. „Stimmt, das Restaurant neben dem Pyri heißt Ringgenberg, wir nennen's natürlich Ringgi. Aber das Pyri – genau das Richtige für Sie!"

„Wieso?"

Er druckste etwas herum. „Na ja, ich dachte, in Ihrem Alter, pardon, aber da gehen Sie sicher gerne dahin, wo Menschen Ihrer Generation verkehren, oder?"

„Naja, lieber Freund, wenn's nicht gerade ein Senioren-Aufenthaltsraum ist...".

Der Kellner schien es nicht allzu eilig zu haben, zur Rezeption oder ins Restaurant zu kommen, ich selbst hatte auch noch ein paar Minuten Zeit. Ich bot ihm eine Zigarette an, und während wir auf der Rathausgasse vor uns hinqualmten, erzählte Mattu, dass das Pyri das absolute Kultlokal in Bern sei und vor allem in den letzten Jahrzehnten berühmt geworden war, weil es die innig geliebte Stammkneipe des bekanntesten Schweizer Rockmusikers Polo Hofer war. War? War, ja leider, er ist im vorigen Jahr gestorben, 72jährig, immerhin, als Kettenraucher und starker Trinker nicht so schlecht. Kannten Sie Ihn, Herr Buchmüller?

Der Dr. Rock musste erstmal passen, jetzt sollte ich mich also auch noch in der Schweizer Musikszene auskennen. Krokus, ja, Gotthard meinetwegen auch noch, aber dann? Mattu half mir auf die Sprünge. Ob ich schon mal was von der Gruppe „Rumpelstilz" und ihrem größten Hit „Kiosk" gehört habe, da war Polo dabei.

Klar, mir dämmerte es. Wie hatten wir- Hardy, Willi und die anderen Jungs – dieses Lied mitgegrölt, wenn wir wöchentlich beim Doppelkopf zusammensaßen. Ich hatte dann immer mein kompaktes Grundig-Cassetten-Gerät dabei (Anfang der 70er, eines der ersten) und spielte darauf die Mixtapes, die ich mir mühsam aus den Hitparaden-Sendungen von WDR 2 zusammenstellte, jedes Mal wütend, wenn der Moderator ins Intro der Stücke hineinquatschte, der Ex-GI Mel Sondock war der schlimmste von ihnen. Aber „Kiosk", ja das war einer unserer Favoriten. „Leute, bin ich denn ein Kiosk, oder bin ich etwa ´ne Bank…" – der Anti-Schnorrer-Song par excéllence!

„Aber", sagte ich triumphierend und damit doch wieder ganz der Rock-Akademiker, „dass die Plattenfirma von Little Feat und ihres großen Frontmannes Lowell George eine Plagiatsklage gegen ´Kiosk` gewonnen hat, weil es zu sehr ihrem Hit ´Dixie Chicken´ ähnelte und Polo Hofer entsprechend keinen müden Rappen an Tantiemen bekommen haben dürfte, das wussten Sie nicht, Mattu, oder?"

Er musste langsam in den Schlüssel, zuckte mit den Achseln. „Nein, wusste ich nicht, das tut mir leid für ihn, obwohl, jetzt ist es ja auch egal. Aber das Pyri wird Ihnen gefallen. Trinken Sie einen Gedächtnisschluck auf Polo für mich mit. Bis nachher!" Mattu winkte kurz, dann verschwand er durch die Restaurant-Tür.

Also hatten sich Hartmann und Juliette in einer Kultkneipe verabredet und dann noch einer, in der bis zum Jahr seines Todes eine Art Schweizer Rock-Nationalheiligtum ein paar tausend Stunden verbracht haben mochte. Das ließ sich gut an.

Und die schwer zu ertragende Nervosität, die mich den ganzen Tag begleitet hatte, verwandelte sich mit jedem Meter, den ich dem Pyri näher kam (im Grunde ein Katzensprung von der Rathausgassemaus), in eine Form heiterer Anspannung und schwer zu zügelnder Neugier, die mich an weit zurückliegende Zeiten erinnerte, die Stunden vor dem ersten Treffen mit einer Frau, die meist auch in Kneipen oder Restaurants stattfanden, Stunden der Ungewissheit und der Vorfreude, Stunden ohne die Angst der späteren Jahre, mit jeder Begegnung, die überging in eine Zeit des Zusammenseins und Zusammenschlafens, sicherer und selbstbewusster werdend – so fühlte ich mich jetzt, eigentlich völlig grundlos, und dachte an den jungen Mann mit den dunklen, wehenden Haaren, der ohne zu zögern die damaligen Kneipen betrat, das „King" oder die Schankwirtschaft des „Langen Heinrich", das „Palladium" oder die „Ruhrschenke", ganz gleich, und dann zu den Karins oder Evas oder Brigittes an den Tisch ging oder an die Theke, mit ihnen sprach, eine Asbach-Cola spendierte („Dosenöffner" hatte Hardy diese Drinks immer genannt, aber das war mir doch zu zynisch gewesen), ihre Hände hielt und sie irgendwann nach Hause begleitete und mit ihnen, wie in einem kitschigen deutschen Schlager, unter der vorletzten Bogenlaterne vor dem jeweiligen Elternhaus stand, der vorletzten deshalb, damit man ihnen nicht aus dem Fenster zusah, und sie dann küsste, erst scheu und zurückhaltend auf den Mund, dann energischer und unter Einsatz der Zunge, und wenn er dann zu Hause war, schmerzte es ihn in der Leistengegend, jedenfalls so lange, wie er nicht zum Zuge kam. Das passierte meist erst später, die Zeit der One-night-stands kam erst noch, und außerdem war der junge Mann mit den wehenden Haaren immer ein bisschen schüchtern und ganz froh, wenn er etwas „Vorbereitungszeit" hatte.

Ich erreichte den Kornhausplatz. Beide Lokalitäten, das „Ringgi" und das „Pyri", befanden sich im Erdgeschoss eines mehrstöckigen Hauses, dessen Alter schwer einzuschätzen war. Ich hatte es nicht so mit architektonischen Epochen. Vor dem Pyri, für einen

Moment verdeckt von der vorbeifahrenden Tram, befand sich die von einer blau-weiß gestreiften Markise überdachte Terrasse, auf der trotz der nun empfindlichen Abendkühle doch einige Gäste saßen, notdürftig bestrahlt von Heizpilzen und zusätzlich gewärmt von Wolldecken, die über jedem Stuhl hingen. Heutzutage saß man draußen, bis der Arzt kam, demnächst wahrscheinlich noch an den ärgsten Wintertagen.

Ich betrat das Pyri. Die große gläserne Eingangstür stand offen, wahrscheinlich, damit die Bedienung freien Durchgang nach draußen hatte, was dem Inneren der Bar aber nicht gerade eine angenehmere Temperatur als auf der Terrasse bescherte. Der Schankraum war überwiegend aus Holz gestaltet, die Wände in eher hellen, Bestuhlung und Theke in dunkleren Farbtönen. Auf den ersten Blick sehr gemütlich, urig würde man vielleicht sagen.

Hartmann saß am ersten Tisch links neben der Theke, er hatte den einzigen der acht Stühle belegt. Seitlich über seinem Kopf hing eine Schiefertafel, die die Tischweine auflistete. Er hatte aber wieder ein Bier bevorzugt, vor ihm stand ein halbleeres Feldschlösschen und daneben, das war neu, ein leeres Schnapsglas. Im Gegensatz zum Morgen, als ich ihn so früh überrascht hatte, war er wie aus dem Ei gepellt. Zu einer Designer-Jeans trug er ein rot-weißgestreiftes Hemd und einen passenden Blazer, die Haare waren ordentlich nach hinten gekämmt. Als wir uns per Handschlag begrüßten, roch ich ein teures herbes Rasierwasser, ein Gentleman in jeder Hinsicht.

Ich setzte mich und bestellte zu seinem Erstaunen ein Tonic-Water, immer noch wollte ich völlig nüchtern sein, denn nichts sollte meine Wahrnehmung trüben oder ablenken, wenn sie hereinkäme.

Hartmann sah auf die Uhr. „Sie wollte eigentlich direkt von der Schule kommen, heute ist Ganztag, diesen Blödsinn, so hat es jedenfalls Gisela immer gesagt, haben sie jetzt auch hier eingeführt. Wie schrecklich für beide, Lehrer wie Schüler, den ganzen Tag in der Schule verbringen zu müssen. Wie war das denn bei Ihnen, Johannes?"

Abwesend, den Blick auf den Eingang gerichtet, gab ich ihm Auskunft, berichtete von den massiven Veränderungen im Familienleben und dass die Eltern ihre Sprösslinge einfach mittags nicht mehr gebrauchen könnten, meist, weil beide berufstätig seien, die explodierenden Mieten und der gewünschte Lebensstandard eben mit nur einem Gehalt nicht mehr zu bestreiten, manchmal auch, weil vor allem die Mütter sich schlicht und einfach jenseits der schnöden Hausarbeit und den Mühen der Erziehung „selbstverwirklichen" wollten, aber so etwas, fügte ich hinzu, ohne das Entrée des Pyri aus den Augen zu lassen, dürfe man in der heutigen öffentlichen Mainstream-Diskussion eigentlich nicht mehr äußern, dann gelte man sofort als Frauenfeind und Ewiggestriger. Außerdem gebe es jetzt ja auch mehr und mehr Männer, von der Sorte der weichgespülten Vierzigjährigen, pädagogische Helikopter-Piloten, die gerne die Stelle des Hausmannes einnähmen und lieber ihre Frauen an der Front des kalten Neoliberalismus kämpfen ließen. Jedenfalls ändere das nichts daran, dass beide Seiten, Lehrer wie Schüler, am Ende eines solchen Ganztages total in den Seilen hingen. Seine Freundin Juliette gehöre wahrscheinlich zu ihnen und wäre jetzt zu k.o., um hier noch zu erscheinen.

Zwischendurch, als ich ihm von diesen ellenlangen, ermüdenden Schulnachmittagen ohne jeden pädagogischen Sinn und Zweck erzählte, sah ich ihn auch an, das gebot die Höflichkeit, außerdem sollte er nicht übermäßig Verdacht schöpfen, dass ich die

Ankunft der Frau, die sich ja eigentlich mit *ihm* treffen wollte, trotzdem mit aller Macht herbeisehnte.

„Naja", seufzte Hartman, „bei uns beiden war das mit Giselas Job ganz selbstverständlich, wir hatten ja leider keine Kinder, …", er räusperte sich, „ ich glaube, in dem Fall wäre sie zu Hause geblieben." Ich bemerkte, wie sehr ihn diese Sätze bewegten und legte kurz meine Hand auf seinen Arm.

„Danke, Johannes, entschuldigen Sie, irgendwie rühren diese beiden letzten Tage wieder etwas in mir an, die Begegnung mit Ihnen, der Anruf von Juliette…Eigentlich müsste sie jetzt mal langsam kommen."

Ich nickte, murmelte etwas davon, dass man, bei aller mutmaßlichen Erschöpfung nach so vielen Stunden Unterricht hinterher doch noch so allerlei zu erledigen hätte, man könne die Schule nicht so einfach mit dem letzten Klingelton verlassen, Eintragungen in Mappen und Listen, Materialbereitstellung für den nächsten Tag, die ganze Litanei, die auch mir selbst die zu erwartende Enttäuschung plausibler machen sollte. Und als Hartmann sein leeres Glas in Richtung Theke hob und mich aufmunternd ansah, war ich bereit, meine mir verordnete Nüchternheit aufzugeben, was soll's, dann eben ein Bier und verstärkte Konzentration auf die Räumlichkeiten, in denen der berühmteste Schweizer Rocker viele Stunden seines Lebens verraucht, vertrunken und beim Lieblingsspiel „Jass" verzockt hatte. Zwischendurch aber soll er immer wieder seine Gitarre genommen und mit ein paar Kumpeln gejammt haben, so sah man es auf den Fotos an der Wand, eines zeigte ihn sogar zusammen mit Willy de Ville dem Dandy aus Louisiana, hier war es gut sein und gut trinken, um mit Hartmann noch einmal ein bisschen über Fußball und Plotin zu parlieren, im Wissen darum, dass nichts bleibt. Dann könnte auch dieser Abend dahindämmern, die herbstliche Melancholie aufgehoben in ein paar Feldschlösschen und Kirschwassern, mehr musste nicht sein.

Hartmann schaute noch einmal auf die Uhr, seufzte, schade, dann eben nicht. Der Barkeeper stellte der Bedienung unsere beiden Biere auf die Theke. Im gleichen Moment öffnete sich die Eingangstür, die eben, nachdem es draußen wohl keine Gäste mehr gab, geschlossen worden war und sich seitdem eine angenehme Wärme im Raum verbreitet hatte.

Aber jetzt wurde es noch wärmer. Juliette Laforêt steuerte auf unseren Tisch zu.

22

Hartmann stand auf, nahm sie ungestüm in den Arm, küsste mehrfach ihre Wangen, wollte sie überhaupt nicht mehr loslassen. Juliette versuchte seine Umarmung so gut es ging zu erwidern, hatte aber sichtlich Mühe damit. Sie legte nur den Kopf an seine beiden Gesichtshälften und schob ihn dann ganz sanft von sich.

Hartmann zog sein Sakko gerade. Dann wandte er sich mir zu. Ich hatte mich ebenfalls erhoben. Er dirigierte sie in meine Richtung und wies mit der Hand auf mich.

„Darf ich dir Johannes Buchmüller, meinen neuen Bekannten aus der alten Heimat, vorstellen? Lehrer wie du, korrekter gesagt, ehemaliger Lehrer, du siehst, der Beruf verfolgt mich mein Leben lang".

Sie sah mich an, schüttelte ungläubig den Kopf, lachte laut auf.

„Une réunion inattendu, n´est-ce pas? Oh pardon…ein unerwartetes Wiedersehen, nicht wahr? Ich bin Juliette Laforêt, Lehrerin am Kirchenfeld-Gymnasium, aber das wissen Sie ja schon…."

Ich hatte keine Ahnung, was ich sagen sollte, wollte irgendetwas stammeln, alles verließ mich in dieser Situation, mein Humor, meine Souveränität, die Fähigkeit zu einer originellen Erwiderung, ich stand schlicht völlig dumm da.

Juliette rettete mich auf eine ganz einfache Weise. „ Nennen Sie mich Julie", sagte sie, als wenn sie alles schon vorher gewusst hätte und ihre Überraschung nur eine gespielte sei. „Darf ich Jean sagen?"

Ich war von einer Sekunde auf die andere erleichtert, fühlte mich befreit, fand mich wieder, plötzlich völlig unverkrampft in dieser Begrüßungsszene, Jean, das gefiel mir, die französische Version meines Vornamens klang wesentlich besser, und wie sie ihn aussprach (ganz weich und ein wenig gedehnt), verursachte einen leichten Schauer bei mir. Ihr Händedruck, fest, aber auch auf eine merkwürdige Weise nachgebend (oder sogar nachgiebig?), dauerte wieder einen Moment zu lang, genau wie heute Morgen nach ihrem Sturz vor dem Gymnasium, aber das konnte ich mir auch einbilden.

Hartmann war verblüfft. „Kennt ihr euch etwa? Gestern im Stadion, das waren doch nur Sekunden…"

Julie lachte noch einmal, ein helles, aber in keiner Weise schrilles Lachen. Ich half ihr, bevor wir uns setzten, aus der blauen Lederjacke und hängte sie über die Lehne eines der Stühle.

„Wollen Sie es ihm erklären, Jean?" Sie strich sich die langen schwarzen Haare aus dem Gesicht, fuhr kurz über die Falten, die ihre Bluse warf (sie war weiß und nicht blau, wie ich am Morgen vermutet hatte, es sei denn, sie wäre noch schnell zu Hause gewesen und hätte sich umgezogen) und schob einen über ihrem Gürtel herauslugenden Zipfel in den Bund der Jeans zurück, so vehement, dass sich der Stoff über ihren Brüsten spannte. Dann lehnte sie sich zurück, schlug die Beine übereinander, die in einer Hose steckten, die sie unmöglich alleine an- und ausziehen konnte („Wie angegossen!", sagte meine Großmutter immer, wenn ich mich in ihre selbstgestrickten, total altmodischen Weihnachts-Pullover quälen und dann auch noch „Danke, Omi" sagen musste) und setzte, abwechselnd Hartmann und mich ansehend, ein Lächeln auf, von dem ich sofort wieder wusste, dass es das

Lächeln der Portugiesin und das der Unbekannten in Mülheim war.

„Da bin ich aber gespannt." Hartmann schwankte zwischen Erstaunen und ein wenig Ärger darüber, dass ihm die Überraschung offenbar nicht gelungen war.

Ich erzählte ihm das Nötigste, begründete meinen Abstecher zum Gymnasium noch einmal damit, dass ich ihn, wenn ich schon zu früh dran war („Sie wissen, ich musste mein Zimmer räumen"), nicht schon vor acht aus dem Bett klingeln wollte, mein Hineinplatzen in seine Morgentoilette sei mir ohnehin ziemlich peinlich gewesen. Dann berichtete ich von Julies Sturz und dass ich, zufällig vorbeikommend, etwas behilflich sein konnte. Alles andere ließ ich weg.

Täuschte ich mich, oder hatte die Lehrerin vom Kirchenfeld mir die Geschichte so nicht abgenommen? Jedenfalls zog sie kurz spöttisch die Augenbrauen hoch.

Zumindest Hartmann schien zufrieden, sagte etwas von der Welt, die doch immer wieder so klein sei und orderte Getränke. Julie bestellte einen Pernod, mein neuer Freund überredete mich zu einem weiteren Feldschlösschen, obwohl ich kurz auf den Nachbartisch geschielt hatte, an dem ein belgisches Grimbergen in einer Schale serviert wurde. Das Pyri hatte sich in kurzer Zeit gefüllt, ein buntes Publikum die freien Tische und Stühle besetzt, entgegen Mattus Prognose auch ein paar junge Burschen, einer von ihnen grüßte sogar höflich von einem der Nebentische. „Salut, Roger", Julie winkte kurz zurück, der Beste aus ihrer Matura-Klasse, erklärte sie uns.

Die Drinks kamen, wir prosteten uns zu, danach war ich erstmal abgemeldet. Hartmann und Julie vertieften sich in ein Gespräch über Gisela, Erinnerungen an gemeinsame Abende, Ausflüge, Schulfeiern. Hartmann blühte sichtlich auf, vor allem dann, wenn die Ex-Kollegin seine Frau als großartige Lehrerin und verlässliche Ratgeberin und Freundin pries.

Ich fühlte mich überhaupt nicht zurückgesetzt. Vielmehr genoss ich es, Julie zu beobachten, ihre Gesten (z.b., wie sie ihre unbändigen Haare immer wieder aus der Stirn strich oder ab und zu leicht an ihren langen, silbernen Ohrclips zog, als vergewissere sie sich, ob beide noch vorhanden seien), die feinen Veränderungen in ihrem Gesicht, wenn sie Hartmann mit einem ernsten Ausdruck zustimmte oder wie sich ihre Züge entspannten, wenn sie gemeinsam mit ihm den Erinnerungen an Gisela nachhing.

Außerdem hörte ich ihr aufmerksam zu. Ich überlegte, als sie länger sprach und ihre Sätze immer wieder mit Versatzstücken in französischer Sprache versah, an wen mich ihr Akzent, jenseits eines feinen, erotischen Flirrens (das vielleicht in diesen Momenten nur ich verspürte) erinnerte. Dann fiel es mir ein: eine weibliche Ausgabe von Lucien Favre, dem Trainer unseres ewigen Rivalen Borussia Dortmund, nur viel zarter, weicher. Ja, das war es. Auch er kam ja aus der französischsprachigen Schweiz und, egal, ob er nun der Trainer der „Zecken" war oder nicht – ich hörte Favre gerne reden, in Interviews, Pressekonferenzen, bei denen er zwar nichts als Floskeln und Leerformeln von sich gab, die aber eben in jenem charmanten, sympathischen Tonfall, zwischendurch stotterte er ein wenig, aber das tat Julie auch, wenn sie nach einem geeigneten deutschen Begriff suchte.

Während die beiden noch über Gisela sprachen, dann aber auch ein bisschen über das momentane Leben von Julie (den 40. Geburtstag hatte sie wohl vor ein paar Wochen mit einigen Freunden in ihrer Wohnung gefeiert, komisches Gefühl, plötzlich 40 zu sein, sagte sie, ach Julie, du siehst doch aus wie 20, Hartmann gab den alten Charmeur, eine späte Festanstellung am Kirchenfeld schien in greifbarer Nähe, ihre Freude über den momentanen Französisch-Kurs in der Oberstufe, in dem dieser Roger vom Nebentisch sich besonders hervortat), betrachtete ich sie immer intensiver, versuchte aber, das möglichst unauffällig zu tun, sie anzuschauen mit dem Kennerblick eines Museumsbesuchers als eine Art Kunstwerk, von einem der großen Meister erschaffen, Rodin musste es mindestens sein, eine höchst lebendige Statue in vollkommener Schönheit - und nicht mit dem taxierenden, röntgenhaften Blick eines Mannes, der durch alle Schichten ihrer Kleidung zu dringen versucht. Eine gefährliche Schlingerpartie. Vor ein paar Wochen hatte ich abends mit einem Freund auf der Terrasse meines Hotels auf Kreta gesessen und mit ihm einen Scotch getrunken. Ein Ehepaar aus Deutschland fragte, ob es sich mit an unseren Tisch setzen dürfe. Man kam ins Gespräch, der übliche Touristen-Talk, Wetter, Hotel, die beruflichen Tätigkeiten, Fußball, die politische Lage in Deutschland, und dass die gesamte übrige Welt vor Problemen aus den Nähten platzte, nicht zu vergessen den durchgedrehten Narzissten mit der blonden Haartolle aus dem Weißen Haus. Nachher diskutierten die beiden nur noch mit meinem Freund, ich konnte mich heraushalten, ihnen zuhören oder nicht, es genügte, einen interessierten Blick aufzusetzen. Als man sich schließlich zur Nacht verabschiedete, jeder hatte eine Runde ausgegeben und wie selbstverständlich war man zum Duzen übergegangen, sagte die Frau, den Namen habe ich vergessen, zu mir: „Ich bin übrigens glücklich verheiratet. Keine Chance". Ich fragte nach dem Grund dieser Mitteilung. „Du hast mir den ganzen Abend auf die Brüste geschaut".

Also bemühte ich mich, dass mein Blick nur auf Julies Gesicht verweilte, allenfalls sich bis zu ihren Schultern absenkte. Ein wirklich schwieriges Unterfangen: sie hatte die obersten Knöpfe der

Bluse geöffnet, das hatte schon seit Jahrzehnten genügt, mich sofort in einen ziemlichen Erregungszustand zu versetzen. Trotzdem versagte ich mir weitere Erkundungen, diese Touristin, die den ganzen Abend scheinbar nur auf meinen Freund eingeredet und mich kaum eines Blicks gewürdigt hatte, hatte vielleicht doch, wenn auch auf rätselhafte Weise, Recht gehabt.

Hartmann beendete meine Versuchung, tiefer zu schauen. „Entschuldigen Sie, Johannes, aber es war so großartig, mit Julie über Gisela zu sprechen, dass wir Sie völlig ignoriert haben".

„Haben Sie…", Julie ließ das H weg, „´aben Sie sich vernachlässigt gefühlt, Jean?"

Der weibliche Lucien Favre sah mich fragend an.

„Mais, non, au contraire." Jetzt brach ich mir auch einen ab mit meinen paar französischen Wendungen, erzählte, dass ich als Schüler das Pech gehabt hätte, einen zweisprachigen Französisch-Unterricht genießen zu müssen, der zwar dazu führte, dass ich auch nach so langer Zeit immer noch einen französischen Text, z.B. einen Zeitungsartikel, lesen und auch verstehen, andererseits aber kaum Konversation betreiben könne, eigentlich eine Schande. Und dass sie das hoffentlich bei ihren Schülern anders mache.

„Bien sûr", das ginge doch auch gar nicht mehr anders heute, und in der Schweiz doch sowieso nicht, da müssten sie alle miteinander parlieren können, die Schwyzer und die Franzosen und die Italiener, und ja, die Räto-Romanen in Graubünden auch.

Sie hatte eine Packung Pall Mall aus ihrer Handtasche gezogen und schaute sich ratlos im Gastraum um. „Albert…", sie sagte

Albäääart, „....ich war damals nur einmal mit Gisela da, aber gibt es hier nicht so ein kleines lustiges Raucherzimmer?"

Hartmann zuckte die Achseln, aber der Barkeeper hatte von der nahen Theke aus mitgehört und schaltete sich ein.

„Le Fumoir à Polo, Madame, gleich dahinten". Er zeigte auf eine Tür am anderen Ende des Raumes und erklärte dazu, dass dort Polo Hofers – er wies auf ein Foto des Rockers mit Zigarette und E-Gitarre an der Wand – privates Raucherzimmer gewesen sei.

Julie sah, dass auch ich meine Zigaretten hervorgekramt hatte. „Entschuldigst du uns fünf Minuten, Albert?"

Hartmann, der ja vielleicht selbst gerne eine geraucht hätte, machte eine großzügige Handbewegung, schon gut, ich bestelle in der Zeit noch eine Runde. Dafür hätte ich ihn umarmen können.

Das Fumoir bestand tatsächlich nur aus einem kleinen Stehtisch, an der Wand schnurrte ein Entlüfter. Trotzdem roch es nach den zehntausenden von Zigaretten, die hier vernichtet worden sein mochten. Polo selbst grüßte von einem ähnlichen Bild wie vorne im Raum. Ein Schweizer Herman Brood dachte ich, für einen Augenblick fiel mir auch Lindenberg ein, aber dem Gronauer Nuschler und Nöhler fehlte dieses Raue, Proletarische, Tom-Waits-Artige, wie es der tote Alpenrocker auf den Postern ausstrahlte.

Ich gab ihr Feuer. Wir lachten, als wir das kleine Blechschild sahen, das an den Tisch mit dem Aschenbecher genagelt war: „Raucher erwünscht – Nichtraucher gestattet", das musste sich Polo ausgedacht haben.

„Ich würde gerne mal Mäuschen spielen in Ihrem Unterricht", sagte ich nach unseren ersten Zügen unvermittelt, in der völlig unwahrscheinlichen Annahme, dass sie darauf eingehen könnte.

„Mäus…chen? Qu´est que c´est, was ist das?"

„Tja, sagen wir, ich….ich würde gern mal zuschauen, wenn Sie unterrichten, irgendwie lässt mich die Schule doch noch nicht los". Das war zwar glatt gelogen, aber ich hoffte, dass meine vorgeblich pädagogischen Motive sie irgendwie überzeugen könnten.

Hartmann hatte ihr, nachdem er mich als quasi Kollegen vorgestellt hatte, noch erzählt, welche Fächer ich während meiner aktiven Zeit unterrichtete, Deutsch, Geschichte und Religion, allerdings evangelisch, was anderes gibt´s für mich als alten Hanseaten ja sowieso nicht, lachte er, aber dass ich nun pensioniert sei und „ein bisschen reisen und schreiben" würde.

Julie legte die Stirn in Falten und sah dabei wieder wunderschön aus. Die Denkende, Zweifelnde, Überlegende - irgendeine weibliche Skulptur dieses Namens gab es bestimmt, im Zweifel kam auch hier wieder nur Rodin in Frage (auch wenn er sie vielleicht als Nackte modelliert hatte, da wüsste ich Schlimmeres). Ich hatte das eigentlich nur so dahingesagt mit meinem Wunsch, ihren Unterricht besuchen zu dürfen, um irgendetwas zu sagen, mit ihr ins Gespräch zu kommen, vielleicht, dass ich einen Zugang fände, sie all das fragen zu können, was mich wirklich bewegte: Wer sind Sie in Wirklichkeit, Julie? Und: Waren Sie schon einmal in Portugal oder im Ruhrgebiet und haben Sie einen Lehrer vom Kirchenfeld gekannt, der Gregorius hieß? Aber was hätte sie da antworten sollen? Mehr als ein ungläubiges Kopfschütteln, ein Blick, der zeigte, dass sie an meinem geistigen Zustand zweifelte, wären nicht zu erwarten gewesen. Deshalb diese ohnehin nur halbernst gemeinte Bitte um einen Unterrichtsbesuch, völlig unvorbereitet von mir vorgetragen und leicht zu durchschauen, nichts davon würde sie mir abnehmen und irgendeinen Verdacht bezüglich meiner Anwesenheit bei diesem abendlichen Treffen mit dem Witwer ihrer verstorbenen Kollegin hegte sie bestimmt auch schon!

Aber zu meiner großen Überraschung schien sie doch ernsthaft über meinen Wunsch nachzudenken, sah mich prüfend an, zog die Stirne kraus und nachdem sie zweimal wie zu sich selber „Hm" sagte und dabei, mögliche Zweifel an meiner Begründung verwerfend, vielleicht innerlich ihren Stundenplan durchging, drückte sie ihre nur halb angerauchte Zigarette aus und nickte mir zu, mit einem Mal sehr entschlossen.

„Venez à ma lecon, demain…Kommen Sie morgen in meinen Unterricht. Die Matura-Klasse, Beginn Punkt 10, Roger…", sie zeigte wohlwollend in Richtung ihres Lieblingsschülers am Nachbartisch, den wir nach dem Verlassen von Hofers kleinem Rauchkabinett passierten, „…wird auch dabei sein. Seien Sie etwas früher da, der Hausmeister…comment dit-on? …führt Sie zu mir."

Ich konnte mein Glück nicht fassen (das Ganze *durfte* eigentlich nicht funktionieren und war doch so unfassbar leicht gewesen), stammelte ein Merci beaucoup pour l'invitation und natürlich wäre ich pünktlich, deutscher Beamter, haha, und mit welchem Stoff sie sich denn beschäftigen würde…

Aber da war sie schon wieder im Gespräch mit Hartmann vertieft, der nicht wusste, was er da mit seiner Einladung ins Pyri auf den Weg gebracht oder gar angerichtet hatte, aber das wusste ich ja selber noch nicht.

Julie stand auf, müde sei sie von dem langen Tag, müsse aber noch korrigieren, ihre Stunde vorbereiten, wenn so hoher Besuch aus Deutschland in ihren Unterricht komme.

„Ich bin sicher, dass Sie das nicht nötig haben", sagte ich, als ich ihr in die Jacke half und mir dabei am liebsten eine halbe Stunde Zeit gelassen hätte. Auch nach 10 Stunden Schule duftete sie noch, ihre Haar-Lotion mischte sich mit einem ganz speziellen Parfüm, eine völlig andere Sorte als die drei, die ich kannte, weder süß, noch herb, noch irgendeine chemisch fabrizierte südliche Blüte, etwas ganz Einzigartiges, so einzigartig, wie mir Julie jetzt schon erschien.

Sie umarmte Hartmann und ließ sich ergeben seine Wangenküsse gefallen. Mir hielt sie die Hand hin und schon wieder glaubte ich, sie hielte meine etwas länger als üblich, während sich die andere kurz, ganz kurz, um meine Schulter legte.

„Ich freue mich auf Ihr Kommen, Jean."

„Je serai là, Julie", antwortete ich und, da mir plötzlich die passenden Vokabeln fehlten, wechselte ich ins Englische, „just in time. Be sure."

Hartmann und ich schauten ihr nach, wie sie mit einem leichten Wiegen der Hüften, das ich vom Morgen schon kannte, durch die Tür des Pyri ging und noch einmal grüßend die Hand hob.

23

„Peut-être", hatte sie gesagt, als die Unterrichtsstunde beendet war, in der sie mit ihren Schülern Moustakis „Il es trop tard" besprochen und mir das Gefühl gegeben hatte, den Text habe sie eigentlich nur für mich ausgesucht. Aber dass es für vieles, eigentlich für alles zu spät war in meinem Leben, das wusste ich sehr genau, während sie es vielleicht nur ahnte. Sie hatte der Klasse das Chanson mit Hilfe eines CD-Players vorgespielt und mir während des Refrains „Passe, passe le temps" diesen Julie-Laforêt-Blick geschenkt, etwas zwischen strahlender Verheißung und Vorbereitung darauf, dass mein Mühen vergeblich sein würde, ein rätselhafter Blick mitten aus der Schönheit ihres Gesichts heraus, ähnlich dem vom gestrigen Abend im Pyri, als sie mich einmal während ihres Gesprächs mit Hartmann zwischendurch genauso angesehen hatte.

Peut-être also, vielleicht. Und dass sie nicht genau wisse, wann die Konferenz enden und ob sie es ins Pyri schaffen würde, und wenn doch, dann sicher nicht vor 19 Uhr. Und wieder konnten diese Worte genauso gut die Vorwegnahme einer großen Enttäuschung sein, wie der Teil eines wunderbaren Spiels, zu dem Vagheit, Andeutung und der Aufbau einer nur schwer auszuhaltenden Spannung gehörten.

Natürlich war ich ein, zwei Minuten nach sieben schon wieder im Pyri, die mittelalterlichen Figürchen vom Zytglogge hatten sich gerade erst ins Innere des Turms zurückgezogen und die Chancen, dass sie käme, standen fifty-fifty, mindestens, jedenfalls redete ich mir das ein. Wie hatten sie eigentlich am Vorabend gestanden, als ich hier mit Hartmann auf sie wartete, besser, schlechter? Was bedeutete ein „Vielleicht" aus ihrem Mund, wo sie gestern doch zumindest dem Witwer ihrer Freundin Gisela fest zugesagt, sich zwar ziemlich verspätet hatte, aber dann doch gekommen war, als Hartmann und ich schon beide nicht mehr damit rechneten? Vermutungen in Gestalt von prozentualen Wahrscheinlichkeiten konnten ohnehin nicht weiterhelfen. Vielleicht sollte ich einfach eine Wette mit mir selbst abschließen oder auf der Terrasse des Pyri aus einem mit letzten, dem Herbst trotzenden Spätsommerblumen bepflanzten Kasten eine große Blüte entwenden (auch wenn eine solch sternenförmige, wie Gretchen sie im „Faust" pflückt, nicht darunter wäre) und deren Blätter nacheinander auszupfen: Sie kommt, sie kommt nicht, sie kommt. Sie kommt! Und wie dieses Blumenwort mir Götterspruch wäre!

Der Laden war noch ziemlich leer, zwei ergraute Alt-Hippies standen an der Theke und diskutierten heftig im Berner Dialekt miteinander, so dass ich so gut wie nichts verstand. Ich stellte mich ans andere Ende der Bar.

„Passe, passe le temps", hatte sie mich da schon so angesehen oder erst während der nächsten Liedzeile, in der es hieß, dass von der verbleibenden Zeit nicht mehr viel übrig sei?

„Na, das ist aber eine Überraschung!" Den Satz hatte ich in den letzten Tagen nun schon ein paarmal gehört. Hinter dem Tresen stand Javier, der Keeper vom Les Amis. „Mit nur einem Job kommt man in der Schweiz nicht so einfach durch", sagte er, bevor ich ihn danach fragen konnte und fügte hinzu: „Das Amis hat heute geschlossen. Ein Bier, Monsieur?"

Ich nickte. Javier, der sich offenbar an meine Abneigung gegenüber gepanschten Craft-Bieren erinnerte, zeigte fragend auf den Zapfhahn mit dem Feldschlösschen -Logo, wartete meine Reaktion aber gar nicht ab, sondern begann ein Glas zu füllen. Beim zweiten Mal, wenn auch an anderer Stelle, ist man für ihn also schon Stammgast, irgendwie fand ich ihn sympathisch, diesen alterslosen Latin Lover, Spanier vielleicht oder Südamerikaner, der seine Haare genauso exakt nach hinten gegelt trug wie vorgestern, selbst der gestutzte Kinnbart glänzte leicht, aber irgendwie war nichts übertrieben Glattes oder Öliges an ihm, kein Zuhälter-Typ, einer, der bei einer Reihe seiner weiblichen Gäste sicherlich einen Schlag hatte, Ende Dreißig wahrscheinlich, und neben ihm sah ich mit meinen weißen, ziemlich langen und frisurlosen Haaren und der ausgebeulten Jeans, die sich nur schwer auf den Hüften halten wollte, völlig aus der Zeit gefallen aus.

„Salut", sagte er und stellte das Bier vor mich hin. Für einen Augenblick schien er zu überlegen, ob diesmal ein Gespräch mit mir lohnte, aber offenbar hatte ich in den fünf Minuten, die ich erst hier war, schon viel zu oft auf die Armbanduhr geschaut. Zu nervös, zu sehr Old-school, der Typ, besser erstmal nicht.

Was hatte ihr „Vielleicht" zu bedeuten gehabt? Wollte sie mich nur vertrösten, mir mit ihrer bewusst vagen Formulierung die Illusion aufrechterhalten, dass man sich wiedersähe, ohne brüsk sein zu müssen, gar verletzend, wenn es doch nicht dazu käme?

Peut-être, vielleicht, und während ich den ersten Schluck nahm, dachte ich, selbst die von mir ins Auge gefasste Möglichkeit eines Fifty-Fifty sei sicher maßlos übertrieben. Warum sollte sie kommen? Ich sah noch einmal auf die Uhr, zehn nach sieben, und überlegte, welche Deadline des Wartens ich mir selbst stellen sollte. Gestern war sie doch auch mindestens eine halbe Stunde über der Zeit gewesen. Halb acht wäre also auf jeden Fall angemessen, oder, in Bier-Einheiten gerechnet , drei Feldschlösschen, in Ruhe getrunken, zwischendurch Javier, meinem neuen Stamm-Barkeeper, einen ausgeben und ein bisschen Small-Talk anbieten,

Fußball, vielleicht auch er ein Young-Boys-Fan wie Hartmann oder eher einer des FC Basel wie Mattu, oder Musik, im Hintergrund lief „Tequila Sunrise" von den Eagles, das knüpfte qualitativ durchaus an den Knopfler-Song von vorgestern an, aber er musste ja auch Rücksicht auf seine Gäste nehmen (die Alt-Hippies wippten bereits mit den Füßen), zur Not das immergrüne Wetter-Thema und wie es so ist, gleichzeitig in der Rathausgasse und am Kornhausplatz hinterm Tresen zu stehen, dann das Geld mit einem ordentlichen Aufschlag auf die Theke legen, ihn einfach noch einmal von Mattu grüßen, doppelt hält besser, an die imaginäre Mütze tippen und dann einfach gehen, im Wissen, dass die Fifty-Fifty-Waage sich eindeutig zu einer Seite, der falschen, geneigt hatte.

Und doch wieder ein Blick zur Uhr. Trotz meiner Zweifel, die mit jeder weiteren Minute des Wartens zur Gewissheit wurden, wagte ich nicht, für zwei Minuten ins Polo-Hofer-Rauchkabinett zu verschwinden, vielleicht steckte sie gerade dann den Kopf durch die Tür, fände mich nicht, verließe das Pyri wieder.

Schon in der Unterrichtsstunde am Morgen hatte sie sich widersprüchlich verhalten. Ihren Schülern stellte sie mich, als ich hinten an der Wand Platz genommen hatte, ziemlich unverbindlich vor, bereits auf Französisch, ein Kollege aus Deutschland, Johannes (Jo´annes) und, nach einer kurzen Pause: der Interesse für unser Fach hat und sich vielleicht eine „Anregung" holen möchte.

Jetzt sagte sie also „Johannes", vielleicht, weil alle ihre Schüler ursprünglich Deutsch sprachen (außer Roger, der, wie ich während der späteren Gruppenarbeit erfuhr, aus La-Chaux-de-Fonds stammte) und weil es amtlicher, nüchterner, distanzierter klang.

Eine Anregung also wolle ich mir holen, ich musste in mich hineinlachen, und auch ihre Schüler hatten verwundert kurz nach

hinten geschaut. Für einen Kollegen, der unterrichtliche Nach-
hilfe brauchte, sah der schon verdammt alt aus und warum Mme.
la Professeuse ihn tatsächlich angeschleppt hatte, wurde ihnen so
auch nicht klar. Zugegeben, ich war etwas verstimmt, etwas mehr
Charme und meinetwegen auch ein bisschen Geflunker über
meine Rolle als Unterrichtsbeobachter hätte ich mir schon gewünscht. Andererseits, hatte nicht Gregorius die Portugiesin mit
den frottierten Haaren sogar ohne jegliche Vorstellung mit in
seine Klasse genommen und sie mitten im Unterricht auch wieder
kommentarlos hinausgehen lassen? Trotzdem: ein größeres Maß
an Aufmerksamkeit wäre sicher möglich gewesen. Aber dann
sagte sie, jetzt wollen wir uns mal mit dem lieben Kollegen, „lieben!" sagte sie, das Chanson anhören, über das wir heute sprechen wollen. Währenddessen nahm sie die CD aus ihrer Umhängetasche, befreite sie aus der Hülle und ließ die Schublade des
Players herausfahren. Ich verfolgte jede ihrer Bewegungen, und
so banal sie auch sein mochten, so sehr empfand ich sie als anmutig, so, als würde eine Künstlerin, die selber bei der Aufnahme
mitgewirkt hatte, als Violinistin vielleicht oder als Background-
sängerin, das Ergebnis ihrer Kunst nun präsentieren und es
schien mir, als behandelte sie die CD wie eine kleine Kostbarkeit.
Und bevor sie den Silberling vorsichtig einschob, hob sie den
Kopf, strich wieder einmal die Haare aus der Stirn und sah zu mir
nach hinten, Falls Sie bereit sind, Jean, sagte sie und die plötzliche
Nennung der französischen Variante meines Vornamens klang
genauso wie gestern Abend, langgezogen und ganz weich und
auch die Schüler schienen erstaunt und einige, unter ihnen Roger,
der eine kennerische Miene aufsetzte, drehten sich doch noch
einmal zu mir um und verpassten dabei das Lächeln ihrer Lehrerin, ein Lächeln, das alle meine Zweifel, z. B. daran, dass sie die
Einladung an mich zu diesem Unterrichtsbesuch bereits tief bereute, mit einem Mal wegwischte.

Das Pyri füllte sich. An einigen Tischen hatten Männer mit dunklen Anzügen und vermutlich Seidenkrawatten Platz genommen, ihre Begleiterinnen trugen ähnlich farbige Hosenanzüge, ein ungewöhnlicher Aufzug für diese „Beiz". Nachdem ich mich gestern Abend von Hartmann getrennt hatte (als Julie gegangen war, blieben auch wir nicht mehr lange), hatte ich im Internet noch weitere Informationen über das Pyri gegoogelt. Einem relativ aktuellen Zeitungsbericht war zu entnehmen, dass neben trinkfesten Linksintellektuellen, ebensolchen Rock-Fans, die ihrer vorgeblich glorreichen Jugendzeit nachtrauerten, auch gerne Parlamentarier aus dem nahegelegenen Bundeshaus nach Ende ihrer Sitzungen für einen Feierabend-Drink vorbeikämen. Die elegant gekleideten Gäste schienen dieser Klientel anzugehören, Wortfetzen wie „viel zu teure Sozialgesetzgebung" und „steigende Kriminalität unter Migranten" drangen zu mir herüber. Eine weitere, ähnlich gekleidete Gruppe kam herein. Man begrüßte sich freundlich, frotzelte offenbar über die jeweilige Parteizugehörigkeit, die Frauen tauschten Wangenküsschen. Stühle wurden von anderen Tischen herangezogen, neue Konstellationen bildeten sich, es wurde lauter im Pyri.

Ich schob Javier das leere Glas hin. Viertel vor Acht, sie kommt nicht mehr. Im Hintergrund lief „The last time" von den Stones. Langsam schien es mir, als suche Javier, der für diese Art von Musik entschieden zu jung war, die einzelnen Songs nicht in erster Linie für die Rockveteranen am anderen Ende der Bar, sondern ganz speziell für mich aus. The last time – ahnte er, warum ich seit meiner Ankunft so nervös war, ständig auf die Armbanduhr sah und mich zum Eingang drehte, als könne ich ihr Erscheinen herbeizwingen? Wollte er mich mit der Liedauswahl auf den Arm nehmen, eben noch mit dem Duett „Don´t give up" von Peter Gabriel und Kate Bush und jetzt mit Jaggers Mahnung „Well, this could be the last time"? Oder wollte er mir sein

Mitgefühl zeigen, seine männliche Solidarität, ich fühle mit dir, ich kenne das, auf eine Frau zu warten, sie herbeizusehnen, an einer Theke zu sitzen, ein Glas nach dem anderen zu leeren und wissen, dass man allein bleiben wird?

Selbst die sich der eigenen Bedeutsamkeit vergewissernden Politiker an den Holztischen, die relativ schnell tranken und Nachschub orderten, die Männer überwiegend Bier, die Frauen Wein und Cocktails (den Gastraum übernahm eine Kollegin von Javier), hatten, dabei hektisch über ihre Smartphones streichend, vorhin ihre Gespräche kurz unterbrochen und, so kam es mir jedenfalls vor, auffällig in meine Richtung geschaut, was wollte der alte Sack da vorne, wartete er auf jemanden, und wenn, bestimmt nicht auf eine schöne, viel jüngere Frau, das trauten sie mir nicht zu und schnell hatten sie ihr Interesse an mir verloren.

„Bekomm ich noch eins?" Die Stones hatten mich bestärkt, meine Deadline doch noch einmal hinauszuschieben, das machte man in meinem Alter zunehmend häufiger. Und was die allerletzte betraf, so dachte ich manchmal ohnehin, es wäre einfacher, sie selbst zu bestimmen. Da war ich hier in der Schweiz ja am richtigen Ort. Die Gesellschaft für Humanes Sterben hatte sicherlich auch eine Filiale in Bern. Mir fiel Timo Konietzka ein, jener legendäre Schütze des allerersten Bundesliga-Tores, am 23. August 1963 war das gegen Werder Bremen, leider spielte er damals beim Schalker Erzrivalen Borussia. Vor ein paar Jahren hatte er sich, inzwischen selbst Schweizer Staatsbürger, ganz in der Nähe auf diese Weise verabschiedet, Krebs im Endstadium. „Kannze nix machen", waren laut seiner Frau, die die ganze Geschichte an eine große Boulevard-Zeitung verkauft hatte, seine letzten Worte, und dass es kurz vor dem Ausleeren des Schierlingsbechers noch ein Fläschchen Moét gegeben hätte, also gar nicht so schlecht, diese Option. Vielleicht sollte ich mir wenigstens mal einen Prospekt mit nach Hause nehmen.

Nachdem das Chanson beendet war, den Schülern hatte sie vorher den Text bewusst nicht ausgeteilt, sie sollten sich ganz auf das Hören konzentrieren, bat Julie um spontane Äußerungen. Fast hätte ich von meinem Platz in der letzten Reihe, den ich abwechselnd als privilegiert und dann wieder als völlig außen vor empfand, Julie einen gereckten Daumen gezeigt. Guter Einstieg, so hatte ich es auch immer gemacht, aber natürlich sparte ich mir diese dumme Geste. Ich war kein Fachleiter, kein Unterrichts-Begutachter, ich war ein Ex-Kollege, der hier nicht deswegen saß, weil ihn sein Beruf nicht losließ, sondern aus dem einen Grunde, 45 Minuten lang die Lehrerin vom Kirchenfeld nicht aus den Augen zu lassen: Julie Laforêt, die unbeschreiblich schön war in allem, was sie sagte und tat und wie sie sich bewegte, nur ihretwegen, die vielleicht auch die Portugiesin war und die Mülheimer „Mariza", saß ich hier. Und als schon die ersten Schülerantworten kamen, es geht hier um einen älteren Mann, der seiner großen Liebe nachtrauert und nichts mehr hat als ein paar Töne auf der Gitarre - und Roger, cool und ganz der Chef im Ring, nachlegte, dass es von eigentlich nichts anderem handele als der Vergänglichkeit der Liebe und des Lebens und dass dem Mann, in dessen Rolle der Sänger Moustaki geschlüpft war, für beides nur noch ganz wenig Zeit bliebe, sah ich auf die Wanduhr, die oberhalb der Tafel angebracht war und ich verfluchte den voranschreitenden Zeiger, der mir nur noch 30 Minuten ließ, 30 Minuten meines Rest-Kontingents, um diese Frau, die sich über ihre sensiblen Schüler freute und sie mit entschiedenen Kopfbewegungen in ihren Äußerungen bestätigte, zu beobachten und zu lieben. Roger hatte ja Recht: die meiste Zeit war aufgebraucht.

Javier stellte mir ein neues Feldschlösschen hin. Für einen Moment sah es so aus, als wolle er jetzt wirklich ein Gespräch mit mir beginnen, mich nach dem Grund meiner Nervosität fragen, mich dann vielleicht beruhigen, sie kommt bestimmt, Sie kennen doch Frauen, da muss man immer locker ein Stündchen draufgeben, aber dann legte er mir doch wortlos den Bon aus der Registrierkasse zu den anderen, vier waren es jetzt.

Wenn sie doch noch kommt, bin ich also schon halb angetrunken, peinlich, aber sie kommt ja nicht. Die Konferenz ist bestimmt schon lange beendet, sie hat dann noch mit ein paar Kollegen über den Unsinn neuer Verordnungen des Schulministeriums gesprochen, anschließend ist man ein paar Schritte gemeinsam entlang der Kirchenfeldstraße gegangen, hat sich voneinander verabschiedet, Bis Morgen oder À demain. Kurz bevor sie ihre Wohnung erreicht, erwägt sie vielleicht noch einmal, doch ins Pyri zu gehen, der Typ da heute Morgen in meinem Unterricht war eigentlich ganz interessant, ein bisschen zu alt zwar, aber wie er sich, nachdem er mich um Erlaubnis gefragt hatte, in die Arbeit der Gruppe um Roger, meinen Lieblingsschüler, einmischte, das hat mir gefallen. Die Schüler lachten ein bisschen über sein holpriges Französisch, er lachte laut mit, diskutierte lebhaft mit ihnen, gestikulierte dabei wild mit den Händen und ich habe auch den Blick gesehen, den Béatrice ihm zuwarf, ja, warum eigentlich nicht auf ein Gespräch, ein Glas Wein, irgendwas ist an ihm, das mich neugierig macht.

Aber dann, schon ganz nahe ihrer Wohnung, hat sie das alles verworfen, bloß nicht schon wieder eine kurze Affäre, die mit Fabian Honegger, dem stellvertretenden Schulleiter, war, wenn es sie tatsächlich gegeben haben sollte (irgendwie schien es mir jetzt doch wahrscheinlich), gerade beendet, Gottseidank, nach dem Stadion-Besuch hatten sie sich ausgesprochen und er überraschend gesagt, dass er das doppelte Spiel gegenüber seiner Frau eh nicht länger würde aufrecht erhalten können, und sie war froh, dass das Gerede im Kollegium ab jetzt aufhörte, auf das alles hat sie nun wirklich keine Lust mehr, und eigentlich ist sie ganz erleichtert, als sie in ihrem Arbeitszimmer ist, den Test über das Moustaki-Chanson aus der Umhängetasche nimmt und zur Korrektur auf den Schreibtisch legt, die Jacke auszieht und sich in die Polster ihrer Couch-Garnitur fallen lässt, besser so.

Ich hatte für mich die Deadline noch einmal verlängert, Punkt acht jetzt, selbst die dazugegebene Zeit, das weibliche cum tempore, mit der Javier mich hätte beruhigen können, war jetzt vorbei, trotzdem noch eine letzte Viertelstunde drauf, völlig grundlos, aber vielleicht war da irgendwo ein Funken Rest-Hoffnung – die Konferenz war doch endlos lang gewesen, es gab noch Dringendes für den nächsten Unterrichtstag vorzubereiten, oder, noch verrückter: sie musste sich für mich „schön" machen – Unfug alles, Autosuggestion, sie kommt sowieso nicht.

Die Politiker, inzwischen auch beim dritten oder vierten Drink angekommen, wurden zunehmend lauter, einige von ihnen hatten die weiblichen Kolleginnen an den Tischen zurückgelassen und sich zwischen die Hippies und mich an die Bar gequetscht, die üblichen Männerbünde, hier konnte man eher Klartext reden und auch mal eine Zote loslassen, was sagst du zu den Titten der Fraktionsvorsitzenden, Beat, wie findest du den Arsch der Staatssekretärin, Ueli?

Auch in Richtung von Polos Fumoir gab es ein lebhaftes Hin und Her, diejenigen, die für die Rauchverbote verantwortlich waren, pafften ab und an doch selbst gerne eine. Javier, mein stummer Vertrauter, für diese Rolle hatte ich ihn jetzt endgültig erkoren, hantierte an seinem Smartphone, von dem er die einzelnen

Musiktitel herunterstreamte. Aber ich hörte schon nicht mehr hin, mit jeder Minute mehr stieg etwas in mir hoch, das sich nur oberflächlich als Enttäuschung bezeichnen ließ. Es war viel mehr. Dass sie nicht kam, verursachte einen kalten, dumpfen Schmerz, der sich über meine Brust legte, weiterwanderte nach unten, in die Region, in der es, das wusste ich jetzt sehr genau, auch kalt und dumpf bleiben würde. Möglich, dass ich eine resignative Handbewegung machte, irgendetwas murmelte, das Javier missverstand. Er klopfte mit dem Finger an mein leeres Glas, zeigte auf den Zapfhahn.

Etwas Stärkeres sagte ich, Single Malt, Scheiß drauf, was der kostete. Immerhin ließ Javier sich nicht lumpen, goss weit über den Eichstrich ein, das hatte er vorgestern im Les Amis noch nicht gemacht. Perlen vor die Säue, dachte ich, als ich einen viel zu großen Schluck nahm und sich eine fast tröstliche Wärme in meinem Magen ausbreitete. Ein Johnny Walker hätte den gleichen Effekt gehabt, der Bon, den der Keeper mir zuschob, wies einen selbst für Schweizer Verhältnisse exorbitanten Betrag auf. Scheiß drauf, noch einen. Marguerite Duras hatte Recht, der Alkohol ist nur erschaffen worden, um die Leere des Universums ertragen zu können. Javier erwies sich beim zweiten Whisky als noch großzügiger. Für einen Moment kam mir wieder der Schierlingsbecher der Gesellschaft für Humanes Sterben in den Sinn. Wenn der so schmeckte und wenn es einem hinterher so warm würde, warum dann eigentlich nicht?

Irgendetwas berührte meine Schulter, ein leichtes Streifen, Stupsen. Einer der Abgeordneten würde zum Pinkeln gehen und hätte, nach all den Drinks auf nüchternen Magen, schon eine solche Schlagseite, dass er mich trotz ausreichendem Platz auf dem Weg zur Toilette berühren musste. Ich schüttelte den letzten Rest des braunen Feuerwassers im Glas hin und her. So langsam musste es zum Ende kommen. Es war jetzt schon Viertel nach Acht, eine Stunde 15, mehr konnte ich nicht zugeben, die sechste oder siebte hinausgezögerte Deadline wäre lächerlich, jedenfalls mir selbst gegenüber, irgendjemand anderen, außer vielleicht den stummen Javier, interessierte das ja ohnehin nicht. Ich bereitete mich darauf vor, den letzten Schluck nicht zu kippen, sondern ganz langsam zu trinken, ihn lange im Mund zu behalten, über die Zunge, die ja zu anderem nicht mehr taugte, laufen zu lassen, noch einmal das Brennen im Magen zu genießen und dann die Brieftasche zu ziehen. Sie war nicht gekommen. Ende und Aus. Morgen früh Abreise, ohne Hartmann auf Wiedersehen zu sagen. Seine Lektion gelernt haben, ein für alle Mal.

Wieder spürte ich diese leichte Berührung an der Schulter. Ich drehte mich auch jetzt nicht um. Der angetrunkene Typ hatte seine Blase entleert und wieder den kürzesten Weg gewählt, um zu seinen Kollegen oder Genossen, je nach Fraktion, deren Lärmen jetzt sogar Javiers Musikauswahl übertönte, zurückzukehren. Ein nächstes Mal würde es nicht geben, da wäre ich weg.

Der Druck an meiner Schulter verstärkte sich. Ich dachte über eine andere Möglichkeit nach – denn *die* eine Möglichkeit war schon lange obsolet – es könnte ein neuer Gast sein, der das Zücken meiner Brieftasche gesehen hatte und scharf war auf meinen Platz, so nah am Zapfhahn und am verlässlichen Barkeeper, das war es wahrscheinlich.

Der Druck ging in ein leichtes Rütteln über. Und bevor ich mich, zeitlupenhaft langsam und in vollem Bewusstsein, dass das, was man nur als Wunder bezeichnen könnte, auf keinen Fall eintreten würde, auf meinem Barhocker umdrehte, war es mir, als hinge von dem, was ich nun sehen würde, meine gesamte Existenz, mein Rest-Leben, meine Rest-Zeit ab, wie es der Matura-

Lieblingsschüler Roger so kühl formuliert hatte und noch in der Drehbewegung zögerte ich und hätte mich am liebsten noch einmal zu Javier gewandt, vielleicht wüsste er ja mit dem besseren Blick auf den oder die, die hinter mir standen, eine Antwort, aber innehalten konnte ich auch nicht mehr, und dann wollte ich erst nicht glauben, was ich sah und mir fehlten für einen Moment die Worte und das Einzige, was ich dann sagen konnte, war, Mein Gott, Sie sind ja doch da und gleichzeitig sagte die, die jetzt vor mir stand und die Hand von meiner Schulter nahm, Verzeihen Sie die Verspätung, Jean.

24

Sa Coma / Mallorca, April 2019

Vierter Inseltag. Es hatte geregnet, und da das Training ausfiel, machten meine Freunde einen Ausflug in die Inselhauptstadt, bisschen Kultur kann nicht schaden, sagte Rüttger und zwinkerte mir dabei zu. Sie würden einen Pflichtbesuch in der Kathedrale absolvieren und anschließend die Altstadt-Bars nach passenden „Erfrischungen" abgrasen. Meine erneute Absage, ich legte beide Hände auf den Lendenbereich und machte zusätzlich einen leidenden Eindruck, nahmen sie mit Bedauern hin.

Beim Frühstück hatten sie natürlich wüste Mutmaßungen darüber angestellt, was zwischen Mona, der fränkischen Rechtsanwältin mit dem Lothar-Matthäus-Akzent, und mir noch alles in der Nacht zuvor geschehen wäre, gaben sich aber – vorerst! sagte der Capitano - mit einigen kryptischen Bemerkungen zufrieden. Einfach mit „Nichts" zu antworten, widersprach dem Rest meines männlichen Selbstwertgefühls, gleichzeitig erhöhte ich die Neugier meiner Freunde. Immerhin hatte es ja wenigstens einen Kuss, den Hauch einer erotischen Möglichkeit gegeben, damit ließ sich ihnen gegenüber noch eine Zeitlang jonglieren.

Am Abend waren sie in aufgekratzter Stimmung zurück. Die Kerzen brennen, versicherte Rüttger mir, das galt wahrscheinlich sowohl für die entzündeten Lichter in der Kathedrale von Palma als auch für den inneren, durch zahlreiche San Miguels befeuerten Zustand. Und du, bist du gut vorangekommen? Klar, sagte ich.

War ich das wirklich? Lange hatte ich versucht, meine Erinnerungen an die mehr als eine Stunde im Pyri, in der ich auf Julie wartete, zurückzuholen, sie zu ordnen, ihnen neues Leben einzu-hauchen, Erinnerungen an die Zweifel, die dann mit jeder verstri-chenen Minute übergingen in die Gewissheit, dass sie nicht kom-men würde und an das unbeschreibliche Glück, als ich mich nach den Berührungen an meiner Schulter endlich auf meinem Barho-cker umdrehte: Verzeihen Sie die Verspätung, Jean.

Ich hatte geschrieben und geschrieben, die Seiten des billigen Blocks bogen sich unter dem zu starken Druck, den der kleck-sende Kuli auf sie ausübte, mehr und mehr wurde das Ganze zu einer einzigen Schmiererei, aus der heraus ich aber jeden Augen-blick, der folgte, nachdem Julie im Pyri aufgetaucht war, zum Leuchten bringen, ihn in dieses sich aufrollende, widerspenstige Papier hineinmeißeln wollte, als könne er auf diese Weise für im-mer bestehen bleiben. Aber ob ich „vorangekommen" war?

Morgen geht es nach Hause. Der Frühling ist nach Mallorca zu-rückgekehrt, nur die Strandpromenade ist noch feucht von den gestrigen Schauern. Mir bleibt nicht mehr viel Zeit. Aber ich bin weiterhin davon überzeugt, dass ich diese ganz andere als von mir erwartete Chronik hier zu Ende schreiben muss.

Ein Ende, das auch ein ganz anderes hätte sein können. Nachdem Julie so unerwartet und wie aus einem, obwohl schon stockdunk-lem spätsommerlichen Himmel gefallen, im Pyri erschienen war, hätten wir es bei ein, zwei Drinks belassen können, vielleicht hätte sie auch noch etwas zu essen gemocht. Zwischendurch wäre die Möglichkeit gewesen, ihrer Französisch-Stunde ein großes Lob zu zollen, noch ein wenig mit ihr über Hartmann und Gisela und das Kirchenfeld-Gymnasium zu plaudern. Danach hätten wir uns getrennt, uns vielleicht kurz umarmt, die Wangen gegenseitig mit einem kaum wahrnehmbaren Kuss gestreift. Vielleicht hätte ich auch, mitten in diesen unspektakulären Abschied hinein, ganz kurz noch den Autor des „Nachtzugs" in Spiel gebracht, mehr nicht. Kein Wort darüber, dass ich glaubte, sie sei die Portugiesin von der Brücke und die Geheimnisvolle aus der Stadtbibliothek.

Es klopft, eine junge Frau füllt die Minibar nach. Für einen Moment sind mir die vier, fünf leeren Flaschen, die sie in einen Korb legt, peinlich, aber als ich ihr einen Fünf-Euro-Schein gebe, entlastet sie mich mit einem bezaubernden „Gracias, Senor" und ich nehme mir vor, sie morgen früh noch einmal abzupassen, um ihr einen größeren Betrag in die Kitteltasche zu stecken. Noch hallt der Streik der Zimmerfrauen vom Vorjahr nach, um Hungerlöhne ging es damals, die ihnen von der Masse der Pauschaltouristen entgegengebrachte Arroganz und Herablassung, oft auch kam es zu üblen Belästigungen, ein Streik, der den Hotelketten und Touristik-Konzern kurzfristig weh tat, aber ändern tat sich seitdem im Grunde nichts.

Sie hat die deutschsprachige „Mallorca-Zeitung" auf meinen Nachttisch gelegt. Ich beginne zu blättern. Wahrscheinlich lasse ich mich jetzt vom Schreiben ablenken, weil ich spüre, dass es nicht mehr viele Seiten sein werden und ich Angst vor der letzten habe. Ich lese, dass der Insel-Club RD Mallorca nach bitteren Abstiegen bis in die Niederungen der Dritten Liga in dieser Saison eine große Chance habe, in die Primera Division zurückzukehren. Mir fallen, die alten Reflexe, die Glanzzeiten des Vereins um die Jahrtausendwende ein, Champions-League, große Spieler wie der Kameruner Eto´o, der Urugayer Walter Pandiani oder der Kapitän des Sensations-Europameisters Griechenland im Jahre 2004, Angelos Basinas – aber auch der Absturz, der mit der Einmischung des windigen deutschen Investors, der schon ganze Konzerne an die Wand gefahren hatte, begann. Bei dem waren immer die anderen schuld. Jetzt besitze er, lese ich weiter, nur noch einen kleinen Aktienanteil an Real Mallorca. Gut so.

Ich lege die Zeitung zur Seite, die Ablenkung gelingt nicht. Warum spiele ich die Konjunktive, das ellenlange „Hätte, Wenn und Aber" überhaupt durch? Jetzt, wo ich auf den Balkon zurückgehe, den Stift wieder in die Hand nehme, die letzten, sich unter der vom Meer herüberwehenden, salzigen Feuchtigkeit noch mehr zusammenrollenden Blätter bekritzele, glaube ich plötzlich fest, dass es ab ihrem Erscheinen in der Bar (aber vielleicht auch schon der ersten flüchtigen Begegnung im Stade de Suisse oder ihrem Sturz vor dem Gymnasium, dem Abend mit Hartmann, spätestens seit der Unterrichtsstunde) gar nicht anders kommen konnte, als so, wie es dann passierte. Irgendwann, an irgendeiner Stelle dieser lächerlich knapp bemessenen zwei, drei Berner Tage versuchten wir verzweifelt, etwas festzuhalten, was nicht festzuhalten war, und am wenigsten konnten wir uns selbst festhalten.

Ich schaue auf die große Uhr gegenüber, es wird Zeit, zum Tennisplatz zu wechseln. Meine Freunde spielen das Abschlussturnier. Da muss der Chronist zugegen sein.

Ich löse den Rest der Blätter von der Spirale des Blocks, beschwere sie mit ein paar Büchern. In aller Frühe morgen und bevor der Koffer zu packen ist, werden sie wieder halbwegs glatt sein. Und können zu Ende beschriftet werden.

25

Bern, Oktober 2019

Sie hatte sich umgezogen, den Schlabberpulli aus der Unterrichtsstunde getauscht gegen eine weiße Bluse und die helle Jeans gegen
eine tiefblaue, wieder so geschnitten wie die gestrige, dass man sie
allerhöchstens mit einer Kneifzange ausbekommen würde, so eng
umschloss sie die langen Beine der Französischlehrerin vom Kirchenfeld. Die blaue Lederjacke hing um ihre Schultern.

Nebenan lärmten immer noch die Politiker. Im Laufe der letzten
halben Stunde waren es noch mehr geworden, austauschbare Gesichter, Frisuren, Anzüge. Für einen Augenblick verstummten
ihre Gespräche, als sie Julie sahen, neidische Blicke streiften mich,
der alte Knacker musste bestimmt reichlich Geld haben, anders
würde er niemals hier eine solch schöne Frau treffen, das war die
einzig für sie vorstellbare Kategorie. Und dann wäre es sicher
auch nicht so schlimm, wenn er keinen mehr hochkriegte. Auf-
brausendes Gelächter ließ vermuten, dass irgendeiner dieser
staatstragenden Schwätzer eine entsprechende Obszönität in unsere Richtung von sich gegeben hatte.

Ein bisschen laut hier vorne, sagte ich, wollen wir uns setzen?
Gern. Auch Javier, der sich offenbar inzwischen selbst zum Pos-
tillon d´amour befördert hatte, machte eine einladende Bewegung
in Richtung des letzten freien Tisches in der hinteren Raumecke.
Ich rückte einen Stuhl ab und bot ihr einen Platz. Sie dankte mit
einem Julie-Laforêt-Lächeln. Javier kam mit einem frischen Bier
für mich und einem Glas Rotwein für sie (ich hatte gar nicht mitbekommen, dass sie eins bestellt hatte), das er mit einer leichten

Verbeugung vor ihr absetzte. Es hätte nur noch gefehlt, dass er die linke Hand dabei hinter den Rücken gelegt hätte.

Also war sie gekommen und saß mir jetzt gegenüber, ein Traum in Blau und Weiß. Für einen Moment überlegte ich, ob es klug sei, ihr zu sagen, dass sie keine schöneren Farben als die meines Vereins hätte wählen können. Aber damit wäre ich wahrscheinlich sofort aus dem Spiel gewesen. Oder? Andererseits hatten wir uns ja ausgerechnet bei den Young Boys zum ersten Mal gesehen, wo sie mit diesem geschniegelten Begleiter aufgetaucht war, der überall hingepasst hätte, nur nicht in ein Stadion wie dieses, das an der Stelle stand, an der vor 64 Jahren das Wunder von Bern stattgefunden hatte. Trotzdem verzichtete ich wohlweislich darauf, mit einem solch zweischneidigen und ziemlich banalen Kompliment ihre Kleidung zu loben. Wenn, dann musste heute ein ganz anderes Berner Wunder her.

Wir stießen an. Dabei beugte sie sich leicht nach vorne. Wieder versagte ich mir, in ihren Ausschnitt zu schauen, obwohl das ein absolutes Ding der Unmöglichkeit war, zumal sie erneut jene ominösen drei obersten Blusenknöpfe – zwei wären zu züchtig, vier eindeutig zu provokant gewesen – geöffnet hatte.

Ich suchte krampfhaft nach einem Gesprächsanfang, es sollten ein Satz, eine Formulierung sein, die es ihr unmöglich machten, nach dem einen Glas wieder zu gehen.

Sie kam mir zuvor. Bevor wir anstießen, sagte sie „Prost" und musste lachen, als ich mit „Salut" antwortete. Dann bedauerte sie noch einmal, dass sie zu spät gekommen war, weil diese blöde Konferenz tatsächlich reichlich Überlänge hatte. Aber das kennen Sie ja wohl auch aus Ihrer eigenen Dienstzeit? Oh ja, erinnern Sie mich bloß nicht daran, vertane Lebenszeit. Sie nickte und drehte nachdenklich den Rand ihres Weinglases.

„Wie hat Ihnen meine Stunde heute Morgen gefallen?" Darauf hätte ich nun wirklich vorbereitet sein müssen, aber statt einer Antwort hörte ich für einen Moment noch dem Ton ihrer Sprache nach und dachte, dass sie doch ganz anders klang als ein weiblicher Lucien Favre, suchte krampfhaft einen Vergleich, ging in Windeseile alle bedeutenden französischen Chanteusen, die auch in Deutsch sangen oder sprachen, durch, wog ab, ob sie mich eher an France Gall (zu hell), Juliette Gréco (zu dunkel) oder Francoise Hardy (ja, vielleicht) erinnerte – ganz gleich, in diesem herrlichen Singsang sprach Julie und in ihm war alles, was zart war und weich, und gleichzeitig klang sie doch klar und entschieden und in ihrer Stimme schwebte die Verheißung auf ein kleines, großes Glück, eine vage erotische Utopie und sei es für diesen Abend, diese Nacht und dann nie mehr, ein stillstehender Augenblick in einem der, so sagten meine Zürcher Freunde, langweiligsten Orte der Schweiz, unterstrichen durch das gedämpfte Licht in der Pyri-Bar, das diese Frau aber schon jetzt von Augenblick zu Augenblick heller erstrahlen ließ.

Und während ich noch darüber nachdachte, mit welchen Lobeshymnen ich ihre Moustaki-Stunde überschütten sollte, unterbrach Javier, der uns, wenn er nicht gerade mit dem alkoholischen Nachschub für die übrigen Gäste beschäftigt war, mit Sicherheit von der Bar aus beobachtete, das laufende Musikprogramm, das ich aber, seit Julie gekommen war, längst nicht mehr wahrnahm. Einen Moment lang war nichts zu hören. Dann, als ich endlich auf ihre Frage antworten und alles aus mir heraussprudeln wollte – ihr toller Stundenaufbau, ihr empathisches Eingehen auf die Schüler, das hohe intellektuelle Niveau ihres Unterrichts – drehte Javier den Bluetooth-Lautsprecher so hoch, das er mühelos die Gespräche und das Gelächter an den Tischen und der Bar übertönte. Julie sah meinen geöffneten Mund und lachte wieder und die ersten Töne erklangen, „You come to my senses" von

Chicago (Anfang der 90er, vom 21. Album, da war Peter Cetera zwar schon weg, trotzdem war die Band beim Zuckersüßen geblieben, aber, Herrgott, was anderes als etwas Zuckersüßes hätte Javier jetzt spielen sollen?) und es sang Bill Champlin oder Robert Lamm und auch etwas Kitschigeres als diesen Text konnte man sich nicht denken („And the touch of your skin / The smile on your face / The way that you taste / You come to my senses / Everytime I close my eyes…"), aber natürlich hatte Javier alles richtig gemacht, genialer und das Herz, vielleicht unser beider Herzen ergreifender konnten Zuckersüßes und Kitschiges nicht zusammenkommen, und als er, wohl, weil die Kellnerin eine Großbestellung bei ihm abgab, die Lautstärke wieder herunterregelte und ich nun endlich mit meiner Eloge auf Julie Laforêts epochale Französisch-Stunde beginnen wollte, legte sie den Zeigefinger ihrer rechten Hand auf ihre Lippen und sagte: Tais-toi, sei still, und mit der anderen Hand berührte sie mich irgendwo am Unterarm und Champlin (oder Lamm) sang: „I reached for you in the night / I dreamed of your kiss / With your name on my lips / Alone in my bed…" .

Ich beugte mich vor, schob meinen Kopf über den Tisch, soweit ich konnte und Julie hielt meinen Arm fest und kam mir mit ihrem Kopf entgegen und den Finger hatte sie längst von den Lippen genommen.

26

Zum Glück war Mattu, der ewige Mattu, an der Rezeption.

Wir hatten es plötzlich ganz eilig gehabt, nachdem sich unsere Köpfe, genauer, unsere Lippen über dem Tisch im Pyri getroffen und zu einem Kuss vereint hatten, der ihr selbst völlig spontan vorgekommen sein mochte, für mich aber eine Vorlaufzeit von fast 15 Jahren hatte, küsste ich doch in diesem Moment neben Julie gleichzeitig auch noch die Portugiesin von der Kirchenfeldbrücke und die Mülheimer „Mariza", aber je länger dieser Tisch-Kuss anhielt, verschwammen alle drei Frauen zu einer einzigen, und schließlich war es nicht zu leugnen, dass es Julie Laforêt war, in deren Mund meine Zunge herumwühlte und es waren *ihre* weichen, mit einem zartroten Stift bemalten Lippen, die sich gegen meine pressten, und *ihre* Zunge war es, die, wenn auch vielleicht etwas widerwillig, den Geschmack von Nikotin und Alkohol, der sich in meiner Mundhöhle breit machte, akzeptierte und trotzdem in ihrem ganz speziellen Druck, einer Mischung aus unendlicher Sanftheit und unbeugsamen Willen, nicht nachließ.

Für einen Moment lösten wir uns aus dieser etwas unbequemen Position, ich fühlte, wie meine Nackenmuskeln sich verspannten, während sie nur kurz ihre Haare aus der Stirn schüttelte und ein Papiertaschentuch aus der Handtasche zog, mit der sie mir Reste ihres Lippenstifts vom Mund wischte. Il n´y a pas des baisers sans conséquences, sagte sie und lachte, keine Küsse ohne Folgen, aber wahrscheinlich ahnte sie nicht, wie sehr mir dieser Satz jenseits der Entfernung von Lippenstiftresten Hoffnung machte und wie stark das Verlangen, das ich so viele Jahre gleichzeitig bewahrt und unterdrückt hatte, seit der Sekundenbegegnung im Stadion mit Urgewalt wieder da war. Hätten sie nur Konsequenzen, diese Küsse, aber ich war mir immer noch alles andere als sicher.

Ich nahm ihre Hände, stammelte etwas wie Wunderschön (wobei offenblieb, ob ich die Küsse meinte oder Julie oder beides) und überlegte fieberhaft – alle „Strategien" der letzten Jahrzehnte verboten sich gegenüber dieser Frau von selbst, der Begriff allein eine einzige, kalte Abwertung – wie es nun weitergehen und ob es überhaupt weitergehen könnte. Alles, was jetzt von mir käme, würde sich plump anhören, peinlich, aufgesetzt, verlegen, herumeiernd – auch die Hüter der Staatsangelegenheiten, selbst die Alt-Hippies mit ihren schlohweißen Pferdeschwänzen, die unsere Küsse irgendwie, und sei es aus den Augenwinkeln, mitbekommen hatten, starrten herüber, warteten voller voyeuristischer Geilheit auf die Fortsetzung des Geschehens zwischen dem deutlich zu alten Mann, der seinen längst nicht mehr flachen Bauch gegen die Tischkante quetschte und der atemberaubend schönen Schwarzhaarigen, die ihn jetzt an den Händen zu sich herüberzog und ihm irgendetwas zuflüsterte.

Lass uns gehen, das sagte sie so leise, dass sie mit ihrem Mund ganz dicht an mein Ohr kommen musste und ich ihren Atem spürte, während ich schon meine Geldbörse aus der hinteren Hosentasche zog und Javier ein taktisches Zeichen machte. Er, der eigentlich schon mit einem Tablett, auf dem ein Rotwein und ein Feldschlösschen standen, unterwegs zu unserem Tisch war, bremste abrupt ab, setzte sein schelmisch-wissendes, eine Spur zu unverschämtes Grinsen auf und ging zurück zur Theke. Ohne Tablett, aber mit einem überdimensionalen Portemonnaie kam er zurück, baute sich vor mir auf, schob mir den Schluss-Bon hin und murmelte einen Betrag. Dabei nickte er mir zu, ein bisschen von oben herab, wie mir schien, aber das legte ja seine Position nahe, siehst du, wollte er mir vielleicht signalisieren, ich hab´s dir doch gesagt, sie kommt auf jeden Fall, halt eine Stunde später, und jetzt hast du *die* Chance deines nicht mehr ganz so langen Lebens, vielleicht die letzte überhaupt, und wenn du sie nicht nutzt, bin ich persönlich beleidigt, schließlich habe ich, auch ohne Worte, irgendwie dafür gesorgt, dass du nicht einfach abhaust, nimm alles zusammen, was noch in dir ist an Kraft und Leidenschaft, schmeiß es in die Waagschale, diese Frau ist genau dieses eine Mal für dich da, und lass sie bloß nicht los, für diesen Abend nicht und nicht für diese Nacht.

Aber natürlich blieb er auch weiterhin so gut wie stumm und sagte nur leise und unter Andeutung einer leichten Verbeugung Merci vielmals und vielleicht bildete ich mir das alles nur ein und er hatte mich die ganze Zeit, wie die Woodstock-Veteranen in der Tresen-Ecke oder die Staatssekretäre und Parteichefinnen in spe für einen alten Idioten, einen Liebes-Idioten gehalten, aber für mich würde er der verlässliche, auf eine vertrackte Weise Mut machende Begleiter der Stunde bleiben, während der ich auf die Frau gewartet hatte, die jetzt schon am Ausgang des Pyri stand und mir bedeutete, dass ich endlich kommen sollte. Kurz, bevor wir die Bar verließen, drehte ich mich noch einmal um. Javier hatte sich auf den Tresen gestützt und sein leichtes Kopfschütteln schien einer Mischung aus Verwunderung und Unverständnis zu entspringen. Vielleicht begriff er einfach die Welt nicht mehr.

Zu mir sollten wir besser nicht, sagte Julie, nachdem wir uns in der Rathausgasse fest umarmt hatten, was ich erst als eine Abschiedsgeste deutete, die aber von den Küssen, mit denen sie meine Stirn, die Wangen, die Nase in rascher Folge bedeckte und ihrer bestimmten Ansage ad acta gelegt wurde.

Es sei möglich, dass Fabian Honegger, weißt du, der Typ aus dem Stadion, der Stellvertretende Schulleiter, mit dem sie eine

Beziehung gehabt habe, die aber durch sie nun beendet worden sei, heute Abend noch einmal in ihre Wohnung käme um den Schlüssel endgültig abzugeben, dem sollten wir besser nicht begegnen. Also lag Hartmann doch nicht so ganz falsch und ich hatte sie, während Javier vorgestern im Les Amis das Romeo-und-Juliet-Lied laufen ließ, zu einer Heiligen stilisiert, die niemals mit solch einem Flachwichser ins Bett gehen würde. Aber welches Recht hatte ich eigentlich dazu gehabt, sie mir so passend zu formen, nur weil meine Hirngespinste es angesichts einer scheinbar dem Roman des Berner Autors entsprungene Frauengestalt erforderten? Im Gegenteil, wenn jemand wie *Julie* mit einem Mann schlief, dann musste dieser selbst etwas sehr Außergewöhnliches an sich haben, eine andere Möglichkeit gab es nicht. Wahrscheinlich hatte ich, beeindruckt von Hartmanns Einschätzung, dem Stellvertretenden Direktor doch Unrecht getan. Aber dass mir Fabian Honegger in diesem Moment irgendwie leid tat, konnte ich nicht behaupten.

Julie übernahm weiter die Regie und befreite mich auf diese Weise von der Vorstellung, dass nun der Mann eine Lösung zu finden habe, und zwar schnell, um den Zauber des Augenblicks nicht in schnöde pragmatische Erwägungen abgleiten zu lassen.

„Was ist mit deinem Hotel?", fragte sie und schaffte es, mich dabei zu küssen. Ich spielte, meinen inneren Jubel unterdrückend, alle Möglichkeiten durch. Sich an Veronika vorbei zu schmuggeln könnte ähnlich problematisch sein wie an dem jungen Mann, der in seiner vermutlichen Probezeit keinen Fehler machen wollte. Ich ließ es darauf ankommen.

Auf den paar Metern zum Goldenen Schlüssel, Arm in Arm mit Julie, ihren Kopf an meine Schulter gelehnt (immer noch glaubte ich eigentlich nicht, was mir da geschah, im Pyri hatten wir doch

nur ein paar Sätze miteinander geredet, dazu keine sonderlich tief-
sinnigen, bevor die Küsse plötzlich da waren, aber Küsse kommen ja eigentlich immer aus dem Nichts), überlegte ich, einfach
ein weiteres Zimmer dazu zu buchen. Das war die sauberste Lösung und bestens geeignet, den Schein zu wahren. Für wen eigentlich? Am Ende war ich also auch nur ein feiger Spießer, die
Lösung logistischer Probleme, bevor man miteinander schlafen
konnte, schon fast eine Mutprobe. Anschließend könnten wir uns
ja dann besuchen, von Zimmer zu Zimmer, schön konspirativ
und niemand in diesem, wie ich vermutete, äußerst konservativen
Schweizer Hotel müsste sich Gedanken machen, schlimmer
konnte man alles Romantische nicht beerdigen. Julie würde mich
verachten und sehen, dass sie zu ihrer Wohnung käme, auf die
Gefahr hin, ihrem Ex-Lover über den Weg zu laufen. Und welche
Tricks der Herr Honegger, dessen Fähigkeiten ich ja jetzt als wesentlich größer einstufte, noch auf Lager hätte (Julies Enttäuschung und Verärgerung könnte er auf seine Weise zu nutzen suchen), war längst nicht ausgemacht.

Ich schämte mich für meine Bedenken und Vorsicht. Als ob Julie
irgendetwas von meinem Kleinmut spürte, nahm sie mich fester
in den Arm und zog mich energisch mit sich. Und wie schön das
war, und wie Recht sie hatte! Was, bitte sehr, sollte uns denn jetzt
noch passieren, uns aufhalten können, irgendeine prinzipientreue
Rezeptionistin, ein ängstlicher, verschüchterter Praktikant? Die
doch nicht!

Und dann hatten wir noch ganz einfach Glück, wieso nur hatte
ich daran gezweifelt? Hinter der Rezeption des Schlüssels saß der,
dem (zugegeben verstärkt durch kleinere finanzielle Zuwendun-
gen) seit drei Tagen nichts anderes am Herzen lag als mein persönliches Wohlergehen: Mattu.

Er musste, vielleicht, weil Veronika mal wieder verhindert war und dem jungen Mann noch nicht allzu großes Vertrauen entgegengebracht wurde, Nachtdienst schieben und bewahrte mich davor, vor Julie wie ein hasenfüßiger Ehemann dazustehen, der nicht ertappt werden wollte.

Und Mattu lief zu Hochform auf! Julie begrüßte er mit Guete Abig, gnädige Frau, mir gab er die Hand wie einem alten Vertrauten. Schon hatte er den Zimmerschlüssel aus dem Fach genommen, dann griff er unter die Rezeptionstheke und zauberte aus einem sich offenbar dort befindlichen Kühlschrank eine Flasche Champagner hervor: Ein Abschiedsgruß von der Hotelleitung, Sie wollten doch morgen früh heim. Wollte ich, war das so ausgemacht? Egal. Während Julie zum Fahrstuhl ging, sie hatte den Schlüssel an sich genommen, nahm ich den Schampus entgegen. Kneif mir jetzt´ nur kein Auge zu, Freundchen, dachte ich, dann bist du fällig! Aber der Alleskönner – Kellner, Portier, Rezeptionist, Verschwörer, Kuppler – blieb ganz weltmännisch, vor allem, als ich eine 50-Franken-Note (diese paar Schweiz-Tage machten mich zum Bankrotteur) in seiner Hand verschwinden ließ. Und sag jetzt bloß nicht, viel Spaß und grins blöd dabei, auch dann kriegst du eins auf die Fresse, dachte ich noch, aber Mattu blieb souverän in seiner Rolle. Schlafen Sie gut, das klang völlig neutral und überhaupt nicht schmierig, der Junge hatte doch Klasse, und als ich mich bedankte und zu Julie hinüberging, die die Fahrstuhltür aufhielt, hörte ich ihn noch raunen: Der Zimmer-Service lässt sich vor halb acht nicht blicken. Perfekt.

Julie drückte die 2. Seit ich einmal vor vielen Jahren an meiner ersten Schule in einem Fahrstuhl steckengeblieben war und dort die längsten vier Stunden meines Lebens aushalten musste, Panikattacke inclusive (und auch meine Mitfahrerin, eine bildhübsche Oberprimanerin, machte das Ganze nicht besser) hatte ich, egal wo und wie hoch, immer nur noch die Treppenhäuser benutzt. Selbst der gelegentliche Besuch bei einem befreundeten Anwalt, der im 17. Stock eines Großstadt-Hochhauses residierte, hatte mich nicht zu einer Rückkehr in die enge, metallene Zelle, in der man dem Schicksal hilflos ausgeliefert war, bewegen können.

Jetzt aber hätte diese Fahrt mit Julie Laforêt von der Rezeption des Goldenen Schlüssels bis in mein neues Zimmer im 2. Stock ewig dauern können! Und von mir aus konnte der Fahrstuhl sofort mit einem Defekt irgendwo zwischen der 1. und 2. Etage hängenbleiben. Statt panisch den Notruf zu drücken oder nach einer Sprechanlage zu suchen, würde ich Julie an mich ziehen (so wie jetzt schon in diesen wenigen Sekunden, die bis zur Endstation verblieben), mich langsam mit ihr bis auf den Boden der Kabine sinken lassen, erst auf die Knie, dann mit dem Rücken zur Wand und breit geöffneten Beinen, zwischen denen sie einen Platz finden könnte, und dann würde ich die Lederjacke von ihren Schultern ziehen und meine Hand in ihren Ausschnitt gleiten lassen und dabei schon spüren, wie sie an meinem Hosengürtel herumnestelt und hoffen, dass der Technische Hilfsdienst den Notfall, der für mich ein Glücksfall gewesen wäre, ganz spät entdeckte und uns erst befreite, wenn die Luft wirklich knapp würde, vom schnellen, hektischen Atmen bei der Liebe und der übergroßen Verschwendung von Sätzen und Seufzern, die alle das Gleiche in unterschiedlicher Intensität und Lautstärke ausgedrückt hätten, ein Kompendium des Erotischen und Obszönen zugleich – und erst, wenn die Retter sich von weit oben abgeseilt und sich langsam durch eine Öffnung im Kabinendach zu uns vorgearbeitet hätten, würden wir unsere um die Knie schlabbernden Hosen wieder hochziehen, Hemd und Bluse richten, die verschwitzten Haare in irgendeine Form bringen, und die Techniker, die uns vermeintlich das Leben retteten, ansehen, als hätten sie uns gerade um ein großes Glück betrogen.

2. Stock. Die Infrarotanzeige leuchtete, die Tür öffnete sich. Im Gegensatz zu meiner Phantasie der Liebe im steckengebliebenen Fahrstuhl hatte Julie aufgrund der wenigen Sekunden Fahrzeit nicht allzu viel zu richten, nur, dass sie die Bluse – ich war ganz kurz zwischen Saum und Jeansgürtel geraten und hatte mit zwei Fingern ihr nacktes Hüftfleisch ertastet – ein Stück herunterzog und mir noch einmal, diesmal ohne Taschentuch, ein bisschen Lippenstift unter der Nase wegstrich, keine Küsse ohne Konsequenzen.

27

Während Julie im Bad war, öffnete ich den Champagner. Mattu hatte sich nicht lumpen lassen. Ich war sicher, es handelte sich nicht um den Gruß der Hotelleitung für einen uninteressanten Touristen, der nach drei Tagen auf Nimmerwiedersehen verschwinden würde, sondern das hoteleigene Multitalent, inzwischen ein noch größerer Vertrauter in Liebesangelegenheiten als sein Spezi Javier, hatte zuvor für alle Fälle einen schnellen Griff in die Kühlanlage der Küche getan, noch lief das Abendgeschäft und die Aufmerksamkeit der Koch-Brigade galt anderen Dingen.

Eine 1-Liter-Flasche Taittinger, nicht schlecht, das konnte reichlich Ärger für Mattu bedeuten, eventuell musste ich ihn morgen vor meiner Abreise doch noch ein wenig zusätzlich alimentieren, immerhin hatte er sich für mich und Julie ganz schön ins Zeug gelegt.

Ich füllte die schlanken Flöten, die ich in der Mini-Bar gefunden hatte, setzte mich, erregt und verspannt zugleich, auf den einzigen, reichlich unbequemen Stuhl und lauschte auf die Geräusche aus dem Bad. Das abwechselnde Öffnen und Schließen des Wasserhahns war zu hören, zwischendurch ein leichtes Hüsteln (oder war es ein Lachen?), das Hin- und Herrücken des kleinen Hockers, schließlich ein, so vermutete ich, Verschieben des Hakens an der Türinnenseite, an der der hauseigene Bademantel hing. Ich malte mir alle möglichen Szenarien aus: hatte sie sich abgeschminkt (dann wäre dieses unglaubliche Lippenrot verblasst) und zusätzlich eines der eingeschweißten Zahnputz-Sets benutzt (dann wäre all das, nach dem ihre Küsse noch eben geschmeckt hatten, irgendetwas zwischen exotischen Gewürzen und Rotwein und Verheißung) von einer aseptischen Schicht überdeckt und durch eine künstliche Minz- oder Fluoridnote ersetzt worden)? Und was hätte sie mit ihrer prächtigen schwarzen Mähne gemacht, sie etwa am Hinterkopf zusammengeführt und mit einem Gummiband zu einem Pferdeschwanz fixiert (dann könnte ich mit meinem Gesicht nicht mehr, so wie eben im Fahrstuhl, in ihre weichen, duftenden Haare eintauchen)? Und würde sie vielleicht auch noch duschen wollen? Das sah man immer in den amerikanischen Filmen, wo selbst der Sex aseptisch zu sein hatte, Zugeständnisse Hollywoods zeigten sich aber seit einiger Zeit in Szenen, in denen Mann und Frau vorher zusammen unter die Dusche gingen und die gemeinsame Reinigung vom Schmutz der Welt manchmal zu einer Art Vorspiel mutierte. Das Ganze spielte sich meist in überdimensionierten Duschkabinen ab, zahlreiche kleine Düsen sorgten dafür, dass das Wasser von allen Seiten auf das Paar treffen konnte, von oben prasselte vielleicht noch eine Art Wasserfall herunter. Man seifte sich gegenseitig an den entscheidenden Körperstellen ein, genoss es anschließend, wie der Schaum einer teuren Lotion wieder von ihnen weggespült wurde und beschloss spontan, es bereits hier, unter diesen heißen Niagara-Fällen, miteinander zu treiben.

Wer aber hatte schon solche Luxus-Duschen zur Verfügung? Mein gegenüber seinem Vorgänger deutlich verkleinertes Hotelzimmer sowieso nicht, die Nasszelle trug ihren Namen zu Recht. Andererseits könnte eine drangvolle Enge genau die richtige Kulisse für den Auftakt sein. Ich horchte noch einmal hinüber. Es war plötzlich auffallend still. Was würde sie jetzt tun? Ich gab mir, bekanntlich Freund von Deadlines (wie viele davon hatte ich mir eben noch im Pyri gesetzt!), eine ganze Minute, dann würde ich die Champagner-Flöten, in denen es jetzt schon deutlich schwächer perlte, in beide Hände nehmen und mit dem Ellenbogen ganz sacht an die Badezimmertür klopfen.

Aber diesmal brauchte es keine Deadline, noch nicht einmal zur Hälfte waren die sechzig Sekunden vorbei, als Julie Laforêt aus dem Bad kam.

Weder hatte sie sich abgeschminkt, noch ihre Frisur verändert und dass sie sich die Zähne geputzt hatte, glaubte ich auch nicht. Sie hatte sich den weißen Bademantel mit dem aufgestickten Symbol des Goldenen Schlüssels angezogen, der bis zu ihren Waden reichte, oben aber nur ganz nachlässig geschlossen war, mein Blick, den ich mir in der Bar noch versagt hatte, blieb an ihrem Ausschnitt hängen. Der Frottée-Stoff klaffte so weit auseinander, dass ich nicht nur den Ansatz ihrer Brüste sehen konnte, sondern ein ganzes Stück mehr, der Rest, wenige Zentimeter nur waren noch bedeckt, zu erahnen, eigentlich schon zu wissen. Und als ich Anstalten machte, aufzustehen, ihr ein Glas zu reichen, mit ihr anzustoßen und dann zu überlegen, wohin mit den zartgliedrigen Flöten und wohin mit meinen Armen und Händen, mit meinen Lippen und dem, was unterhalb meines Hosenbundes immer noch eingefangen war und langsam zu schmerzen begann, kniete sie sich vor mich hin, drückte mich mit der einen Hand leicht auf den Stuhl zurück, öffnete mit der anderen, virtuos und schnell und offenbar sehr routiniert, den Gürtel meiner Jeans, zog den Reißverschluss herunter und dann die ganze Hose und während sie das tat, gab die Kordel, die den Bademantel zusammenhalten sollte, unter ihren Bewegungen nach und ich war mir sicher, in meinem ganzen 64jährigen Leben noch nie etwas so Unvorstellbares wie den nackten Körper von Julie Laforêt gesehen zu haben.

Sie stand, gerade als ich mir ausmalte, was nun geschehen würde, müsste, überraschend auf, sagte, dass ich mir den Rest selbst ausziehen solle, gab sich aber nicht die geringste Mühe, den Bademantel wieder zu verschließen, warum auch, sie wollte, dass ich ihre Schönheit schon ganz tief in mich aufnähme, noch bevor wir zusammenlägen, gleich, in wenigen Augenblicken, und sie wollte, dass diese Schönheit mich erregte und wenn diese abgedroschene Floskel, dass einen irgendetwas um den Verstand bringen könne, einen Kern von Wahrheit hatte, dann in diesem Moment, als ich mir meine übrigen Kleidungsstücke vom Leib riss und zu der hinüberschaute, die jetzt den letzten Stoffrest von den Schultern gleiten ließ, eine Berner Aphrodite, aber doch eigentlich eine französische, vielleicht sogar portugiesische, wie sie weder Pascal Mercier, noch sein Leser in der Mühlheimer Stadtbibliothek jemals hätten erahnen können.

Und diese Göttin, nackt und schön und zum Leben erwachter Traum, stand nun vor mir, schwenkte ungeduldig ihren Champagner, an dem sie nur genippt hatte und betrachtete wohlwollend meine Erektion, die sich inzwischen aus ihrem Boxer-Short-Gefängnis befreit hatte und die ich eigentlich selbst nicht glaubte und von der ich befürchtete, dass sie gleich vor lauter Ehrfurcht und einer mächtig werdenden Angst, der aus dem Schaum des Genfer Sees Geborenen in keiner Weise gewachsen zu sein, kläglich zusammenschrumpfen würde, der letzte, wirklich allerletzte Versuch – und dann auf solch elende Weise gescheitert?

Aber was dann tatsächlich in sich zusammenfiel und einer ungeheuren Lust, einer körperlichen, aber auch einer Abenteuerlust, einem so nicht mehr gekannten Wagemut Platz machte, war genau diese Angst. Fühlte es sich in dem Moment, als Julie mich umarmte, wir beide stehend und Körper an Körper gedrückt, die Geschlechter sogar aneinander gepresst, noch so an, als dass dieses ganze Lebenspaket an Ängsten und Mutlosigkeit, das ich seit Jahrzehnten mit mir herumschleppte, die Oberhand gewinnen könnte, mich buchstäblich niederdrücken würde (für ein paar Sekunden glaubte ich tatsächlich, dass die Blutanstauung zwischen meinen Oberschenkeln träger und kraftloser würde), war jetzt mit einem Mal alles, wirklich alles gewonnen, als sie mit ein paar entschiedenen Bewegungen ihrer Hand den gewünschten Zustand wiederherstellte und mir einen kleinen Stoß Richtung Bett gab und leise, fast hingehaucht, sagte: „Viens".

Vielleicht war es ja eine Legende, die Serge Gainsbourg zu Lebzeiten immer wieder kolportiert hatte, er, der Macho, der eitle Pfau, der Narzisst, dass er nämlich mit Jane Birkin während der Aufnahme zu „Je t´aime... moi non plus" tatsächlich richtigen Sex hatte und dass die führenden öffentlichen Radiostationen damals, 1969, aus ihrer prüden und verklemmten Sicht zu Recht beim Vorstellen der wöchentlichen Hitparade nur die Instrumental-Version spielten – aber gegen das „Viens", das jetzt von Julie Laforêt kam und mit dem sie mich auf das Bett des Zimmers im Goldenen Schlüssel zog, war die Aufforderung der Birkin an ihren dekadenten Lover, obwohl hinreichend gestöhnt und mit ihrer Piepsstimme vermischt, eine Einladung zum Kindergeburtstag.

Komm, sagte Julie, und wir wälzten uns auf dem viel zu schmalen Einzelzimmerbett, ziemlich kompliziert und unbequem unsere gymnastischen Versuche, bis sie das Kommando, die souveräne Führung übernahm und mir die passive Rolle überließ, etwas, das ich, mit einem diffusen Geschlechterklischee groß geworden und lebenslang bemüht, diesem gerecht zu werden, auch im Bett, immer als unangenehm, „unmännlich" empfunden hatte, ließ ich es mir jetzt nicht nur gefallen, ich genoss es sogar, schloss die Augen und konzentrierte mich ausschließlich darauf, wo ich Julies Hände spürte, was sie mit ihren Lippen, dem ganzen Mund anstellte, während meine Tätigkeit darauf beschränkt war, die Hände an einem Punkt ihres Körpers zu belassen, lange auf ihren Brüsten und deren Spitzen, die zu kleinen Eisbergen gefroren schienen, oder auf ihren Hinterbacken, die ich mich nicht traute zu kneten, so weich und straff zugleich schienen sie mir, ein marmornes Kunstwerk, das man nur leicht streifen durfte.

Dass wir plötzlich ganz vereint waren, geschah unmerklich, es war die Konsequenz aus all dem zuvor, und ich tat das Übliche, und bei jeder Bewegung, die mich tief in sie hineinführte, in ihr Geschlecht, aber vielleicht auch in ihre Seele, ihr Herz, deutete sich schon die Traurigkeit an, die in Kürze kommen würde, nämlich dann, wenn ich dieses stille Auf und Ab (wir redeten nicht, stöhnten auch nicht laut, atmeten nur etwas schwerer) beenden würde, beenden musste, die Kontraktion der Muskeln nicht mehr unter Kontrolle halten könnte. Ich zögerte und zögerte diesen Moment immer weiter hinaus, ich wollte die Traurigkeit nicht, auch, weil ich wusste, dass sie mich dann nie mehr verlassen würde, aber damit konnte ich Julie doch nicht belasten, die alles Recht der Welt hatte, zu bestimmen, wann wir es beenden würden, und möglichst gemeinsam.

Irgendwann, abwechselnd kam mir die verbleibende Zeit, in der ich noch in ihr sein durfte, schmerzlich kurz, dann wieder von unendlicher Dauer vor, hauchte sie noch einmal dieses unwiderstehliche „Viens", wieder ganz weit weg von dem der Gainsbourg-Gespielin, dafür nahe (immer diese gottverdammten Musik-Assoziationen, selbst jetzt!) an dem „Viens" von Julies Namensvetterin Marie Laforêt im gleichnamigen Hit) und da wusste ich, dass es gleich zu Ende sein würde und die Trauer nicht mehr weit war, aber ich versuchte, noch ein paar Augenblicke herauszuschlagen, auch dann, als sie ein letztes Mal, und jetzt kaum noch hörbar „Viens" flüsterte, aber nicht fordernd, sondern so, als mache sie mir ein großes Angebot, und ich wusste ja, dass es größte war, das es geben konnte und dass es unmöglich war, es abzulehnen, und als ich merkte, wie energisch sie jetzt die

Bewegungen beschleunigte, gab ich selbst jeden Widerstand auf und ließ mich fallen, einfach fallen, tiefer und unkontrollierter als jemals zuvor, und erst, als sich auch Julie völlig ausgegeben hatte, ihre Atemzüge wieder ruhiger wurden und sie sich dann auf die Seite rollte, Oui, c´est ca, sagte sie dabei (seltsam feststellende, nüchterne, aber doch auch triumphierende Worte), ließ auch ich von ihr ab und wartete, ein animal triste, auf die Leere und die Schwärze, die gleich kommen würden.

28

„Warum bist du mir gestern bis zur Schule gefolgt, Jean?"

Wir lagen nebeneinander, erschöpft, noch ein wenig benetzt von unseren Körperflüssigkeiten. Zu meiner Freude hatte sie auf der Zigarette „danach" bestanden. Ich nahm zwei Parisiennes zwischen meine Lippen, entzündete sie und reichte ihr eine. Sie inhalierte tief, verschluckte etwas Rauch und hustete stark. Ich schlug ihr ganz leicht und spielerisch auf den Rücken, dabei musste sie sich aufrichten und ich sah, wie ihre Brüste vibrierten. Die kleinen rotbraunen Eisberge hatten sich zurückgebildet. Ich blies den Rauch meiner Zigarette genau in ihre Richtung, in der Hoffnung, sie würden sich noch einmal aufraffen.

Da auch dieses ein Non-Smoker-Zimmer war und wir Mattu nicht noch mehr Probleme bereiten wollten, hatten wir das Fenster zum Hinterhof weit aufgerissen. Trotz der hereindringenden Kälte der Oktobernacht legten wir die Decke nicht über unsere Nacktheit, vielleicht, weil wir dieses Schauen auf den Körper des Anderen noch genießen wollten, davon nicht lassen konnten, obwohl es Julie war, die sich in all ihrer Vollkommenheit noch Stunden so hätte zeigen können, während ich bemüht war, meinen Bauch einzuziehen und die schlaffen Beinmuskeln etwas anzuspannen. Ich stellte mir vor, dass Hartmann jetzt an unser Bett träte, die alte Zeiss-Ikon ganz auf die Freundin seiner toten Frau gerichtet, nicht aus einem schwülen Alt-Männer-Voyeurismus heraus, sondern, weil er jetzt *das* Motiv gefunden hätte, das seinen verzweifelten Kampf gegen die Zeit und ihr Vergehen, vergeblich manifestiert in den aberhunderten Fotos vom Zytglogge, zu einem versöhnlichen Ende brächte.

Julie Laforêt, war, wie sie so dalag, vierzigjährig, die schwarzen Haare auf dem Kissen rund um ihren Kopf drapiert, wild und ohne Form, die – ja, man müsste vielleicht sagen – etwas schweren Brüste ganz leicht nach links und rechts abfallend, ihre Scham unterhalb des flachen Bauchs spärlich bewachsen, fast künstlerisch zurecht gestutzt, weit entfernt von den dichten Dschungeln des letzten Jahrhunderts, aber doch auch von den obszön-exhibitionistischen Kahlschlägen der Jetzt-Zeit, immer noch ein bisschen trigonomisch und das bedeckend, was, wenn auch notdürftig, zu bedecken war.

Hartmann würde, hätte er jetzt auf den Auslöser gedrückt, das Stück Ewigkeit auf seinen Zelluloid-Film bannen können, das er sich seit dem Tod Giselas so sehnlich wünschte: die Ewigkeit des Eros, die im Bild von der nackten, regungslosen Julie Gestalt annahm. Kairos, nunc stans, verweile doch, du bist so schön - so und nicht anders sähe der Stillstand der Zeit aus.

„Warum hast du mich gestern bis zur Schule verfolgt?"

Ich hatte diese Frage erwartet, eben noch, als sie sich in die obere Position geschwungen und alles, was danach kann, unter ihre Regie genommen hatte. Als ich kurz die Augen öffnete und die Leichtigkeit, mit der sie das Liebesspiel beherrschte und vorantrieb, bewunderte, hatte ich in ihrem Gesicht schon die Frage gesehen, die sie gleich stellen würde und während ich am Zusammenziehen meiner Muskeln merkte, dass es bald soweit sei, fühlte ich mich ertappt, aber mir in diesem Augenblick eine Antwort auszudenken, war ich verständlicherweise nicht in der Lage.

Ich wich aus. „Wieso hast du es bemerkt?"

Sie lachte kurz auf und zog jetzt zu meinem Bedauern doch das Oberbett über uns beide.

„Ein Detektiv aus einer Hollywood-Billigproduktion schlüge dich um Längen, bestenfalls C-Picture. Ridicule! Schon nach ein paar Metern habe ich gespürt, dass da einer hinter mir war. Erst war ich ein bisschen neugierig – ich hatte dich einmal kurz in einem Verkehrsspiegel gesehen – was mochte der Typ von dir wollen, dann bekam ich aber doch Angst und habe die Telefon-Geschichte improvisiert, um dich abzuschütteln, alles wohl ein wenig hektisch. Da kommt man ins Stolpern. Den Rest kennst du. Alors, pourqoui"?

„Weil…", ich drehte mich zu ihr, schob die Bettdecke ein Stück weit über sie, aber nicht zu weit, nur bis unterhalb ihres Brustansatzes, strich mit den Fingern über ihre Wangen, ihre Nase, den Mund, ihre Oberarme, „weil ich mich in diesen wenigen Sekunden im Stade de Suisse in dich verliebt und gleichzeitig den Mann an deiner Seite verflucht habe. Und ich wollte dich unbedingt wiederfinden".

Julie schüttelte leicht den Kopf. „Zu romantisch. Jean, es waren ein paar lächerliche Augenblicke im Stadion und wir waren 10 Meter voneinander entfernt. Non, je ne te crois pas."

Ich versuchte mich mit einem Kuss aus der Affäre zu ziehen, aber sie schob mich zurück, fast schon unwillig. Aber wenn ich ihr tatsächlich die ganze Geschichte erzählt hätte, angefangen von der Portugiesin im Roman des Schriftstellers, über die Geheimnisvolle aus der Bibliothek, die ich "Mariza" getauft hatte und bei der ich mir zunehmend einredete, sie sei vielleicht doch nur ein Phantom wie die Namenlose von der Kirchenfeldbrücke, eine Kopfgeburt (und vielleicht konnte ich wirklich zunehmend nicht mehr zwischen Fiktion und Realität unterscheiden) – dann wäre all das, was an diesem Tag, vor allem während der letzten Stunden zwischen Julie und mir geschehen war, unwiderruflich zerstört, entwertet, verloren. Ich *musste* weiterlügen – obwohl meine spontane, überwältigende Verliebtheit in sie alles andere als eine Lüge war.

Ich erzählte weiter, von dem Abend, der auf das Fußballspiel gefolgt war, meinem Besuch im Les Amis, und dass ich dort nur an sie gedacht hätte, was sie jetzt täte und ob sie allein sei. Ausgemalt hätte ich mir ein Zusammensein mit ihr, eine Vorstellung, die fast unerträglich in dem Moment geworden sei, als Javier „Romeo and Juliet" spielte (denn ihren Namen hatte Hartmann mir ja schon verraten) – und ich richtete mich im Bett auf, sang Julie lauthals die erste Strophe vor „A love struck Romeo sings the street a serenade…", und ich sah, wie sich ihr skeptischer Gesichtsausdruck entspannte und legte nach mit dem Refrain, offenes Fenster hin oder her, „When we made love you used to cry" (ohne meinen üblichen müden Übersetzungsgag vom Schreien statt Weinen) und sie lachte über meinen atonalen Gesang, und ich ergänzte, wie sehr sie mich beim ersten Treffen im Pyri fasziniert habe, „umgehauen", sagte ich und dann konnte ich endlich mit der Schwärmerei über ihre Französischstunde beginnen, ganz detailliert, lobte ihre Fragetechnik und Warmherzigkeit im Umgang mit den Matura-Absolventen, ihr Geschick, Unterrichtsergebnisse zusammenzufassen, und, einmal in Fahrt, sang ich auch noch den Refrain von Moustakis Lied, „Passe, passe, le temps…", aber möglich, dass sie schon da nicht mehr richtig zuhörte, denn sie hatte die Bettdecke wieder ganz weit heruntergeschoben und als ich vom verzehrend langen Warten auf sie vorhin in der Bar anfangen wollte, verschloss sie mir den Mund, erst mit zwei Fingern, dann mit ihren Lippen, und wo ihre andere Hand war, spürte ich jetzt auch.

Stillstehen der Zeit. Aus der Welt und aller Sichtbarkeit heraustreten. Weder Jugend noch Alter haben. Professor des Lebens sein und des Todes fahrender Scholar (jetzt erst, Pablo Neruda, verstand ich deine Worte). Wenn es wirklich so etwas wie eine in aller Klarheit erlebte allerletzte Lebensstunde gäbe, so müsste sie sein wie diese: Bern, Hotel Goldener Schlüssel, eine Oktobernacht im Jahre 2018, ein kleines Zimmer zum Hof hinaus, ein Rest Taittinger, verglimmende Parisiennes und zwei ineinander verschlungene Menschen auf einem Bett, ein Mann und eine Frau, der Mann jetzt leicht oben liegend, beide konzentriert auf die Liebe und doch völlig in ihr versunken, der Atem der Frau schneller werdend, aber nicht unangemessen laut und den Gästen in den Nachbarzimmern keinen Grund gebend für ein lüsternes Lauschen an den dünnen Wänden, kaum wahrnehmbar die zunehmende Geschwindigkeit ihrer beider Bewegungen (so sehr sind sie eins), aber dann haucht die Frau noch einmal diesen Imperativ von der Gainsbourg / Birkin-Single von 1969 oder den von ihrer Namensvetterin aus der 1973er-Hitparade, aber wieder völlig anders als beim ersten Mal und jegliche Vorstellung davon, wie man es denn zu hauchen, zu stöhnen hätte, erneut über den Haufen werfend, der Mann aber hat es ja schon mehrmals gehört von ihr und weiß, was zu tun ist, und als sie jetzt wieder dieses kleine Wort flüstert, ausstößt, bittend und fordernd zugleich, „Viens", stammelt er nur noch „Ja" und „Oui" und nochmal „Ja" und dann hören beide etwas, das aus dem Himmel zu kommen scheint, so unwirklich und schön, wahrscheinlich sind es Engel, Engel, die singen und solche, die pausbäckig in ihre Trompeten blasen, ihre ganz persönlichen Engel. Und als der Mann, angesichts ihrer nur dreitägigen Vorgeschichte völlig unangemessen, „Je t´aime" sagt, antwortet sie nicht wie der Gitanes qualmende Macho auf der Platte „…moi non plus", sondern, hinterher ist er sich sehr sicher, dass sie es genauso gesagt hat: „Moi aussi".

29

Vielleicht tut sich derjenige, der nie mit dem Leben angefangen hat, leichter mit dem Aufhören.

Aber ich hatte doch gerade, mit 64 Jahren und während ein, zwei Stunden, in denen Raum und Zeit völlig aufgehoben schienen, erst noch einmal zu leben begonnen. Und sollte sofort wieder damit aufhören?

Irgendwann am frühen Morgen musste ich raus. Ich schloss das immer noch offene Fenster, durch das jetzt eine feuchte Kälte strömte. Offenbar hatte es geregnet, vom Hof dampften Nebelschwaden herauf. Jetzt war es vorbei mit diesen unwirklichen Spätsommertagen, definitiv. Die Jahreswaage neigte sich unter der Last der letzten Monate, die so heiß und vor Lebensfreude strotzend dahergekommen waren, in die andere Richtung, die Vergänglichkeit hieß und mit welkem Laub drapiert war.

Als ich aus dem Bad zurückkam, setzte ich mich neben Julie auf die Bettkante, betrachtete sie lange, bewachte ihren Schlaf für eine Weile. Da von irgendwoher ein schwaches Licht kam (ich hatte die Jalousie nicht heruntergelassen), konnte ich zumindest ihre Silhouette sehen. Sie lag auf der Seite, die Decke bis zum Kinn gezogen und atmete ruhig und regelmäßig. Ich beugte mich vorsichtig zu ihr herunter und berührte ganz vorsichtig eine Wange, dann küsste ich sie auf die gleiche Stelle, ein Kuss, der eher ein unmerkliches Streifen meiner Lippen über ihre zarte Haut war, ich wollte ja nicht, dass sie wach würde, aber eigentlich wollte ich genau das. Und wenn ich gewusst hätte, dass dieser Kuss, eigentlich ja nur ein angedeuteter, fein gesponnener, der letzte überhaupt war, den ich Julie Laforêt jemals noch geben konnte, hätte ich wohl keine Rücksicht auf ihren Schlaf genommen.

So aber vertraute ich auf das, was in drei, vier Stunden sein würde, wenn der Morgen und vielleicht ja doch noch einmal etwas Sonnenlicht sich über unser Bett legten. Und Mattus Warnung vor den recht früh ihre Arbeit aufnehmenden Zimmerfrauen würde man irgendetwas entgegensetzen, ein paar Fränkli hatte ich noch in der Tasche, für die Hotelkosten käme die Visa-Karte auf.

Ich legte mich neben sie, konzentrierte mich noch einmal auf ihr kaum wahrnehmbares Atmen, rückte ein wenig näher, um den Duft, den ihre Haare verströmten, in mich aufzunehmen und rief die Bilder auf von dem, was (gerade eben noch, schien es mir) zwischen uns geschehen war.

Ein lautes Klopfen an der Zimmertür riss mich aus dem Dämmerschlaf, in den ich irgendwann gefallen sein musste.

„May I come in?" Das musste die junge Schwarze sein, die mir gestern schon aufgefallen war, Mattu hatte irgendwas von Sarah aus Somalia oder Nigeria gesagt. „30 minutes, is that okay?", rief ich zurück und hörte, dass Sarah irgendetwas murmelte und den Reinigungswagen weiter schob.

Das Bett neben mir war leer, das Kissen ausgeklopft, das Oberbett akkurat aufgeschlagen. Ich schaute zum Sessel: keine Jacke, keine Jeans, weder Bluse noch Unterwäsche, und auf dem Boden keine Stiefeletten. Meine letzte Hoffnung war das Bad, aber ich wusste schon, dass es keinen Sinn machen würde, die Kleidungsstücke mit in diesen engen Raum zu nehmen. Außerdem stand die Tür weit auf.

Ich schaute auf die Uhr, kurz nach halb acht, vielleicht hatte sie Mattus leisen Hinweis an mich doch mitbekommen, wollte fort sein, wenn die Zimmerfrauen kämen. Außerdem musste sie ja zur Schule, fiel mir ein. War sie von hier direkt zum Kirchenfeld gegangen? Und welchen Eindruck hatte sie dort gemacht, ein wenig zerzaust, verschlafen, die Bluse zerknittert und vielleicht auch etwas gereizt? Oder, im Gegenteil, aufgekratzt, heiter, leicht, verliebt, während die Gefühle und Berührungen der Nacht in ihr tanzten? Aber ganz gleich, der schlaue Roger und die sensible Béatrice würden es bemerken und sich etwas zusammenreimen und sofort an den Kollegen denken, der gestern in ihrem Unterricht gesessen hatte und Roger würde weltmännisch grinsen und Béatrice eifersüchtig sein. Aber sicher würde sich auch Fabian Honegger sein Teil denken. Der Hausmeister hatte ihm bestimmt von mir erzählt, und im Lehrerzimmer war ich auch kurz gewesen, da konnte er mich gesehen haben. Zudem war er ja gestern noch einmal zu Julies Wohnung gefahren, den Schlüssel abzugeben und vielleicht hatte er die Hoffnung gehabt, etwa nach einer langen Aussprache mit seiner Frau, dass doch noch einmal zwischen Julie und ihm etwas ginge (und wenn es ein diskretes, routinemäßiges Vögeln in gemeinsamen Freistunden wäre). So aber hatte er in ihrer leeren Wohnung gestanden, voller Wut auf Julie und ihr von ihm vermutetes Treffen mit dem dämlichen Deutschen, diesem Aus-der-Zeit-Gefallenen, ein trauriger Has-been, der doch nichts als alt war, mindestens 25 Jahre mehr auf dem Buckel hatte als er, der stellvertretende Schulleiter, rank und schlank und mit einer anständigen Kurzhaarfrisur, auf dem Höhepunkt seiner sexuellen Möglichkeiten, der absolut passende Lover für seine Untergebene Julie Laforêt, und über ihre weitere Karriere im Schuldienst würde er bald mit der Behörde sprechen, da kannte er einen Remo, mit dem zusammen er bei der Armee war. Aber nachdem er eine Stunde oder mehr gewartet, planlos den Fernseher ein- und ausgeschaltet, dann lange am Fenster gestanden hatte, war es ihm zu viel geworden. Er hatte den Schlüssel auf den Couchtisch geknallt und die Tür hinter sich zugezogen.

Ich stellte mir - die Leere, die ihre wortlose Flucht in mir hinterließ, mit irgendwelchen gedanklichen Konstruktionen verdrängend - Szenarien vor, die sich im Augenblick im Kirchenfeld-Gymnasium abspielten. An eine andere Möglichkeit dachte ich nicht. Im Gegenteil, schon fasste ich, zwischen Rasur und Zähneputzen, den Entschluss, noch einen weiteren Tag im Goldenen Schlüssel herauszuholen und wenn nicht, vielleicht könnte ich ja bei Julie übernachten, zur Not hatte sicher auch Hartmann noch ein Gästebett. Ich drehte die Dusche auf, bewusst viel kälter als sonst, ich fror, aber es war ein gutes Gefühl, ein kathartisches, der meine Haut massierende Strahl hatte etwas von einem Jungbrunnen.

Ich würde frühstücken, vorher Mattu noch etwas zustecken (aber nur, wenn er weiterhin auf dieses wissende Männerlächeln und das Zukneifen eines Auges verzichtete), mit Veronika, falls sie wieder da wäre, über eine Verlängerung verhandeln, im Sekretariat der Schule anrufen und nach Julies Stundenplan fragen, schließlich mit einem Strauß Rosen vor dem großen Portal mit den beeindruckenden Skulpturen stehen und, das wäre das Größte, nachdem wir konspirativ nach links und rechts geschaut hätten, ob uns auch wirklich keiner sähe, sie ganz fest in den Arm nehmen, ihren weichen Körper an mich ziehen und sie küssen, so lange, bis sich irgendeine Tür oder ein Fenster im Gebäude öffneten und ein Schüler, ein Kollege uns beobachten könnten, ja, dann würden wir aufhören, weitergehen um die nächste Straßenecke und da nähmen wir uns an den Händen und gingen Richtung Aare, der Zeit und der Menschen nicht achtend.

Ich war angezogen und wollte die Zigaretten vom Tisch nehmen. Unter dem Aschenbecher lag ein Zettel, abgerissen von dem Block, der auf dem Nachttisch neben dem Telefon lag.

„Ich habe mir ein paar Tage freigenommen. Such mich bitte nicht, wenn du das liest, ich bin dann schon nicht mehr in Bern. Es war wunderschön. Mais: Il est trop tard. J.".

Alles faltete sich im gleichen Moment zusammen, die Pläne für den Tag, das Erstellen von Szenarien, die Gewissheit, sie wiederzusehen. Aber Julie Laforêt war gegangen, nicht nur aus diesem Zimmer, aus diesem Hotel, auch aus dieser Stadt. Sie war fort gegangen, fort von mir, fort von dieser letzten Nacht, fort von aller Hoffnung, die sie in mir erweckt hatte, weit jenseits der, das wusste ich seit gestern, nicht mehr haltbaren Chimäre von einer Frau, die aus dem Buch eines Berner Schriftstellers entstiegen sein sollte. Mit der letzten Nacht hatten sich sowohl Gregorius´ Portugiesin, als auch die von mir ins Mysthische gesteigerte Ein-Minuten-Begegnung mit der Bibliotheksbesucherin ins Nichts aufgelöst – und es hatte nur noch Julie gegeben.

Aber Julie war gegangen, und wenn sie schrieb Il es trop tard, konnte das nur heißen, dass es vor allem für einen von uns zu spät sei. Für mich.

30

Viel blieb nicht mehr zu tun. Nach dem Frühstück - Mattu schlief jetzt wohl nach dem Absolvieren der Nachtschicht, ein älterer, irgendwie abwesend scheinender Kellner bediente mich im Speisesaal — ging ich nach oben, schnappte mir meinen Koffer, schaute noch einmal auf die Seite des Bettes, wo Julie gelegen hatte. Den Zettel mit ihrer kleinen Handschrift, die trotz der Eile, in der sie wahrscheinlich geschrieben hatte, genauso so schön war wie die, mit der sie gestern weitaus voluminöser die Schülerbeiträge an die Tafel übertragen hatte, knüllte ich zusammen und wollte ihn in den Papierkorb werfen. Dann aber strich ich ihn sorgfältig wieder glatt und verstaute ihn in der Brieftasche. Es war wunderschön, hatte sie geschrieben, aber es ist zu spät.

Auf dem Flur begegnete mir Sarah aus Somalia oder Nigeria. „Have you seen a black-haired lady this morning leaving the hotel?", fragte ich sie, während ich in meiner Hosentasche nach einem Trinkgeld kramte.

Sarah sah mich ernst an, als wisse sie alles über Julie Laforêt und mich, alles über die Augenblicke der Liebe und die Brutalität ihres Vergehens. „She left around seven o´clock. A very beautiful lady, but she seemed in such a hurry, it looked as she was fleeing from something, I know a lot about fleeing…".

Ich schüttelte den Kopf. „No, no, that wasn´t the reason. She had to be in time…", ich zögerte, „…to be in time at work". Sarah nickte, aber ich sah, dass sie es besser wusste. Als ich ihr einen Geldschein gab, schämte ich mich plötzlich. Was sie über ihr eigenes Fliehen andeutete, hatte ich sehr wohl verstanden.

Sarah steckte die Banknote in die Tasche ihres Kittels und gab mir die Hand. „God bless you, Sir", sagte sie und, nach einer kurzen Pause, in der sie auf die Treppe sah, auf welcher Julie an ihr vorbeigehastet sein musste, noch: „Don´t be too sad". Dann drehte sie sich um und schob den Wagen mit den Eimern, Putzlappen und der frischen Bettwäsche den Gang hinunter, langsam und sehr müde, obwohl es noch früh am Morgen war.

Nachdem ich den Koffer im Wagen verstaut hatte, ging ich vom Hotelparkplatz noch einmal nach vorne auf die Rathausgasse. Es war diesig, kühl, ein leichter Nieselregen fiel. Fast unwirklich erschienen die sonnenüberfluteten Stunden der letzten Tage, draußen in den Cafés und auf der Tribüne des Stade de Suisse. Ich zog die Jacke enger um meine Schultern und während ich rauchte, hörte ich den Zytglogge schlagen, zehn Uhr, so hatte es vor drei Tagen angefangen.

Ich nahm das Handy aus der Tasche und versuchte Hartmann zu erreichen, aber es kam nur die Mailbox, die ich wegdrückte. Wahrscheinlich stand er vor dem Uhrenturm inmitten eines neuen Schwalls fremdländischer Menschen, die laut durcheinander redeten und dann urplötzlich verstummten, als die Reiseleiter Disziplin einforderten, das kannten sie von ihren Vorgesetzten in Shanghai und Yokohama. Hartmann würde jetzt gerade seine Zeiss-Ikon auf die sich aus dem Turm herausdrehenden Figuren richten und für einen Augenblick glauben, er hielte die Zeit an, mehr noch, drehte sie zurück, so weit, bis Gisela wieder bei ihm wäre. Dann ginge er nach Hause, erst in die Dunkelkammer, später setzte er sich auf die Couch und würde auf ihr Foto schauen, lange und mit ein bisschen Hoffnung. Morgen ginge sein Kampf, von dem er tief innen wusste, dass er ihn längst verloren hatte, weiter. Vielleicht würde er versuchen, bei Julie Laforêt anrufen, fragen, ob man sich noch einmal sähe, im Pyri oder woanders oder im alten Wankdorf, wo ein Platz neben ihm frei wäre.

Ich rief ihn noch einmal an. Diesmal sprach ich ein paar Sätze auf die Mailbox, berichtete kurz vom Besuch von Julies Stunde und einem netten abendlichen Gespräch, mehr nicht, auch nicht, dass ein Anruf bei ihr in der nächsten Zeit oder auch länger unbeantwortet bleiben würde, das musste er selbst herausfinden. Dann entschuldigte ich mich, dass ich mich nicht persönlich verabschieden würde, aber ich müsse nach einer per SMS empfangenen unangenehmen Nachricht dringend nach Hause. Und natürlich blieben wir in Kontakt, ich würde mich auf einen Besuch von ihm in Essen freuen.

Warum ich ihn anlog, weiß ich nicht. Möglich, dass ich alles, was mich an Julie erinnern würde, ab sofort aus meinem Leben ausschließen wollte, wohl wissend, dass jeder Versuch von Anfang an fehlschlagen würde. Vor allem wollte ich wohl nichts mehr über die vergehende Zeit und die absurden Versuche hören, sie zum Stillstand zu bringen. Armer Hartmann, aber irgendwie liebgewonnen hatte ich ihn schon. Ich würde ihm, das hatte ich versprochen, nach meiner Heimkehr noch das Champions-League-Sonderheft des „Kicker" zusenden, da fände er, wenn auch etwas verspätet (sein Zweitverein war bereits dabei, aus dem Wettbewerb auszuscheiden), alles über die Young Boys und ihre Gruppengegner.

Ich drückte die Zigarette aus und wandte mich Richtung Parkplatz. Mattu trat mir in den Weg, unausgeschlafen, unrasiert und in Zivil: Jeans, Hemd, Lederjacke.

„Ich wollte Sie noch einmal sehen. Der Töni von der Rezeption hat mich geweckt und mir den Umschlag gegeben, den Sie für mich dagelassen haben. Merci vielmals!"

„Kein Problem. Und, Mattu, haben auch Sie vielen Dank, für Ihre Freundlichkeit, die guten Tipps und.....und für Ihre Diskretion".

Der Alleskönner vom Goldenen Schlüssel grinste breit – und dann hob der Kerl doch noch den Daumen. Aber böse konnte ich ihm, der mir mit so großer Selbstverständlichkeit und ohne jedes Aufheben die nächtlichen Stunden mit Julie Laforêt möglich gemacht hatte, weiß Gott nicht sein. Wir gaben uns die Hand, gute Reise sagte er noch und Viel Glück für Schalke, dann schlurfte er zurück in den Hotelanbau, wo sich offenbar Räume für die Angestellten befanden. Er würde jetzt weiterschlafen und dann irgendeinem meiner Nachfolger gute Dienste tun.

Mühsam hielt ich mich an die Geschwindigkeitsbegrenzung, als es auf die Autobahn ging. Zwar gab es nichts, was mich zur Eile antrieb, erst recht nichts, das mich zu Hause erwartete, aber ich hatte die Illusion, dass ein erhöhtes Tempo mich auch schneller von dem wegbrachte, was mir in den letzten drei Tagen „widerfahren" war, ein Begriff, der aus dem Theologischen kommt, sich an der der Epiphanie, der Erscheinung, anlehnt, ja, eine Erscheinung war es wohl, eine des unbedingten Glücks und der schmerzhaften Gewissheit, dass dieses Glück nicht wiederkommen würde.

Im Rückspiegel verschwamm die Silhouette der Berner Altstadt und verschmolz mit den Bildern dreier Frauen, die am Ende doch nur eine einzige waren.

EPILOG

Sa Coma / Mallorca, April 2019

Das Turnier haben wir haushoch verloren, wenn ich mitgewirkt hätte, sicher noch höher. Selbst meine Freunde, die sich für unverwüstlich und unbesiegbar hielten, mussten ihrem Alter schließlich doch Tribut zollen. Die Mitglieder der gegnerischen Mannschaft, die aus einem Kölner Vorort stammen, wo die sogenannten Aufsteiger wohnen und die auch alle so aussehen (Rechtsanwälte, Anlagenberater, Nerds: Kurzhaarfrisuren, angedeutete Undercuts, teils schon Halbglatze, Drei-Tage-Bärte oder deren lange Variante, oberflächliche Physiognomien, die keine Schatten werfen) sind schlicht und einfach zwanzig Jahre jünger, mehr gibt es dazu nicht zu sagen. Und mit dem plötzlich aufkommenden, stürmischen Wind, der die Bälle manchmal in der Luft stehen ließ, kamen sie auch besser klar. 2:7 hieß es am Ende gegen uns, wahrscheinlich werde ich in der Chronik, die ich für das Gansessen am Jahresende immer in eine launige Rede packe, das Ergebnis etwas erträglicher aussehen lassen.

Blöderweise mussten wir den Typen, das war Teil der Vereinbarung, während des Abendessens im gemeinsamen Hotel noch einiges an Rotwein und Kräuterschnaps spendieren, was den mühsam am Laufen gehaltenen Small-Talk mit ihnen weiter in die Länge zog. Als wir uns endlich von ihnen trennen konnten, jede der Mannschaften besetzte eine andere Ecke der Bar, verzog ich mich – „Hey, Jo, letzter Abend, du wirst doch wohl nicht schon…" - auf mein Zimmer, schützte eine Magenverstimmung vor. Ich wollte ein paar Stunden schlafen und dann in aller Frühe die letzten Sätze meiner ganz anderen Chronik schreiben.

Ich schlage den Block zu, lege ihn auf die Schmutzwäsche, schließe den Koffer. Seit fünf am Morgen habe ich an dem kleinen Schreibtisch gesessen, da war es draußen noch dunkel. Durch die einen Spalt geöffnete Balkontür höre ich das Meer, es untermalt das Ende meiner Notizen, den Abschied von Bern, von Julie, von allem.

Unser letztes Frühstück im Adult-Tennishotel ziehen wir in die Länge. Der Shuttle-Bus zum Flughafen kommt erst am Nachmittag, aber die Zimmer müssen wir schon jetzt verlassen, permanent ausgebucht, sagt die Hotel-Managerin aus Leonberg, die noch meinen verstorbenen Freund Dieter kannte, der Chef eines der größten deutschen Touristik-Konzerne war, eine Legende der Reisebranche und ein ganz lieber Mensch dazu. Fast ehrfürchtig erinnert sie sich an ihre Begegnung mit ihm, trotzdem könne sie nichts für uns tun. Also ist stundenlanges Herumgammeln in den viel zu warmen Reiseklamotten angesagt. Die Koffer stehen in einem Abstellraum, man könnte noch duschen, dann über Gepäckstücke anderer Abreisender herüberklettern und frisches Zeug herausklauben, aber wer tut das schon? Also noch eine Kanne Kaffee, während die Serviererinnen schon abräumen. Frederick, unser Holländer, füllt meine Wissenslücken als Historiker, erzählt mir von der Geschichte der Friesen und Niederländer, von der Eroberung der Weltmeere, der Kolonialisierung, dem sagenhaften Batavia. Ich mag Frederick sehr, höre gerne und aufmerksam zu, weiß aber, dass ich morgen das meiste vergessen haben werde. Zu viele Informationen, zu viele Details, am Vorabend meines 65. Geburtstages gilt es, sich auf das „Wesentliche" zu konzentrieren. Aber was ist das? „Nennen *Sie* mir mal das Wesentliche", pflegte Hanns-Dieter Hüsch, auch schon lange unter der Erde, sein Publikum halb fragend, halb auffordernd aus der Reserve zu locken. Aber das konnte schon damals keiner beantworten, und seit Julie Laforêt aus meinem Leben verschwunden war, gab es eigentlich ja auch nichts „Wesentliches" mehr.

Jens berichtet von seinem erneuten Flirt mit der Kolumbianerin. Ich erinnere mich, die beiden kurz zusammen gesehen zu haben, als ich gestern Abend die Bar verließ. Und? Jens grinst. Sie hatte noch Sekt in ihrer Mini-Bar. Ich gratuliere.

Rüttger erzählt Dönekes, liebenswerte kleine Geschichten aus unserem Heimatort, er kennt dort jede und jeden. Markus, ruhig wie immer, sinniert schon über mögliche Gegner in der demnächst beginnenden Meden-Saison. Tom schlägt einen viel zu frühen Drink vor, noch seien längst nicht alle in der Bar vorrätigen Wacholderbeeren-Destillate verkostet. Also? Wir winken ab, nie vor zwölf.

Ich entschuldige mich, gehe noch einmal die paar Meter zum Meer hinunter. Ich setze mich auf die Begrenzungsmauer zwischen Promenade und Strand, rauche, sehe den anrollenden Wellen zu, die wieder gehörige Portionen Tang abladen und weiß, dass sie das morgen auch noch tun werden, und übermorgen auch.

Wir landen wieder pünktlich, das ist wirklich außergewöhnlich. Im vorigen Jahr mussten wir sogar unfreiwillig eine Nacht in Palma verbringen, eine auf die Insolvenz hin torkelnde Air-Line konnte ihren Flugplan nicht mehr einhalten. Während des Flugs gibt es eine Abschiedsrunde Rotwein, Schulterklopfen, Vergewisserung, eine gute Truppe zu sein, und die Bekräftigung, das Ganze im nächsten Jahr zu wiederholen. Abgemacht.

Kurz vor der Landung schaue ich durch die kleine Luke, diesmal habe ich einen Fensterplatz. Der Abend liegt bereits über der dicht besiedelten Rhein-Ruhr-Region, Millionen von kleinen leuchtenden Punkten. In zwei Stunden wird solch ein kleiner Lichtpunkt auch aus meiner Wohnung dringen und mit allen anderen Lichtern verschmelzen. Dann ist ein Wein aufgemacht, die Notizen sind aus dem Koffer genommen und ich versuche, mein Gekrakel zu entziffern. Irgendwann, wenn die Worte und Sätze alles noch einmal lebendig werden lassen, denke ich zurück an den letzten Herbst, der erst wie ein glühender Nachsommer daherkam und dann in Dunst und Nässe versank, ich denke an Zürich und an Werner, dann reisen meine Gedanken weiter nach Bern, verharren beim Zeitanhalter Albert Hartmann und dem Stade de Suisse, lassen mich lächeln, als Mattu und Javier auftauchen und landen schließlich bei der Frau, die erst einem Buch entstiegen war und dann für Augenblicke noch einmal in einer Bibliothek auftauchte und schließlich Gestalt annahm in der wunderschönen Julie Laforêt, die ein Lied in ihrem Französisch-Unterricht besprach, das nur für mich bestimmt war, und in dem es heißt, dass die Zeit vergeht und es jetzt zu spät ist, für mich, aber vielleicht doch auch für die Frau, auf die ich im Pyri so lange wartete und vor Glück zerfloss, als sie endlich kam und die dann, unvorstellbar und wundersam zugleich, im Goldenen Schlüssel mit mir schlief und zusammen mit mir dem Gesang der Engel lauschte.

Lethephobie, so habe ich irgendwo gelesen, ist eine Krankheit, in der die Angst vor dem Vergessen übermächtig wird und den Betroffenen bis zum Wahnsinn führen kann. Meine Notizen werden mich davor bewahren.

Und erst, wenn ich sie aus der Hand gelegt habe, abschließend und für immer, kann ich mich dem Vergessen überlassen und das Licht löschen.

Jörg Potthaus

Dionysos Bar

Eine Woche im Oktober 2016 - ein Gymnasiallehrer aus dem Essener Süden, der nach einer schmerzhaften Erfahrung seinen Ruhestand auf der griechischen Insel Kreta verbringen will, eine Intrige der dortigen Freunde und einer geheimnisvollen Frau, der alle Pläne zum Opfer fallen und eine junge, ukrainische Serviererin, die für wenige Tage doch alles zum Leuchten bringt.

Die Geschichte von Georg und Ivanka und ihrer kurzen, aber heftigen Liebe, an deren Ende sich die Träume auflösen wie die Wandmalereien in Knossos im Schweiße der Besucher. Das Leben selbst zerstört den Traum vom zweiten, womöglich wahren Leben.

Jörg Potthaus bettet die Liebesgeschichte zwischen Georg und Ivanka ein in die Atmosphäre des heutigen, von der Wirtschafts- und Finanzkrise geschüttelten Griechenlands. Zugleich zeigen kenntnisreiche Reflektionen zu Geschichte, Literatur und Musik des Landes seine immer noch tiefe Verwurzelung in der alten Griechenland-Sehnsucht der deutschen Literatur, einer Sehnsucht, der letztlich auch Desillusionierung und Enttäuschung nichts anhaben können...

312 Seiten, Preis: 12,80 €, ISBN 978-3-943322-005

Erhältlich im Buchhandel und direkt beim Verlag